地火明夷

ちかめいい

普聞 隆

文芸社

地火明夷　目次

◉『地火明夷』を理解するための資料

【この作品の時代】

南宋・慶元《けいげん》元年（一一九五年）春

【この作品の舞台】

江南東路《こうなんとうろ》信州《しんしゅう》・広信府《こうしんふ》。玉山《ぎょくさん》に近い霊渓道観《れいけいどうかん》。

【主な登場人物】

謝霊輝《しゃれいき》

字《あざな》は昉烝《ほうじょう》。陸象山《りくしょうざん》の弟子。四十三歳。進士《しんし》。二十年前の「鵝湖《がこ》の会」で朱子《しゅし》と出会うが、象山没後、その遺言により朱子の身辺を警護するようになる。

王敦《おうとん》

字は享牧《きょうぼく》。謝霊輝の弟子。『地火明夷』の記録を書いた本人。文中に「私」として登場する。当時十七歳。

〈宮廷関係〉

韓侂冑《かんたくちゅう》

武人政治家。寧宗《ねいそう》の即位を趙如愚《ちょうじょぐ》と共謀して実現させたが、その後趙如愚と対立。如愚と彼の推《お》す朱子を讒言《ざんげん》で失脚させ、朱子学を〈偽学《ぎがく》〉として弾圧する。

李沐《りもく》

朱子の学派を弾圧する学者官僚。字は兼済《けんさい》。

何澹《かたん》

知枢密院《ちすうみついん》を累官するが、若くして栄進したために、韓侂冑に阿《おもね》るようになる。朱子の学派を弾圧する。

劉徳秀《りゅうとくしゅう》

枢密院の属官。長沙《ちょうさ》で道学の一派に冷遇されたのを恨み、道学を〈偽学〉と決めつける。

朱子《しゅし》

いわずとしれた南宋第一の学者。朱子学の創始者。その学問的な影響は日本、朝鮮などの東アジア諸国の精神を形成したと言われている。

趙如愚《ちょうじょぐ》

南宋宗室《そうしつ》の一人。韓侂冑と図《はか》り病弱の光宗《こうそう》を廃し寧宗《ねいそう》を擁立《ようりつ》するが、翌年、韓侂冑の讒《ざん》言《げん》により右丞相《うじょうしょう》より知福州に落とされる。失意のうちに急死。

彭亀年《ほうきねん》

吏部侍郎《りぶじろう》。字は子寿《しじゅ》。朱子が追放になる時、守ろうとするが韓侂冑の策謀により落職。

〈霊渓道観関係〉

李監定《りかんてい》

霊渓《れいけい》道観の道士で知観提点《ちかんていてん》（管長）。〈尸解《しかい》〉という異様な死がこの事件の発端となる。

鄭甫《ていほ》
霊渓道観の道士。
張慶義《ちょうけいぎ》
霊渓道観の道士。
白騎礼《はくきれい》
霊渓道観の道士。事件のあと、謝霊輝らに道観を案内する。

〈広信府城関係〉

周泰安《しゅうたいあん》
広信府の知府事。謝霊輝《しゃれいき》とは陸象山《りくしょうざん》門下生としての友人。
姜清瑛《きょうせいえい》
周泰安の妻。
綺華《きか》
新安から姜夫人のもとに来た召使い。どういうわけか武術ができる。
羅祝林《らしゅくりん》
広信府城の薬種問屋。別荘『大夢園』の持主。
羅祭木《らさいぼく》
羅祝林の息子。
淘平《とうへい》
豪商羅祝林《らしゅくりん》の下僕。半年前に行方不明となっている。

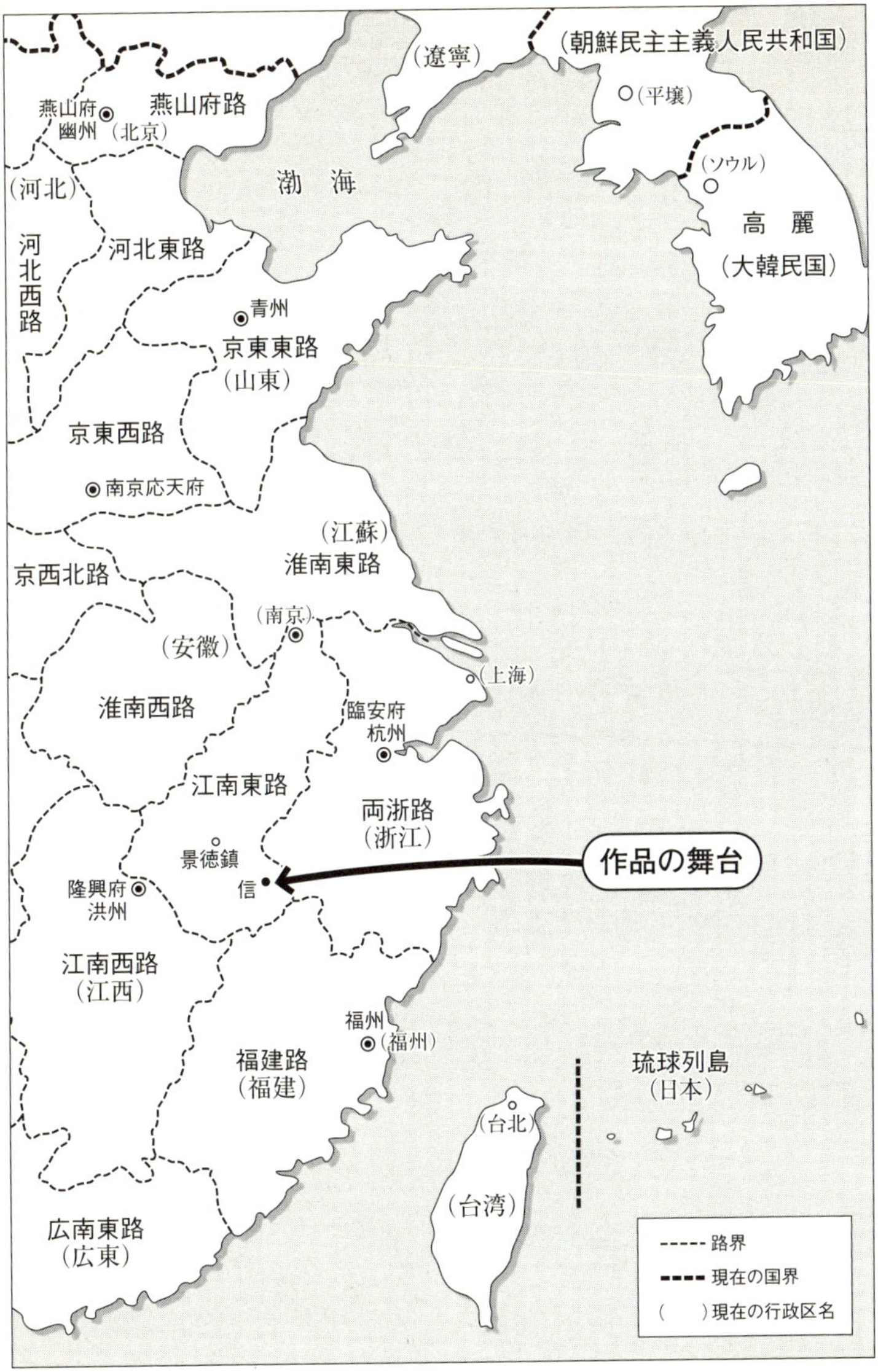

(朝鮮民主主義人民共和国)
(遼寧)
(平壌)
燕山府路
燕山府
幽州
(北京)
渤　海
(ソウル)
高　麗
(大韓民国)
(河北)
河北東路
河北西路
青州
京東東路
(山東)
京東西路
南京応天府
(江蘇)
淮南東路
京西北路
(南京)
(安徽)
(上海)
淮南西路
臨安府
杭州
江南東路
両浙路
(浙江)
景徳鎮
作品の舞台
信
隆興府
洪州
江南西路
(江西)
福州
(福州)
福建路
(福建)
琉球列島
(日本)
(台北)
(台湾)
広南東路
(広東)
路界
現在の国界
(　　)現在の行政区名

地火明夷

内《うち》文明にして外従順《そと》、以《もっ》て大難を蒙《こうむ》る。文王これを以《もっ》てせり。利艱貞《りかんてい》(1)とは、その明《めい》を晦《くら》ますなり

これは『易経』〈明夷《めいい》〉の文辞である。ここで仄《ほの》めかされているのは、勿論、殷《いん》の紂《ちゅう》王に幽閉された周《しゅう》の文王の故事であること、それに相違ないのだが、しかしこの文言に触れるたびに今でも私の脳裏には、かつて江南信州の霊渓《れいけい》道観という所で師と共に遭遇したあの奇妙な事件の全容が彷彿《ほうふつ》と去来するのである。

わが師、謝霊輝《しゃれいき》先生は、字《あざな》(2)を昉烝《ほうじょう》といい、当時四十三歳。脂《あぶら》の乗り切った壮年であった。その頃まだ十七歳の紅顔であったこの私が、今ではもうこの時の先生のお齢《とし》を念《にじゅうねん》歳を越える老身《おいぼれ》になってしまったのだから、考えてみればあの事件も二世代も昔のことになる。この間、私は愚かにも馬齢を重ねるばかりで未《いま》だにこれという仕事もしていないのだ。身は朝臣でありながら唯々《ただただ》わが朝の衰えゆくさまを悲憤慷慨《ひふんこうがい》しているだけの腑甲斐《ふがい》なさである。これではこの身は故昉烝先生からのお叱りを待つだけになったようだ。

それにしてもこの五十年のうちにわが大宋国の外患であった金賊《きん》も北狄《てき》の侵略を受けるようになったと言うではないか。それゆえにこそ私は筆を執《と》り、あの事件の概要《あらまし》を残したいと思うのである。大宋と金国との外交の裏面史のなかで、わが師の果たした隠された偉業を後世に残すのが、せめてもの

この老拙に出来る恩返しであろう。

いや、待て。そんな弁解じみた理由をこの齢《とし》になってまでつけたがるのは、所詮《しょせん》は私が陸象山《りくしょうざん》先生以来連綿《れんめん》として続いてきた道学《どうがく》の本質をいまだ体得していない証拠に違いない。

さよう、ここに書き残したかった本当の理由とは、私にとって決して忘れることの出来ない、不可解で、胸の痛むあの事件の全貌をただ後から来る者のために記しておきたいだけなのだ。勿論、それが師のすばらしさを正しく伝えていくことになると信じてはいるのだが――。

大学士　王敦

大宋淳祐《じゅんゆう》十一年（一二五一）秋

〈注〉
(1)利艱貞……「艱《くる》しみて貞《てい》なるに利《よ》ろし」とも読む。また「艱貞《かんてい》に利なり」と読む人もいる。
(2)字《あざな》…………「男子は二十にして冠すること」と『礼記(曲礼)』にある。実名を呼ばず「字」を呼ぶのが礼儀。

【第一回】

忠臣、心ならずも奸雄と謀《はか》り、鴻儒《こうじゅ》、国を憂《うれ》いて難に遭《あ》う。

そもそもこの事件は、畏《おそ》れ多くも大宋国寧宗《ねいそう》皇帝陛下の御代《みよ》に起きた椿事《ちんじ》であった。そしてその遠因に趙 汝愚《ちょうじょぐ》と韓侂冑《かんたくちゅう》という、寧宗の即位に深く係《かか》わった二人の人物の確執があったことは否定できまい。

寧宗皇帝の父君を光宗《こうそう》皇帝と申し上げる。

この帝は、疑疾《ぎしつ》（神経衰弱）を患うこと久しきにわたり、その間における皇后李氏《り》の我《わ》が儘《まま》がなんとも凄《すさ》まじく、朝臣の人事に口出すなどは日常茶飯の事。そのために朝に出た勅 諚《ちょくじょう》が夕暮れになるともう掻《か》き消されるという気紛《きまぐ》れぶり。果ては嫉妬のあまり帝の寵妃《ちょうひ》の、美貌で名高い者ばかりを次々に殺害するという狂いようであった。

このあまりの酷《ひど》さに、皇族の一員で時の宰 相《さいしょう》でもあった趙汝愚が、是《こ》れ社 稷《しゃしょく》の危機ならん、是非にも李氏を政 治《まつりごと》から除かねば、と密《ひそ》かに決意したのも無理からぬことであろう。

折も折、後の汝愚《じょぐ》の話ではその時に侂冑が呉太皇太后《ごたいこうたいごう》の外甥《がいせい》であることを思い出したとの話だが、同じ皇族の韓侂冑の参内とぶつかったのである。

――これから述べるあの忌まわしい出来事の全てはこの二人の出会いから始まったのだが、しかし私は事件の核心にはいる前に、まずこの二人の人生とその間のわが国の置かれていた状況を説明したいと思う。

韓侂冑は字《あざな》を節夫《せっぷ》といい、北宋の名臣韓忠献《かんちゅうけん》公の子孫である。しかも当時の太皇太后の呉氏の妹が侂冑の母であり、皇太子妃が侂冑の姪という、これだけでも南宋随一の名門といってもよかった。節夫が取り巻き連中のお追従《ついしょう》やら世辞に早くから狎《な》れ親しんできたことは言うまでもない。

しかしそのことがこの男の性格を複雑で不透明なものに作りあげてきたと言えよう。

それは例えばこういうことであった。

幼少より宮仕えの何たるかに親しんできた節夫にとって、凡《およ》そ官界に栖息《せいそく》する者ならば誰でもが関心を抱く地位肩書きの類《たぐい》はむしろ煩わしいものにすぎなかった。そういうものを求めて偓促《あくせく》と動きまわる人間を彼は侮蔑《ぶべつ》の眼差しで見た。名門という出自の良さが彼をしてすでに権力者に仕立てあげていたからである。その権力を求めて、科挙という、難解で煩雑な関門を通り抜けてきた新権力者たちを彼は嫌った。進士特有の驕慢なひけらかしを嫌悪した。同時に節夫はそこに己《おのれ》の卑屈さを感じていた。彼は『論語』さえも読んではいなかったのだ。学問は下賤な人間が地位を得るための道具にすぎない、と節夫は信じていた。

「それならば」

と彼は呟いた。

「儂《わし》が帝のお相手をするために蹴鞠《けまり》を覚えるのと何の違いがあろうか」

彼は、己を誹謗《ひぼう》し中傷する輩《やから》に対しては必要以上に敏感であった。敵と判断した人物への攻撃は、陰険この上なく、執拗《しつよう》を極め、相手が失脚してもなお止むことがなかったという。死して後、さらに屍《しかばね》を曝《さら》けだして鞭打つ徹底さであった。

韓侂冑節夫は、表向きは権力の中枢とはほど遠い一武官の身であったが、実質は当時の最高権力者で、宰相《さいしょう》高官はもとより皇帝の位までも代えてしまったという最も不遜な人間であった。

しかし、「皇帝の位」云々《うんぬん》に関してはこの男ばかりを責めるわけにはいくまい。

なにしろあの頃は、ちょうど現在の淳祐《じゅんゆう》年間に蒙古《もうこ》の勢力が拡大し南下してくるのを怖れる以上に北方の金《きん》国の脅威が増大しつつあった時代なのだから——。

「金」は女真《じょしん》族の創った国である。

彼らは北宋朝以来、わが国に乱れがあればすかさず軍を動かし、そのたびに中華の領土は蚕食《さんしょく》の憂目にあった。

(——さすれば、光宗皇帝陛下の病とそれにも増して李《り》皇后の放恣《ほうし》という九重《ここのえ》の奥の乱れがもしも金国に漏れたとすれば、やつらが食指を動かすことは必定。金が再びわれらが国土を侵奪する挙に出れば果たして軍事的に脆弱《ぜいじゃく》な南宋に対抗策ありや。するとその後に来る運命はもはや言わずもがな。北宋の時と同じくわが南宋もまた亡国の途《みち》をひた走りに走るだけになるのだ……)

これが趙汝愚《ちょうじょぐ》をはじめとする高官たちの呻吟《しんぎん》であった。

「すでに金賊の間諜《かんちょう》も動いているとか言う」

今朝の奏議《そうぎ》のあと、廊下に出た汝愚の耳に大臣の一人がぽつりと洩《も》らした言葉が聞こえた。汝愚は思わず目を瞠《みは》り、声のしたほうに顔を向けた。柱の陰に長い顎鬚《あごひげ》の老大臣が佇《たたず》んでいる。学者然とした容貌のこの大臣は劉某《りゅうなにがし》という名だった。白かったであろう長い鬚はすでに黄色がかっていたが、眉のほうはまだ真白で太かった。細長い顔の奥にきらきらと瞳だけが黒く輝いていた。

老大臣は汝愚と急に目があったので慌てて軽く会釈した。細面《ほそおもて》にさっと朱がさした。普段は無口で温厚なだけに、余計な事を口走ったという後悔とも恥じらいともつかぬ表情がその顔には浮かんでいた。だが、口に出して、しかもそれを宰相に聞かれてしまったからには笑って誤魔化すわけにはいくまい。朝廷である。

劉大臣は拱手《きょうしゅ》の姿勢をとった。

拱手の姿勢は意見を述べる時の姿勢である。

「何かご意見がおありとお見受けいたしますが」

老大臣は再び会釈をした。

「お耳を汚《けが》しましたことをお詫び致します。が、子直《しちょく》様。いかに陛下御不例とは申せ、近ごろの李皇后のお振舞いはあまりに度が過ぎてはおりませぬかな。昔から奥向きの者が表に出れば国が傾くという話もございまする」

子直《しちょく》とは趙汝愚の字である。劉大臣が汝愚を官職名で呼ばずに字で語りかけたということは、これは内々の話だが、という意味を含んでいた。

「ご老手。よく分かっておりますが、さて、どうすればよいのやら……」

溜め息まじりの汝愚の言葉に、老人はにこっと微笑《ほほえ》んだ。黒目がちの眼が眉の下で急に細くなった。それから声を潜めて、愚老に一計がありまするが、と囁いた。汝愚が思わず身をのりだして聴こうとすると、ははは、子直様、ここではとても……。

それから老人は周りに聞こえるような大きな声で、こう言った。

「愚叟《ぐそう》の無理をお聞き願えるとは誠に有り難いことでございます。幸いに園《にわ》の牡丹《ぼたん》も綻《ほころ》ぶ頃かと存じますれば、屋敷の者一同、宰相閣下のご来駕《らいが》を心待ちに致しておりますぞ」

その日から、汝愚と老人は幾度も場所をかえ日をかえてはたび重なる密議を続けていった。そのうちにこの話し合いに加わる大臣の数も二人からやがて三人、四人へと密かに増えていった。さまざまな方法が検討されては否定され、そのたびにまた初めからやり直すという作業が飽くことなく繰り返された。そして二度目の牡丹が咲こうとする季節になった時には、打つ手はもはやこれしかない、という帰結に至っていたのである。

(――李皇后の専横を取り除くには、今上陛下に速やかにご退位願わねばならない)

趙汝愚が宰相として苦しんで選んだ道であった。臣下が皇帝を代える――これは国家転覆の謀議ともとれた。だが事態はそこまで追い込まれているのだ。うかうかしていると内憂と外患が同時に起こり、南宋という国家そのものが消滅しかねないのである。

(それだけは何としても防がねばならぬ)

汝愚は懊悩《おうのう》した。今必要なのは光宗以上の権力者であったからだ。

（皇帝以上の権力者！）――そんな人物がいるわけがなかった。

汝愚は呻《うめ》いた。と、この時彼の脳裏にはっと浮かんだのが儒教の〈孝〉の教えである。

（そうだ。皇帝とても人の子。ならば、〈孝〉の前には等しくひれ伏さねばなるまい。するとここは皇帝の母君たる呉太皇太后の御威光におすがりするのが賢明というもの）

汝愚の眼には大宋国を救いうるただ一人の人物として呉太皇太后の姿がはっきりと映ってきた。けれども太皇太后の存在に気づいていたのはむしろ李皇后のほうだった。皇后は、趙汝愚をはじめ、大臣連中が呉太皇太后に拝謁することを悉く妨害し、決して目通りを許そうとはしなかった。そればかりではない。この頃になると李氏は、汝愚たちの企みに感づき始めていた。あわれ汝愚は宰相の身でありながら宮中にいる間中、その周辺には皇后側近の宦官《かんがん》たちが彷徨《うろつ》くようになり、たえず見張られるという情ない目にあっていた。

ようやく汝愚の顔に焦《あせ》りの色が出るようになった。

――そして、まさにこのような時に、韓侂冑《かんたくちゅう》の参内に出くわしたのである。

「これは節夫殿。よいところでお目にかかれた。ちとご相談に与《あずか》って下されば嬉しいのですが」

紹熙《しょうき》五年（一一九四）六月初め。南宋随一の君子と噂の高い趙汝愚から、こうも下手に出られたのではいかに鼻っ柱の強い侂冑とて礼を尽くさないわけにはいかなくなる。

「どなたかと思いますれば、これはまた子直《しちょく》様。過分な挨拶痛みいります。はてさて、相談と申されましても私ごとき者でお役に立てますかな」

話というのは、と汝愚は近づきつつ辺りを見回すと、ごほんと軽く咳払いをした。こういう場面には手慣れている侂冑、すかさず供の者らを遠くに追いやると自ら汝愚の側まで歩み寄った。

「小生愚物にて気がつきませずに、申し訳ござりませぬ」

とそつなく詫びをいれることも忘れない。

「いやいや、お心配り、かたじけない。さて話というのも別のことではございません。節夫殿すでにご存知の通り、いまや朝廷には宮中あって府中なき乱れよう、いやしくも政《まつりごと》の要職を預かる身として、それがし、日夜尽瘁《じんすい》の至らぬことを嘆いておりまする」

と切り出した汝愚の話に侂冑は、どうやら話題は李皇后のことらしいわい。と心中で推し量ると、汝愚に合わせるかのように、

「まったく近頃の専横ぶり。武人なればこの私めは政府への口出しなど出来ませぬが、それだけにいっそう見ていて腹が立ちますわい」

とまるで己も口吻《こうふん》を洩《も》らすのを待っていたかの如くに言う。聞いて汝愚は思わず顔をほころばしそうになったが、まだ侂冑の肚《はら》の内がわからない。

「そういえば節夫殿は、同じ皇族とは申せ、宗《そう》族の権力を分散させるという口実のために武官を拝命されておられましたなあ……。いやいや、全ては私の不徳の致すところ、誰の専権でもございませぬ」

と話をぼかす。けれども幼少よりの長い宮廷生活で錬磨された侂冑にそのような小細工が通用するはずもない。それよりもむしろ汝愚の言った言葉の端々《はしばし》に、悪気はないが科挙を経た読書人特有の優越感を感じとった侂冑、内心深いところでむっとしたが、何しろ相手は善意で、しかも謙譲の礼をもっ

て話しかけてきているので怒るわけにはいかない。そこで逆に、

「なんの、子直様のご心労は万人が認めておりまする。――ところで、わざわざ私めを呼び止められましたご真意は何事でございましょうか」

と単刀直入に尋ねる。すると汝愚はにわかに袖で目頭を抑え、ややあって、沈痛な面持ちで口を開いたのであった。

「――実は私、先日、政務のことにて太皇太后陛下にお目通りを願《ねご》うたところ、どういうわけか皇后陛下がお許しにならず、ほとほと困っております。これは重要な案件にて是非にも太皇太后陛下に拝謁いたさねばと気ばかりが焦っている次第。幸いにも節夫殿は太皇太后陛下とはお身内の間柄ゆえ、お目文字《めもじ》叶わぬこともございますまい」

なんだ、そんなことだったのか。と侂冑《たくちゅう》は半ばは呆れ、半ばは憐れむような気持ちで、目の前にいる、名宰相の誉れ高い汝愚の顔をあらためて見直した。窶《やつ》れて青ざめた表情のまま、じっと唇を噛《か》んで目を伏せているのは己《おのれ》を圧《お》し殺しての姿にほかならない。

ほう、この誇り高い男が、と侂冑は思った。

（儂《わし》のような武人にここまで頭を下げるとは――してみると、あの女狐《めぎつね》の我《わ》が儘《まま》ぶりも堂に入ったものらしいわい。大臣どもをきりきり舞いにさせてやがる。ふん、どうせあの女のことだ。前皇帝に譴《けん》責《せき》されることを嫌がって、この連中を伯母《おば》さまに会わせたくないだけだろうが）

「前皇帝」とは光宗の父、孝宗皇帝のことである。退位して今は〈寿皇聖帝《じゅこうせいてい》〉と呼ばれている。

――もとより孝宗は退位など望んではいなかった。実はそこに宋の皇室の複雑な事情があって、今

これを述べようとすればどうしても話を北宋滅亡の時まで遡《さかのぼ》らなければならなくなる。

北宋最後の皇帝は、史実では欽《きん》宗帝となっているが、考えてみれば、この帝ほど貧乏籤《くじ》を引いた皇帝もいないだろう。

靖康《せいこう》元年（一一二六）、金軍が突然、都の開封《かいほう》に迫る勢いで南下してきたのである。

これも今だから言えるのだが、私、王敦はこの原因はすべて欽宗帝の父、徽《き》宗皇帝の治世能力の欠如にあったと思っている。

世に「風流天子」と言われた徽宗《きそう》である。初めから政治などには関心がなかった。その毎日はひたすら書画骨董《こっとう》を蒐集《しゅうしゅう》し、芸術に耽溺《たんでき》することに明け暮れていたのである。

徽宗の宰相は蔡京《さいけい》という男だった。ある時徽宗は彼に席を賜《あた》え、こう訊《き》いたという。

「卿《おんみ》はいかなる法によりて国策となすか」

京《けい》は王安石《おうあんせき》の法に依ると答えた。徽宗が政治について尋ねたのはこの時限りだったとも言う。蔡京は出鱈目《でたらめ》ぶりを発揮した。京《けい》ノ為《な》スヤ其《そ》ノ欲スル所ヲ為《な》ス也《なり》、とも言われた。問責されそうになると彼は珍しい書画を進上してはその由来を巧みに述べた。徽宗は目を細めて京《けい》の紹述《しょうじゅつ》を聞いていたという。

政治は乱れた。開封の街並《まちなみ》を白昼堂々と盗賊が横行するようになった。官衙《かんが》では賄賂《わいろ》が当然となり、真面目な役人は嘲笑の的《まと》とされた。壮麗な宮殿の中には誰一人として政《まつりごと》をしようという者はいなくなり、朝から晩まで虚しい笑いとあたり障りのない美辞麗句だけが飛び交《か》っていた。もはや朝廷とは名ばかりで、誰にとってもただその日一日が面白おかしく過ごせればそれでよかったのである。

そこへ降って湧いたような金軍の侵攻である。

この南下に驚いた徽宗は、急遽《きゅうきょ》、皇位を息子（後の欽宗）に譲ると慌てて南方へ逃げ出してしまった。これは、贅沢三昧してきた徽宗の下では兵士たちの戦意があがらぬから即刻退位せよ、との声が前線の将軍らからあったからとも言う。が、そんなことが今さら何の役にたとうか。

なにしろ朝廷は上から下までどっぷりと贅沢に耽ってきたのである。官僚は腐敗をとっくに通りこして腐臭を放っているのだ。命を捨ててまで戦おうとする役人などいるわけがなかった。

では民はどうか――。

朝廷の贅を支えるために、農民だけが長きにわたってそれこそ骨の髄まで搾取《さくしゅ》されてきたのである。もう取られるものはみな取られていた。もはやこれ以上は取られようがないという極貧状態に陥り、戦う前に飢死《うえじに》するかもしれないという有様だったのだ。

しかも、政府の中枢では、まだ抗戦派と講和派とが対立していた。国論の統一の出来ぬ国が破竹の進撃を続けてきた相手にどうして勝てよう。

結局、宋は敗れて、型通りの和睦を金に申し入れたのであった。

しかし腐りきった体制とはどうしようもないもので、なんと和平交渉の真っ最中に宋の抗戦派が金軍の陣営に夜襲をかけるという、無謀で最も愚劣な行動をとってしまったのである。しかもこの作戦がとうに敵に見破られていて、待ち伏せの金軍に大惨敗を喫してしまうという体《てい》たらくだった。

これには宋もさすがに釈明もできず、外交と軍事の、いわば文武の両面ですっかりとその足元を見られてしまったのであった。

一方、金国にしてみれば、宋の背信行為に煮え湯を飲まされたのは今回が初めてではなかった。和睦のたびに騙されてきたのである。

宋人、信ジ難シ。

金はついに今回の交渉決裂を機に、徽宗・欽宗の二帝をはじめ、后妃、皇族などを捕虜として北朔《ほくさく》に連れ去ってしまった。そのかわりに宋の宰相張邦昌《ちょうほうしょう》を脅して「楚帝」とした。とうとう中華の主を代えてしまったのである。

「楚帝」となった張邦昌は自発的に退位しなんとか宋朝を復興しようと試みる――。

だが、皇族のほとんどが捕虜として北辺に消えた今では、もはや皇帝になる血筋が見つからなかったのである。

ここに孟氏というお方がいた。

この方は哲宗帝の皇后であった。ところが政敵のために廃后となり長く尼寺に暮らしていたのである。まことに、禍福は糾《あざな》える縄の如しで、これが逆に幸いして金に連行されなかったのであった。

そこで張邦昌はこの孟廃后を皇太后とし、さらに運よく生き残っていた欽宗の弟、康《こう》王を見出し、このお方を孟皇太后の命により皇帝に即位させたのであった。

すなわち南宋初代の高宗《こうそう》皇帝である。

高宗即位して十五年――。

やっと宋・金の講和が成立した。この時、徽宗の霊柩《れいきゅう》と高宗の母である韋《い》氏が戻って来ることになった。高宗の正妃はすでに亡くなっていたので、帰国した韋氏の命令で寵妃の呉《ご》氏が正式に皇后に位することになったという。

長い話になったが、実はここから、孝宗帝の即位にまつわる複雑な出来事が始まるのだ。

呉氏がずばぬけた女性であったこともその一因になるかもしれない。このお方は何しろ賢い女性で、学問・文章ともに優れ、しかも戦時中には戎装《じゅうそう》して帝に従ったというほどの女傑であった。諸事万《しょじばん》端《たん》、何事においても呉氏の判断は大所高所よりなされるので間違いもなく、帝はもとより臣下からの信望もたいそうなものであった。

この信頼感が、高宗亡きあとにその後継者として太祖七世の孫である孝宗を呉氏が推した時に誰人《だれびと》たりとも反対できなかった、ということに繋《つな》がってくるのである。

――宋朝の再建が呉氏の悲願であったのだ。だからこれまでのように、初代の太祖を除いて代々の皇位を太祖の弟・太宗の子孫が継ぐという変則的な事態を改めることから着手したのである。

孝宗の即位こそが宋の皇統を正常に戻すことであった。

呉氏が次に手を着けたのは自分の存命中に孝宗の後継ぎを定《き》め、帝王としての教育を施《ほどこ》すことであったらしい。女真に対抗するには若い英明な君主が必要だった。

孝宗もこのことは熟知していた。六十三歳の帝は四十三歳の息子に急にその位を譲らざるを得なくなった。勿論、今後も呉氏がその後ろ盾として宋朝を見守るという暗黙の契合《けいごう》があったことは言うまでもないことである。

これで宋は女真族の金と十分に対抗できるはずであった……。

しかしここに運命的とも言える読み違いが生じた。それは光宗帝が帝祚《ていそ》の重荷に堪えかねて気鬱《きうつ》になったということと、それ以後、皇后の李氏が政治に容喙《ようかい》するようになったという二点である。

光宗の気鬱はまだしも、李氏の振る舞いは厄介だった。権力という、禁断の味を知ったこの女は次にはその魔力を失うまいと、己の上に位置する前皇帝孝宗とさらにその上にいる呉太皇太后には夫の光宗でさえも会わせようとはしなくなったのである。

——趙汝愚が呉太皇太后に拝謁できない理由にはこのような経緯《いきさつ》があったのだ。

韓侂冑《かんたくちゅう》は、趙汝愚に向かって慰めるように言った。

「子直《しちょく》様、ご安堵《あんど》めされ。伯母に会う折がありますれば、この侂冑、ご貴殿こそ社稷《しゃしょく》を護る第一人者であると熱弁を奮って御覧《ごろう》じ申し上げましょうぞ」

汝愚はその優しさにこれを侂冑の本音と信じ、思わず嬉しくなっていよいよ本心を開陳しだす。

「いやはや、これは恐れ入ります。しかし私のことなどはどうでもよいこと、ご案じめさるな。ただ節夫《せっぷ》殿は太皇太后陛下にお近き身ゆえ、ご拝謁のついでにでもこの書付《かきつけ》をご披露《ひろう》願えればそれで十分でございまする」

と汝愚、懐《ふところ》より取り出した書付らしき紙をそっと手渡す。侂冑は、えっ、という顔で汝愚を見たが、手のほうはすかさず紙を懐中に隠していた。

「書付ですと？　そのようなもの」

と笑おうとした刹那《せつな》に、急に顔を強張《こわば》らせた。

「――子直様。もしお差し支えなければ、只今《ただいま》の書付、少しくその内容をお洩《も》らし下さらぬか」

と声を潜めた。汝愚も同じように声を落とす。

「いやいや、節夫殿には決してご迷惑はおかけいたしませぬ。そうは申してもお願いを頼む以上はその中味をお知らせ致すのが礼儀というもの。なあに、大したことではございませぬ。これはただの狐狩りの催しについてのこと。宮中総出のことにて是非にも太皇太后陛下のご裁断が肝要かと存じただけでございます。なにしろ銅鑼《どら》や太鼓も鳴らすかもしれませぬからな、ははは」

この言葉に侂冑は思わず声を吞《の》んだ。それから今までの態度とは打って変わって真剣な顔になった。侂冑はごくっと唾を飲みこんで、瞳を強《きつ》くした。

「――子直様、いや丞 相《じょうしょう》。及ばずながらこの韓侂冑、その狐狩りの護衛を承《うけたまわ》りたい」

低いが、断言するように言った。

さて、すでに齢《よわい》八十を越えられた呉太皇太后は、一日、宮中にて宴を催された。

定刻になり太皇太后が姿を現わすと、お付きの女官どもが緊張した面持ちで紅の地に黄金の飾りのついた卓子《テーブル》まで手をとらんばかりの態度で恭《うやうや》しく案内する。椅子《いす》には、玉《ぎょく》の、精緻に彫刻された鳳凰が一対、背凭《せもた》れの上で向かいあっている。

呉氏はそこまで来ると、少しばかり太り気味になった身体を持て余すかのようにゆっくりと腰をおろした。招待を受けた臣下が列をつくり、彼らの挨拶がひっきりなしに続く。呉氏はそのたびに鷹揚にうなずき、返礼した。やがて管弦の音が一斉に響きわたると、座はたちまちにして宴の席へと変わっていった。

呉氏の、血色のよい顔からは絶えず笑みが溢《こぼ》れているが、その目は油断なく満座の中を見渡しているのであった。座の中に楽しんでいない者が一人でもいないかと、それぱかりを気にしている様子である。

それというのも、呉氏が宰相や重臣達から金国の動向や国政の現状を聞こうとすれば必ずどこからか李皇后の邪魔が入り、結局は美辞麗句ばかりの書類だけが手元にあがってくるだけだった。これだけでもあの女が権力を壟断《ろうだん》しようとすることは明らかであったが、まさか太皇太后自らが皇后に向かって文句を言うわけにはいかない。そこで呉氏は一計を案じ、今夜のような宴をできるだけ数多く開き、何事かを直訴しようとする人物が来やすくしたつもりだったが、やがてこれも皇后に見破られてしまった。今ではここにやって来る連中は毒にも薬にもならぬ者ばかりになっていた。

宴も半ばを過ぎた頃だった。呉氏は急に甥の韓侂冑の顔が目に入った。日頃は活発なこの男が今夜は妙に沈んでいる。

呉氏は、思わずはっとした。まさかこの甥が、とは思ったが、ともかくもお側にお召しになった。

「侂冑。そなたは先ほどから酒杯もすすまぬようじゃが、なんぞ憂《うれ》うるような心配事でもごじゃるのか」

呉氏の慈愛に満ちたお尋ねに、侂冑は大いに畏《おそ》れ入った。低頭して答えを返す。

「ははっ。わが朝の南渡以来、はや七十年になりなんといたしますのに、臣らは為《な》すところなくただ徒食するばかりでございます」

呉太皇太后は機転の利《き》いた侂胄の返事にころころと喉《のど》の奥で笑った。それにしても久しぶりに聞く国士の言であった。

「ほほ、気の利いたことを申しおるわい。しかし何もそれはそなた一人の所為《せい》でもあるまいに」

それから、可愛い甥に負担をかけまいとの心積りか。

「歴代の陛下が苦心惨憺《さんたん》されてもかくの通りじゃ。何事にも天の時というものがあるというもの、そなたがそれ以上申さば、歴代の皇帝陛下を侮蔑することにもなりましょうほどに。そなたの憂国の情はあいわかったゆえ、あまりに己《おのれ》一人を責めぬほうがよかろう」

と慰めとも窘《たしな》めともつかぬ言葉をかけられた。侂胄は無論初めから腹に一物あるので、何を言われようとも臆する気はない。ぶつぶつと聞こえよがしに呟きはじめた。

「はあ、申し訳ございません。……近頃、趙《ちょう》知枢密院事《ちすうみついんじ》もすでに辞意を固めておるやに聞き及んでおりましたゆえに、つい取り乱しましたようで」

この予期せぬ返答に、呉太皇太后は急に顔色を変えた。

「なんと。――いま、何と申した」

と声を荒げての再度のお尋ね。侂胄は呉氏の思わぬ剣幕に、さも驚いた顔つきで、

「は？　伯母上様がご存知ないとは――」

と眼を大形《おおぎょう》に見張って言う。それからもとの表情に戻って語りだした。

「それでは恐れながら申し上げます。知枢密院事趙子直《ちょうしちょく》様は、最近の国政の乱れの責任を痛く感じられ、近々参内して辞意を奉《たてまつ》る所存を承《うけたまわ》り……それで、実は、私も同じ宗族《そうぞく》としてこのところ胸を

痛めておりました」

途切れがちに語る侘冑の言葉を呉氏は啞然《あぜん》として聞き入っていたが、やがて、

「……すりゃ、まことか」

とだけ呟くと大きな溜息をついた。それから聢《しか》と侘冑を睨《にら》みつけて、まるでその背後に隠れている目に見えぬ何者かに向かって挑戦するような口調で、

「よいか。趙汝愚こそはわが朝の杖とも柱とも頼むべき人物じゃぞえ。いわば太祖の御代《みよ》の趙普《ちょうふ》にも値《あたい》しよう者ぞ。そのような重鎮《じゅうちん》がなにゆえに辞意を漏《も》らす、そなた、分かっておろう」

と言いきった。そこで侘冑も安堵の色をうかべて申しあげたのであった。

「伯母上、よく分かりました。なにとぞお人払いをお願いいたします。――実は私、趙宰相よりの密書を持参致しております」

おお、こんなところにいたか。と呉太皇太后の顔が輝く。早速、俄《にわか》の腹痛とばかりに呉氏は別室へ引き下がり、改めて侘冑を伺候させた。汝愚の密書を繙《ひもと》いてみれば、その文面は、一身の不徳と無能、怠慢を責めるばかりの、ただただ皇帝陛下に相《あい》すまぬとのまことに国家の前途を懸念する至誠一途な内容である。太皇太后、思わず涙して、

「汝愚をここまで追い込んだ者は誰じゃ。侘冑、そなた忌憚《きたん》なく申してみい」

と強《きつ》く仰せになった。しかし、そこは侘冑、

「はて、何を仰せなのか――書付の中身につきましては私めは詳しくは存じませぬが、なにやら宮中にて狐狩りの催しがあるとかないとか……、いえ、これは趙宰相から伺いましたことでございます」

と慌てて弁解じみた真似をするのであった。太皇太后は目をじっと宙に向けたまま、「ふむ。李皇后のことじゃな……」とぽつりと言う。それからやや暫《しば》くあって、

「よい。――汝愚に申し伝えるのじゃ。辞意は認めぬゆえに、いましばらくはこの婆《ばば》めに身を任せよ、と。よいか、そなた、忘れずに言うのじゃぞ」

と仰せになった。

まさに、忠臣死を覚悟すれば至誠《しせい》天に通じ、国母《こくも》感涙して身中の賊を討たんと欲す、というところに折も折、隠居中の太上皇、寿皇聖帝《じゅこうせいてい》（孝宗）ご崩御との急報が伝わってきたのである。するとこの時、太皇太后は韓侂冑を近《ち》う寄らせてその耳元で何事かの策を授けられたという。

光宗皇帝は父君の訃報《ふほう》を耳にされるや、さすがに今度ばかりは自ら率先して宰相をはじめ、百官の全員を召し出された。いつもの青白く痩《や》せた顔が緊張のためか、今日は少しだけだが赫《あか》みがさしている。光宗は玉座の前に立つと、病のためにふらつく身を必死に堪《こら》えながら全員に向かい、やや甲高《かんだか》い声で、上皇の大喪《たいそう》を万事滞《とどこお》りなく進めるようにと下知したのであった。

ところが病身の皇帝のせっかくの努力を嘲《あざわら》笑うかのように、折しもこの時、物見の者より火急の報告が届いたのである。それを受け取った係の役人が慌てて何事かを宰相の趙汝愚に耳打ちをする。

とたんに趙汝愚の顔から血の気が失せた。

「汝愚、何事ぞ」

御前をも憚《はばか》らず進みでた汝愚に、光宗は目を険しくした。しかし汝愚は気づかぬふりで、その報告

を上奏した。

「陛下。ただいま参りました北辺よりの報告によりますれば、にっくき金賊が急遽《きゅうきょ》、兵を動かした由《よし》にございます」

この突然の報せに、光宗は目を見開いたまま、あっと叫んだ。顔色は見るまに白くなり、唇はぶるぶると震え、小刻みに揺れ動いて止まらなくなった身体からはもはや俄仕込《にわか》みの勇気もすでに萎《な》え、そのままへなへなと玉座にへたりこんでしまった。お付きの者がすぐさま駆け寄ってきたが、さすがに帝はその者らを制するように力なく手をふられた。

「——さては父君のお隠れになられたことが早や知れたと見ゆる。朕《ちん》のいかになすべきや、卿ら早々に申し述べよ」

と頭を抱えながら光宗が言う。

早速、趙汝愚が罷《まか》り出でて、

「いまや社稷《しゃしょく》の重大事にござりますれば、上におかれましてはすぐにもこの場にて全軍の指揮を執っていただきとうございます」

と言えば、光宗は汝愚の言葉に一々《いちいち》頷きつつも、袖で目を覆《おお》い、しばし無言の状態であった。そして重い口をあけられて申されるには、

「……なれども、それは礼に悖《もと》ることになりはせぬか。朕は上皇のご病気の折りにも孝行を尽くしてはおらぬと言うに、お隠れになった今、誰がその御霊《みたま》をお世話申し上げるというのじゃ」

この言葉に一同の者、しんとしてしまった。この時、突然、後ろの方から大声で叫んだ者がいる。

「恐れながら申し上げる」

全員が一斉に振り返ってその声の主を見れば、武官の韓侂冑が血相を変えてじっと帝を睨んでいるではないか。

しんと静まりかえった大広間に侂冑の声が響きわたる。

「いまや金賊、わが国境に迫りつつあるとの報せが参っておりますぞ。陛下、何をご躊躇《ちゅうちょ》なされます。亡き上皇陛下は最期まで北虜《りょ》を平らげ、都の開封《かいほう》を取り戻すことばかりを念じておいででございました。金を倒すことこそ真の孝行と申すもの。大喪《たいそう》のことはこのさい嘉王《かおう》様にお任せ致したら宜《よろ》しかろうと存じまする」

「韓将軍のご意見、もっともでございます」

とすかさず趙汝愚が賛同する。こうなれば他の者にも異存のあるはずがない。百僚一同声を揃《そろ》えて汝愚の言葉に唱和したのであった。

――このようにして、大喪に赴かれた嘉《か》王に呉太皇太后は親しく引見され、その場で皇帝の位におつけになったのである。すなわちこのお方が、後に「寧《ねい》宗皇帝」と諡《おくりな》されることになる仁文哲武恭《じんぶんてつぶきょう》孝《こう》皇帝陛下なのである。

言うまでもなく、新帝擁立《ようりつ》に格別の働きをした趙汝愚は今や寧宗からの信任もますます厚くなり、その威光も絶大なものになっていった。

本来ならばこれ以降は名臣趙汝愚がその手腕を存分に振《ふ》るい、宋の国力を回復し、さらに中華の地より北敵を追放する歴史になるはずだったのだが、史実は不幸にもそうはならなかった。亢竜《こうりょう》ノ悔《く》イ。得意の絶頂の汝愚の足下に不運の種が播《ま》かれていた。

新帝擁立のもう一人の立役者、韓侂冑の恩賞については宰相たる汝愚に一任されていたことがその種になった。これは侂冑が皇族ながらも武官であったからだとも言うが、朝廷としては、韓侂冑にどこかの領地でも宛《あ》てがって王という位を与えては、と考えていたらしい。

ところがここに稀代の読書人趙汝愚の性格が禍いしたのである。汝愚は殊《こと》のほか君子であった。その人格的清廉さが侂冑の複雑に重なりあった劣等感を理解できなかった。

彼はあまりにも侂冑の心を単純に考えた。

——自分も侂冑も、宋朝の宗族である。本来は恩賞などはもってのほかではないか。まして侂冑は武官であり、いかに新帝擁立に功績があろうとも政務に参画させるわけにはいかない身分。ここはとりあえず褒美《ほうび》の金子《きんす》を増やすことで我慢してもらうしかあるまい……。

朝議への参加！——これこそが韓侂冑の積年の夢であったのだ。だが趙汝愚は自分の考えに納得すると、あとは山積する内外の難事に脇目もふらず尽瘁《じんすい》してしまったのである。この間、友人の朱熹《しゅき》から口が酸《す》っぱくなるほど韓侂冑には十分配慮し、注意するようにとの警告を受けていたにも拘《かかわ》らず、である。

結局、趙汝愚は盟友韓侂冑の恩賞についてはいつのまにか忘失してしまっていた……。

こういうわけであるから、寧宗《ねいそう》即位後、韓侂冑がいくら待っていても、恩賞については何の沙汰もなかったことは言うまでもあるまい。

一時は汝愚の真心に打たれ、損得なしの純粋な気持ちで尽くした侂冑であったが、こうなると逆に、裏切られたという思いが人一倍強くなるのもまた侂冑の性分であった。

——ある時、私は師の謝霊輝《しゃれいき》にこう尋ねたことがある。

「もしも趙汝愚が、言われるほどの君子人ではなく、もう少し悪どい人間だったとすればどうでしょうか。あるいはこの時に韓侂冑を心服させて有能な片腕にすることが出来たのではありませんか」

すると謝先生は、

「確かに政治という芝居は、悪人が演じた方が見応《みごた》えがするようだが、しかし最後に苦しむのは何の役を演《や》っている者かね」

と冷やかに答えられたのだった。

韓侂冑にとっては面白くない日々が続いた。

「——汝愚め、新帝擁立に果たした儂《わし》の功績をさては盗むつもりだな」

と今日も怒って屋敷内で怒鳴り散らしていると、これはしたり。趙宰相の功績はやはり韓閣下のお働きでございましたか。の声が背後でした。

侂冑が驚いて振り返れば、中背で、頬骨《ほおぼね》のやや尖《とが》った取《と》っ付《つき》にくい顔、その真ん中には鼻の筋がすっと通った浅黒い男が一人、恭《うやうや》しく拱手《きょうしゅ》の礼をとって立っている。

一目で読書人とわかるその男は低頭して、

「失礼の段、平《ひら》にお許しを。――ご門前にてお目通り申し上げましたが、どなたも参りませぬゆえ、聞き覚えのある公のお声を頼りにこちらへ参りました次第」

と慇懃《いんぎん》に挨拶をした。

「おお、誰かと思えば――そなたは李学士では？」

この男ならばどこかで逢ったことがある。たしか……と侘冑が考えはじめたとき、その記憶の曖昧《あいまい》さを感じとったのか、その男はすかさず、

「はい、李沐《りもく》でございます。以前、呉太皇太后さまのご宴席にて閣下とは二度ほどお目にかかったことがございます」

と答えた。

「もっとも私は詩を作ることが下手で、閣下のお目にはとまりませんでしたが……」

と李沐が言えば、侘冑も、

「何の、儂《わし》とて無骨者ゆえに先生方の詩が理解できないのを恥じておりまするわい。ははは」

と豪快に笑った。それから、あの時はこうだったとか、この宴の時はどうだったと互いに思い出すように話しあっては笑いあった。

頃合を見て、李沐が改まった物言いで話しだした。

「実は本日このように伺いましたのは、国家の前途を憂うる国士として韓閣下のご意見を拝聴しに参りました次第でございます」

「儂ごときに意見などあろうはずもない」

侂冑は宮廷でのいつもの癖で、まず相手に礼をはらう。それから相手の出方を伺うのが腹中に讒言《ざんげん》という刃物を始終忍ばせている宮中での作法であった。もちろん李沐とてこの作法を知らぬわけはない。そこで警戒を解くためにすぐにこちらの本心を見せることにした。

「お隠しめさるな。公の新帝擁立の時のお働きを知らぬ者はございませぬ。ところがその後の冷遇ぶりに、私はもとより、劉徳秀《りゅうとくしゅう》や何澹《かたん》など心ある者は趙宰相のあまりの専横ぶりに憤《いきどお》りを感じておりますぞ」

李沐の本心が那辺《なへん》にあるかを感じた侂冑、思わず口元が綻《ほころ》びて、

「儂は迂闊《うかつ》にして貴公がこれほどまでに憂国の情があるとは露《つゆ》も知らず、ご無礼を致した。ともかくもまずは別室にて酒など飲みながらご高説を承《うけたまわ》りたい」

と持ち上げる。そこは李沐も心得たもので、ますます恐縮した態《てい》で、

「実は、本日伺う前に、劉徳秀《りゅうとくしゅう》と何澹《かたん》の二人にもお屋敷に顔を出すように伝えてありますので、みな揃いましたところで改めて愚見を陳《の》べさせていただきとうございます」

と述べる。

そこへ家宰《かさい》がやって来て、何澹と劉徳秀の二人がやって来たと告げた。侂冑はいたく喜び、さっそく簡単な宴を開き、四人共々に杯を交《か》わす。時間とともに侂冑は日頃の鬱憤《うっぷん》が晴れ、久しぶりによい機嫌となっていった。

やがて宴も酣《たけなわ》になる。

李沐が、恐れながらと口を開いた。

「――閣下にお頼みがございまする」

「よかろう。貴公らの憂国の情を承《うけたまわ》ろう」

上機嫌の侂冑は二つ返事で答える。

「私どもは趙宰相の人事に不満を抱く者でございます」

おお、それは儂《わし》も同じじゃ。わが意を得たりと侂冑は手に持った杯をぐいと飲み干した。その仕草《しぐさ》を仔細《しさい》に観ていた李沐が、蛇のような眼差しで迫った。

「――されば、趙宰相は程朱《ていしゅ》の学徒にてござりますので、国家の要所を占める人物は全て程朱の流れをくむ門弟ばかりでございます」

程朱の学？　侂冑は合点のゆかぬ顔をした。李沐は薄笑いを浮かべて劉《りゅう》と何《か》の顔を見る。二人はその通りだといわぬばかりに黙って首を縦にした。

話の筋がまだよく呑みこめない侂冑は、手に持った杯を持て余しぎみに弄《いじく》りまわしていたが、

「ふむ。儂は無骨者にて、学問とは縁遠い者だが――そもそも貴公らは程朱の学をどのように見ているのじゃ」

と訊いた。すかさず、劉徳秀が答える。

「閣下。私めはかつて長沙《ちょうさ》において彼らと対論したことがございます。わが大宋が祖先の地を取り戻すには如何にすべきか、と問うたところ、程朱の輩《やから》の言うことといえば、貧に安んじ道を守れと声高に申すだけ。理想と観念ばかりをいたずらに追い求め、およそ現在のあるべき姿を認めようとは致しませぬ」

侂冑はうんうんと頷いてはいるが、まだ納得がいかない。そんなことは、と侂冑は思う。

（――儂《わし》の無念さに比べれば青臭い書生の議論だ。こいつらの話というのはいつだってこうだ。どうでもいいことをさも勿体《もったい》ぶって偉そうに喋《しゃべ》りまくるだけのことだ。程朱が何だって）

何澹《かたん》が口を開いて、声高に言う。

「さよう。たとえばこの臨安府《りんあんふ》の繁栄ひとつ見てもよくお分かりいただけましょうぞ。これすなわち、人間としての自由なる生活をしているからこそ可能といえるもの。それをただ欲望を抑えて、ひたすら貧を重んじるようではどうして北虜《ほくりょ》の連中と戦えましょうぞ」

侂冑は、なるほど大見識だ。と何澹を褒《ほ》めそやしてはさらに杯を勧める。自らもさらに酒を灌《そそ》いで呷《あお》るように飲んだ。じりじりした李沐が早口にまくしたてた。

「閣下、のんびりしている場合ではありませんぞ。今やその学派の中心に収《おさ》まっている朱熹《しゅき》と申す者、此奴《こやつ》がどれほどの悪党か、ご存知ありませんな。あやつは孝宗・光宗の両帝に覚えめでたきを鼻に掛け、趙宰相をも舌先三寸で騙《だま》してしまい、今では邪魔者は重厚な韓閣下のみ。さればあの男は姦計《かんけい》を用いてでも公を朝廷より追い出さんと画策しておりますぞ」

この言葉に、侂冑は驚きのあまり、口元まで運んだ杯を一瞬止めた。

「なんと、あの大学者の朱子が――貴公ら、妄《みだ》りに朝臣を軽んずるようなことを言えばどのようなお咎《とが》めを受けるのか分かっていようぞ」

と窘《たしな》める。だが興奮した李沐はますます早口になって、言った。

「何を仰《おっ》しゃられる。証拠は挙《あ》がっておりますぞ。今上《きんじょう》陛下への上奏文のなかに『四事ヲ却《しりぞ》ケヨ』と言うのがございましたが、閣下はこれをご存知でしょうな」

問い詰めるような李沐の言葉に、侂冑も辟易《へきえき》して答える。

「それならば儂《わし》とて聞いたことがある。さすがに名文じゃとの専《もっぱ》らの評判だが、それがどうかしたのか」

すると李沐の細い目が、急に蔑むような憐れな眼付きに変わった。それから今度は子供にでも説いて聞かせるかの口調で話しだした。

「いいえ、あれこそ魚眼魚目《ぎょがんぎょもく》とも言える代物《しろもの》。玉《ぎょく》のにせものを魚眼ともいい魚目とも言いますぞ。よろしいですかな、閣下。その名文の中に『左右ノ姦臣《かんしん》ヲ取リ除《のぞ》クベシ』とわざわざ書いてありますことは閣下もご存知のはず。あれこそ朱熹《しゅき》の陰謀にほかなりませぬ」

しかし侂冑はまだ得心がいかぬらしく、怪訝《けげん》な面持ちで李沐を見つめる。李沐の舌は油紙に火のついたように止まらない。

「あの『姦臣』の二字こそ閣下を指《さ》していること、疑う余地もありませんぞ。なんとなれば〈姦〉とは〈心がねじれ邪悪なこと〉。あやつら程朱《ていしゅ》一派は、自分たち以外の者を全てそのように呼んでおりまする。されば今、廟堂《びょうどう》にて程朱の学徒でないのは閣下だけではありませぬか。――閣下、これでもまだ私が朝臣を軽んずるとお疑いでございますかな」

この言葉に、初めて韓侂冑は李沐の言わんとしていることが分かったらしく、はっとすると今度は怒りを露《あらわ》に、

「おのれ腐《くさ》れ儒者めが！」

と手にした杯をやにわに床に投げつけた。それから改めて、李沐の前に跪《ひざまず》き、

「先生のお教えなくんば、儂はあやうく身を過《あやま》つところでござった」

と李沐の両手をしっかりと握った。李沐は心中ほくそ笑んだが、表面は冷静に、さも怒りを堪《こら》えているかのように、

「なんの。私とて学に志す者の端くれ。なればこそ、朱熹の申す道学なんぞは所詮は偽学《ぎがく》であり、とうてい許されるべき教えではございません。それゆえ、この際、閣下より天誅《てんちゅう》を加えていただきとう存じます」

と言うが早いか、侂冑と同じく己《おのれ》も手にした杯を力いっぱい床に投げつけた。すると、われらもこの通りでございます。と何澹《かたん》、劉徳秀も同じように杯を叩きつけて割ったのだった。

一方、孟子《もうし》以来の大儒といわれ、孝宗光宗の両帝からの信望もひときわ厚い朱子は、その余沢《よたく》で寧《ねい》宗《そう》皇帝からの覚えも格別なものであった。

朱子はちょうどこの時、宰相趙汝愚の推薦で、「煥章閣待制兼侍講《かんしょうかくたいせいけんじこう》」の任を帯び、寧宗に『大学』を進講していた。その講筵《こうえん》は奇数日の早晩に行われた。特別の日を除いては、朱子もまた講義を休むことのない熱の入れ方で、しかも終わる度《たび》にそれを編次しては寧宗《ねいそう》に奉《たてまつ》るという熱心さであった。

紹熙《しょうき》五年（一一九四）、閏《うるう》十月十九日の夕刻。

講義を終えたばかりの朱子が部屋に戻った時のことだった。なんと部屋の前に内侍《ないし》の王徳謙《おうとくけん》が佇《たたず》んで待っている。

「これは王内侍《ないし》殿。――何か急用でも」

と朱子はひとまず部屋へ招き入れる。

「ただ今、帝よりの御言葉がございましたので侍講《じこう》殿にお伝え申す」

と不愛想に徳謙が言う。

それによれば、朱子の老齢と厳寒の講義は卿《おんみ》には堪え難きことと思われるので、命があるまでは宮《きゅう》観《かん》に移り身体を厭《いと》うようにとのこと――講義中止の命令である。

朱子が驚き、思わず、

「これはまた唐突な。帝は先ほど私に次の予定をお尋ねになったばかりですぞ」

と声に出す。とたんに王徳謙は血相を変え、横柄な態度を露骨に示して、

「黙らっしゃい。畏《おそ》れ多くも、帝はそなたの身を心配なされてのご温情だというに、その抗弁は不敬であるぞ。この上は文句を言わずにさっさと任地へ赴かれるがよかろう」

と吐き棄てるような言い草。この時、廊下から一つの影が風のごとくに現れ、王徳謙の胸ぐらをぐいと摑《つか》むと激しい勢いで罵《のの》りはじめた。見ればこの人は吏部《りぶ》侍郎《じろう》の彭亀年《ほうきねん》という人、これまで趙汝愚らとともに朝廷内での韓侘冑の黒幕的権力を厳しく非難してきた人物である。

「やい、徳謙。朱殿へ用事があって来てみれば偶々《たまたま》耳に入った貴様の悪口雑言。――おのれを唆《そそのか》したは誰ぞ。さては朱殿の、帝への諫言《かんげん》を阻止するために謀りおったな」

あまりの剣幕に王徳謙もしばし絶句の体《てい》であったが、やにわに胸の手を払いのけると、

「ふん。誰かと思えば、お手前は彭侍郎《ほうじろう》。それがしは帝の仰せのままをお伝えに参っただけのこと。

胸ぐらを摑んでの中傷は狼藉《ろうぜき》であろう。それほどお疑いあらば、直接帝に確かめられたらよかろう」

と冷ややかに言い放す。

「なにっ、帝までをも愚弄《ぐろう》するか」

亀年の怒りに、朱子が慌てて仲《なか》に入る。

「いやいや、すべては帝の御心《みこころ》でございます。私は喜んで任地に参る所存。幸いにも、講義もちょうど第六章を終えたところ、これ以上は帝お一人にて十分に叶いましょうぞ。――王内侍殿、僭越《せんえつ》なれども、帝にご研鑽《けんさん》あれとお伝え願いたい」

と心より言えば、徳謙はぷいと横を向いたまま、

「あい分かった。帝がそなたのことをお聞きになったら伝えておこう。――朱殿、詔《みことのり》じゃ。さっさと此処《ここ》を立ち去られるがよかろうぞ」

とそそくさに言い終え、振り向きもせずに出ていった。

あまりに人を馬鹿にしてやがる、と歯嚙《はが》みして悔《くや》しがる彭亀年に、朱子が宥めるようにそっと囁《ささや》いた。

「子寿《しじゅ》（亀年の字）殿。すべては韓侂冑の企《たくら》みでしょう。ただ気になるのは私への解任のしかた、とても侂冑一人の謀《はかりごと》とは思えません。誰ぞ智慧袋がついたかも知れませんな。この分では趙宰相の身とて決して安泰とは申せませぬぞ」

「やはり侂冑が、……しかし、まさかに趙宰相までには手は出せぬでしょう」

と亀年が強がりで言う。

何はともあれ、あなたも十分にご注意なさるがよい。と朱子が窘《たしな》める。それはそうと、先生はいず

この地に赴《おもむ》かれる所存ですか。と心配顔で亀年が尋ねる。亀年にとっては朱子は同僚以上に学問の師であったからだ。

朱子は淡々とした口調で答えた。

「滄《そう》州の建陽《けんよう》に赴くようにとのことです」

その答えに、それまで沈鬱《ちんうつ》だった亀年の顔がぱっと輝いた。

「ああ、それならば先生、信州の玉山《ぎょくさん》に是非にもお立ち寄り下さいませ。あそこの知事の司馬邁《しばまい》は先生の学問を慕っております。それに」

「それに？」

朱子は彭亀年の次の言葉を待った。

「知府事です、知府事の周泰安《しゅうたいあん》という男は陸象山《りくしょうざん》先生の門下の一人です。先生を悪いようには致しませんよ」

「君は周泰安を知っているのかね」

興味深そうに訊く朱子に、彭亀年は懐しそうな表情になって、答えた。

「直接は知りませんが、私の友人が最も信頼していると申しておりました」

「友人？」

朱子の人懐《ひとなつ》っこい目がきらりと光った。彭亀年は嬉しそうに胸をはって言った。

「謝霊輝《しゃれいき》です。先生もご存知の――」

ああ、と朱子も嬉しそうに笑った。

【第二回】

儒者、道を教えんと玉山に向かい、
師弟、道を尋ねんと道観《どうかん》を訪《とぶら》う。

「……というわけで、朱《しゅ》先生は今のところ玉山に居られると言うことだ」

馬の背に揺られつつ、この長い話をここまでしてきたのは、身には栄《は》えある〈襴衫《らんさん》〉を纏《まと》っていながら、その裾《すそ》からはおよそ襴衫とは縁《えん》のない茶色い騎馬用の軟靴《なんか》を覗かせた、四十前半を思わせる男だった。細い白糸で緻《ち》密に織りあげられた襴衫は丸い首衿《えり》と広幅の袖をもつ単衣物《ひとえもの》には違いないのだが、当時も今と同じように知識人の典型的な服装として有名であった。これについては『輿服志《よふくし》』にあるように、

「進士《しんし》及ビ国子生《こくしせい》、県生《けんせい》コレヲ服ス」

という伝統が厳然と守られていたのである。

してみると、この人物が「進士」という、いわば国家公認の最高の知性の一人であることは言うまでもないだろう。

だが、ここで私は断っておかなければなるまい。それはこの人が進士という特権階級にいたとして

も今まで一度だってその立場を誇示したことはなかった、ということだ。

わが中華の民が官に示す畏《おそ》れがどれほどのものであるかは今更《いまさら》説明する必要もないだろうが、この人ほどそのような肩書きや権威などから自由だった人もいないのではないだろうか。だから、と言うわけでもないが、虎の威を借る狐たちに対しては――つまりやたらと役人風をふかす横着な連中には、その特別な身分を利用して時々悪戯《わるさ》をすることもあった。しかし、それもこの人の自由な魂のなせる業《わざ》であったのだ。

実際、若い頃の私は、この人のそのあまりの執着のなさに、愚かにも妄想に近い憶測をしたこともあった。

それは例えばこのようなことである。

――この方とても、私と同じ年頃にはきっと強烈な自負心があったに違いない。ところがそのありあまる才能が却《かえ》って世俗の詰まらない虚飾を打ち砕き、老子の曰《い》う、『其《そ》ノ鋭《えい》ヲ挫《くじ》キ、其《そ》ノ紛《ふん》ヲ解《と》キ、其《そ》の光ヲ和《やわ》ラゲ、其《そ》ノ塵《ちり》ヲ同《おな》ジウス』という人生観を持つようになったのだろうか。

――いや、もしかしたら、弟子の私などにはとても考えつかない、心を一変させるような椿事《ちんじ》が出来《しゅったい》し、それが元で飄 々乎《ひょうひょうこ》とした風格を具《そな》えるようになったのかもしれない。その思わぬ出来事とは、屹度《きっと》、叶わぬ恋への絶望だったはずだ……。

この人の特徴は、いつもの凛々《りり》しい眉とその下の炯々《けいけい》たる眼光。形の良い鼻。ぴんと跳ねた口髭と不思議に調和している頬《ほお》から顎《あご》下に続く髯。それらが渾然《こんぜん》一体となってなんともいえぬ味わいを醸《かも》しだしていることだった。そのため、この人に出会った者ならば誰でもが、この人物の湛《たた》えている底知れない智慧の深さを感じ取るのであった。

実際、この人は智慧の塊《かたまり》のような人物だった。その象徴とも言うべき頭の上には、髪が乱れるのを嫌うように濃褐色の軟巾《なんきん》がきちんとした姿で納まっている。さらに言えば、騎《の》っている馬の背に振り分け荷物が見えることからも、この人が旅の途中であることがわかるだろう。面白いのは、武張《ぶば》ったことを軽蔑する読書人の中にいながら、この人物の背には長剣が背負わされていたということだ。

もっともこれにも理由があった。それはこの人がたんに長身であったと言うだけでなく、たとえ武科挙を受けたとしても、この人ならば第一位の状元《じょうげん》合格は疑いがないほどの凄腕《すごうで》の持ち主だったからにほかならない。つまり、この人にとっては、剣に代表される武術もまた孔孟の教えと同じく、人間精神の健全さを表すものだったのである。

——これが私の師匠・謝霊輝《しゃれいき》先生の当時の姿だったと記憶している。

申し遅れたが、私の名は王敦《おうとん》。字《あざな》は享牧《きょうぼく》。この時、私はたしか十八にもなろうか、という齢《とし》だった。

ところでどういう訳《わけ》か、今日は朝から先生の面長の顔にはいつになく険しい表情が浮かんでいる。ずっとそのことが気にかかっていた私はわざと明るい声で尋ねた。

「それで先生は、朱晦庵《しゅかいあん》先生のお見えになるという玉山《ぎょくさん》へ向かわれているのですね。でも……」

横に並んで轡鞚《くつわづら》を操《あやつ》っていた謝霊輝の瞳が言い淀んだ私の顔を訝《いぶか》しげに見た。それは私が何を言いたいのか、理解できないという眼差《まなざし》だった。それで私は焦《あせ》って、恐る恐る言葉を継《つ》いだ。

「——だって、三年前にお亡くなりになった先生のお師匠様、陸象山《りくしょうざん》先生と朱晦庵様とはずっと宿命の論敵だったというじゃありませんか」

改めて申すまでもあるまいが、南宋の大哲学者である陸象山先生は、本名を九淵《きゅうえん》、字《あざな》を子静《しせい》と仰《おっ》しゃられた。撫州金渓《ぶしゅうきんけい》の人で、世に名高い「象山《しょうざん》」は自ら名づけた雅号《が》である。

聞くところによれば、象山先生は十三歳の時、古典中の「宇宙」という二文字に目が吸いよせられ、そこから先をもう読めなくなったと言う。

その書の註には、『宇トハ四方上下、宙トハ往古来今《おうこらいこん》ノコト』とあったそうだが、それが人間の在《あ》り方にそもそもどう関係しているのかが分からず、独りで沈思黙考すること数日、ある日豁然《かつぜん》として、

「宇宙はすなわちわが心、わが心はすなわち宇宙なり」

と悟られた。紹興二十一年（一一五二）のことである。

その一方で、十六の時、靖康《せいこう》の事を聞き及ぶや、敵国金《きん》への憤りが激しく、とうとう一朝有事に備えて弓馬を学んだとも伝えられている。

この例からもわかるように、陸象山先生の学問には必ず実践への厳しい要求があった。したがってその方法も『本心ヲ自覚シ、マズソノ大ナルモノヲ立ツ』という、外見上は極めて易簡なものであったのである。

わが謝霊輝は、この陸象山の愛弟子であった。

これに対して朱晦庵《しゅかいあん》先生、つまり朱子《しゅし》はその諱《いみな》を熹《き》といい、字《あざな》を元晦《げんかい》、後に仲晦《ちゅうかい》と称された。父の名を松《しょう》という。朱子はこの朱松の三男として建炎四年（一一三〇）九月十五日、南剣州尤渓《なんけんしゅうゆうけい》県で生まれたのである。

ここでなぜ私が朱先生の父君のことまで話しだしたのかと言えば、父の松《しょう》と息子の熹《き》との間の不思議な繋《つな》がりを述べたかったからである。それというのも松も当時の宰相であった秦檜《しんかい》の対金講和論に反対し、そのために官途において志を述べることが出来なかった。この悲運が、息子の熹《き》と韓侂冑《かんたくちゅう》の関係と重なりあって見えるからだけではない。秦檜の講和は敵の術中に陥る亡国の策なり、との父・松の見識が北宋の滅亡という歴史的事実として実証されるにおよび、朱子の、父を尊敬すること甚だしく、ついにその学問とともにその遺志をも継ぐことを決心したと思われるからである。

この父子にもまた天に関する逸話がある。

朱先生が五、六歳の頃の話だという。父親が空を指差し、あれが天だ。と教えた。すると熹少年はすかさず、天の上は何ですか。と尋ねたという。父の松は、この時、もしここで何かを答えたらこの子は必ずその上には何があるのかと訊いてくるだろう、と考えて思わず口を噤《つぐ》んでしまった。

その為人《ひととなり》のように、朱子の学問も探究的で精深《せいしん》、精微《せいび》にして奥深いことを是《ぜ》としていた。

「はははは。何を言うかと思えば、そんなことか。それを下衆《げす》の勘繰《かんぐ》りというのだ。確かに、象山先生と朱晦庵先生とは学問上での対立はあったよ。お前も知っての通り、象山先生の《心即理《しんそくり》》説に対し、晦庵先生は《性即理《しょうそくり》》の立場を主張され、真っ向から反対された。だがな、享牧《きょうぼく》、晦庵先生のこの《性即理》の考えを最もよく、最も深く、理解なさっていたのが他《ほか》ならぬわが象山先生であったということをお前は知らないだろうなあ……。もちろん、この逆もそうだ。朱子を真に知る者は陸子にしかず、陸子を誠に敬するは朱子にしかず、だ。つまり、お二人には、我々凡人の及びもつかぬ深いところで相《あい》通じる友情が存在していたというわけさ」

「へえーっ、そんなものですかねえ……。それで、先生が朱晦庵先生の護衛に行くっていうのは」

「いや、実はこれも象山先生のご遺命なのだ。象山先生は生前、朱子の剛直な性格がやがては俗吏どもの反感をかうことを見抜かれておられた。それで万一、先生亡き後に朱子の身辺に危険が迫った場合を憂慮され、心ある弟子たちに後世のためにもわれらが道統、儒学の正統を守るようにと申し残されたのだ。なんといっても象山門下は頭ばかりではなく、師の象山同様、腕のほうにも通暁しているからな、ははは」

いつしか謝霊輝《しゃれいき》の顔からはさきほどまでの険しさが消えて余裕にも似た笑みがうかんでいる。そうこう話しているうちに、私たちの馬は切り立った山の麓《ふもと》に来ていた。

「さてと、どうやら、目の前のこの山を越せばすぐにも玉山《ぎょくさん》らしいが……」

と馬を止めた謝霊輝は、行く手を阻《はば》むように立ち塞《ふさ》がった聳《そび》えたつ峻険な岩山を仰ぎ見て言った。岩だらけの山肌が夕日に紅く染まっている。

「急がないと日が暮れてしまいますね」

暮れかかった西の空を見上げて不安げに口を挟んだ私に、先生も心配そうに、

「うむ。その時は野宿になるかもしれぬが、止むを得まい」

とぽつりと答えた。

巍々《ぎぎ》兀然《こつぜん》としか言いようのない岩だらけの山に、まるで古い大木に纏《まと》いついた枯れ蔦《つた》のような黒い紐《ひも》が見え隠れするように曲がりくねっている。紐はちょうど山の肩あたりで向こう側に消えているらしい。どうやらこれがこの山を越えるただ一つの道のようだ。山道は狭く、石だらけで、並んで歩を

進めるには無理のように思われた。崖《がけ》の下からは微《かす》かに水音が聞こえてくる。謝霊輝が馬を先に進めた。私はその後ろについた。

しばらくは黙々と、馬と人の喘《あえ》ぐ音だけが続いた。

頭上はるか遠くで雷鳴がした。それで私はその音のした方角に、何気なく首をあげた。

——その瞬間。

私の目に入ってきたのは、一抱《ひとかか》えもある岩石の塊《かたまり》が数個、激しい唸《うな》り声とともに山の斜面のあちこちにぶつかりながらこちらに転がり落ちてくる光景だった。

「享牧《きょうぼく》！」

謝霊輝が叫んだ。それから驚いて棒立ちになった馬を巧みに操ると、——なんと、岩が落ちてきている場所の、その真《ま》っ只中《ただなか》に向かって、馬もろともに突っ込んでいったのだった。

「先生！」

遅れてはならぬと、私も必死の形相《ぎょうそう》になってその後に続いた。

間一髪、だった。

二人が駆け抜けた後に、次々に落下してきた岩と岩とが何度もぶつかりあいながら下の川へ落ちていった。崖の下からは重い地響きが谺《こだま》となって周りの山々にくり返し響いた。しばらくすると、岩が削った山肌からもうもうと土煙が湧きあがり刮《こそ》ぎとった痕《あと》を消しはじめた。

私たちは馬から降りて岩の陰《かげ》に身をひそめ、息をころしてこの光景を見ていた。

「——聞こえたかね」

急に謝霊輝が耳元で囁いた。

「はあ？」

何のことでしょうか、と振り向くと、先生は、

「山の上で蹄《ひづめ》の音が遠ざかって行ったようだが……。そうだとすると、どうやらもうここまで手が回っているようだ。こんな大袈裟《おおげさ》な仕掛《しかけ》だ、権力を持った者の差《さ》し金《がね》に違いあるまい。朱子を狙う韓大臣の手の者かな」

と思案げに呟いた。

「えっ、今のは山崩《やまくず》れではないんですか」

てっきり自然の山崩れだとばかり思っていた私は、驚いて叫んだ。

「山崩れというものは――」

と謝先生は、ホウ、ホウ、と掛け声をかけて狭いところで上手に馬の向きを変え、再び騎乗すると、説明を続けた。

「たいていの場合は、その基盤となっている地塊《ちかい》が移動する。それもごく限られた条件でのみ発生するものだ。たとえば雨が長く降り続いて土が水を含みすぎた場合のようにだ。今みたいに岩だけがごろごろと、しかも私たちの進路を狙って落ちてくる山崩れなどあるわけがない」

「先生、――それも象山先生の教えなのですか」

私は淀《よど》みのない謝霊輝の答に驚いた。その知識の源となっている学問的な背景を知りたくなった。

ところが先生は私の意図をすぐに見破って、

「はっはっは。これは朱子のやり方だ。享牧《きょうぼく》、朱先生は自然を研究されたのだ。そして『大学』でいう《格物致知《かくぶつちち》》の真理に到達したという」

と高らかに笑った。これは私が初めて聞く内容でもあったので、もう少し詳しく尋ねたかったのだが、先生は明らかに日没を気にしていた。私たちは馬に鞭《むち》打つと山の肩をめざして進んだ。

たしかにそれは正解だった。

私たちがその山を越えた頃には、もうすっかり日が落ちて、馬の足元さえもわからないほど暗くなってしまっていたからである。

「享牧、灯《あかり》が見えるぞ」

突然、謝霊輝が叫んだ。

見れば、前方に寺のような建物があり、そのあたりに大勢の人影が角燈を持って集まっているようだった。

「先生、なにか祭りでもあるのでしょうか」

私の問いに、謝霊輝は首を振った。

「音がしない、静かすぎる——祭りだったらもう少し賑《にぎ》やかな音がするはずだ。爆竹《ばくちく》や太鼓の……いや、それどころか、どうやら我々はあまり歓迎されないかもしれないぞ。ごらん、あの大きな提灯《ちょうちん》には府の司法官の印が描《か》いてある。ということは、角燈を持ったあの連中は役人ということになる」

「何か事件でもあったのでしょうか」

心配そうに訊く私に先生は、うむ、と頷くときっぱりと言った。

「ともかく行ってみよう。なにしろ今夜はあの寺にでも泊めてもらわねばどうしようもないからな」

近づくにつれ、そこは仏教寺院ではなく、道教の道観であることがわかった。

一番表側に建てられた牌楼《はいろう》からその奥にある大門《だいもん》のところまで、道の両脇に数十人の役人が、それぞれ同じ角燈を同じ位置に持った姿勢で、じっと動かずに立っている。

牌楼にやって来た謝霊輝は、馬の上からすぐ傍《そば》にいた役人に声をかけた。

「――もし。ちょっとお尋ねするが、ここは何という道観なのか」

暗がりから突然声をかけられた役人は、慌《あわ》てて声のしたほうに角燈を向け、私たちを見つけだした。

「そこにいるのは誰か！」

この誰何《すいか》の声に整然と並んでいた役人たちの提灯が一斉に動いた。暗闇の中で角燈と人影が入り交《ま》じりながら瞬《また》くまに私たちの周りに円をつくった。

でも、たぶん、先生の口元は薄笑いを浮かべていたことだろう。そもそも謝霊輝はこのような大袈裟な振る舞いが嫌いだったからだ。特に権勢を笠に着た嚇《おど》しはいつもこの人を怒らせた。しかし先生は、決してその感情を表すことなく静かに笑いながら相手をやりこめるのが常であったのだ。

「これは失礼。申し遅れましたが、それがしは進士の謝霊輝と申す者」

〈進士〉という一言で、取り囲んでいた灯《あかり》の輪がそろって低く下がった。役人たちが跪《ひざまず》いたのである。

誰何《すいか》した役人の口調が急に畏《かしこ》まった。

「し、失礼を致しました。ここは信州府の霊渓《れいけい》道観であります。――して、先生方にはこの道観に何用でおいでになったのでありましょうか」

「いや、道に迷い、一夜の宿などをお借りしたいと思って参ったのだが、どうやらお取込み中らしい……」

と謝霊輝が困ったように言う。役人はすかさず、

「それでは、ただ今、上役に伺って参りますゆえ、しばらくのお待ちを——」

と言うと、すぐに大門のさらに奥にある建物をめざして走っていった。

「先生、こんな田舎《いなか》の道観にしては物々しい警戒ぶりですね」

そっと私が囁くと、謝霊輝は、

「警戒？——むむ、なるほど。そういう見方もあるわけか、いや、むしろその方が普通だろうな」

と笑いそうになるのを堪えながら答えた。さすがに私もむっとして、すぐに反論した。

「たしかに私は無知で蒙昧《もうまい》でありますが、しかし、牌楼から大門まで役人どもが角燈を持って並んでおります。これが警戒でなくて何が警戒だというのですか。それとも先生は、まさか彼らが身も知らぬ私たちの到着を待っていた、なんて仰《おっ》しゃりたいんじゃないでしょうね。私たちはここに偶然着いたのに、ですよ」

私の剣幕に謝霊輝は苦笑いしながら言った。

「いやいや、これは失礼。お前が無知だなどとはこれっぽっちも思っていないよ。ただ、ちょっと性急すぎる結論を出したがるだけさ。……おっと、先程の役人が戻ってきたらしい」

たしかに大門の方から先ほどの役人だろうと思われる角燈の光が慌てて戻って来るのが見えた。役人は私たちの前まで来ると、突然片膝を地面におとした。それから持っていた灯《あかり》を横に置くと、その

手を胸の前にはこび、もう一方の手で包み重ねた。いわゆる拱手《きょうしゅ》の礼である。これはさっきの挨拶よりもはるかに丁重な態度を意味していた。

「失礼いたしました。知府事《ちふじ》閣下より直々にお目にかかりたいとの伝言でございます」

役人の声が心為《こころな》しか、幾分上擦《いくぶんうわず》っているようだ。ええっ、知府事閣下だって？　私はこの男が言い間違えたのだと思った。

「君、君、いま何て言ったんだい？　知府事閣下だって？　知府事閣下がこんな時間にどうしてこんな辺鄙《へんぴ》な道観にいるんだね。知県事《ちけんじ》閣下の間違いなんだろう？」

と私は窘《たしな》めるように言った。しかし、その役人は誇らしげに、大きな声できっぱりと告げたのだった。

「いえ、知府事閣下であります。しかも知府事閣下は謝先生はよく存じあげているとのことでございます」

今度は謝霊輝が驚く番だった。

「なに？　知府事が私を――」

私はすかさず馬を下りて、すぐに先生の馬の口をとった。謝霊輝はさかんに訝《いぶか》しがりながらも下馬をした。ただちに小者がやってきて、二頭の手綱《たづな》を引き取るとすぐに厩《うまや》のほうへ曳《ひ》いていった。

「それで知府事閣下はどちらにおいでであろうか」

謝霊輝がさきほどの役人に尋ねると、この奥にある玉皇殿《ぎょくこうでん》であります。と緊張した声で返ってきた。

「よろしい。それではそこまで君に案内していただこうか」

歩きながら私はまたもや先生にひそひそと話しかけた。

「こんなに遅くまでお祈りするなんて、よほど信心深い知府事なんでしょうね」

「ほう――」

と謝霊輝は目を大きくして言った。どうしてそうなったんだね。

「だって」と私は得意気に答える。

「玉皇殿と言えば、天帝を祭ってある建物のことですよ。そこに居るということは、今まで何事かを祈念していたということになりませんか。それにしても、先生をご存知だなんて、一体どなたなのでしょうか」

「いや、もう私には察しがついている。けれども、享牧――」

謝霊輝は急に声を潜め、悪戯《いたずら》っぽく笑った。

「ふふ……知府事が玉皇殿にいたとて、何も祈るためばかりじゃないぞ」

「でも……」

「まあよい。すぐに分かることだ――それにやつがそんなに信心深いわけがない」

「は?」

謝霊輝のこの言葉の意味はすぐに分かった。

玉皇殿の前は、篝火《かがりび》が明々《あかあか》と、まるで昼のようであった。物々しい警戒のなか、知府事は後ろに供の者を数人従えて、階段のところに立っている。大柄で恰幅《かっぷく》のよい、知府事・周泰安《しゅうたいあん》は両の手を腰の後ろに組んで胸をいくぶん反《そ》らしぎみにした姿勢のまま、これ以上はないという笑顔で私たちが近づくのを待っていた。

謝霊輝と私は拱手《きょうしゅ》して型通りの挨拶をすませた。すると早くそれが終わるのを待ちかねてでもいたかのように、周知府事の方から嬉しそうな声がとんできた。

「昉烝《ほうじょう》。――一体、どういう風の吹き回しだね。いやあ、本当に久しぶりじゃないか。陸象山先生《りくしょうざん》の学舎以来だからなあ……」

燥《はしゃ》ぎ声の知府事に対し、謝霊輝はあくまでも慇懃《いんぎん》に答えた。

「周閣下にはご壮健の由《よし》と承《うけたまわ》っております」

謝霊輝の、一見冷ややかとも取れるこの応対《おうたい》の辞令が、それまで和《にこ》やかだった知府事の顔を急に険しく変えた。

「昉烝、本気か――何が周閣下だ。どうして昔のように広仲《こうちゅう》と字《あざな》で呼ばないのだ。たしかに象山先生はお亡くなりになったが、俺の学問は知府事になったくらいで腐《くさ》りはせぬぞ。それとも――」

怒りで声を震わせながら謝霊輝を詰《なじ》りはじめた周泰安の両手を、突然、先生はがっしりと握りしめた。そして今度は大きな声で笑いだしたのだった。

「ははは。広仲、気を悪くしないでくれたまえ――いや、なあに、君があんまり信心深くなっていると聞いたものだから、つい揶揄《からか》ってみたくなっただけなんだから」

周泰安は握られた両手を離すと、謝霊輝の両肩をぎゅっとつかんで、

「この俺が信心深いだと？　全体どこを押したらそういう言葉が出てくると言うんだ」

と、これも笑いながら答えた。謝霊輝がなおもにやにやと、

「こんなに遅くまで道観にお詣《まい》りする知府事なんて、そうざらにはいないからね」

と言うと、周知府事は一瞬顔を曇らせ、それから吐き捨てるように言った。

「馬鹿な！　誰がお詣りなど。実は……」

「殺人、だろう？　広仲」

私はこの言葉を聞いた時、今度こそ聞き間違いだと、驚いて師の顔を見た。だが、知府事は大きく頷いた。

「まだ、殺人らしい、と言うべきかもしれぬが――それにしてもまったく口の軽い連中ばかりでお恥ずかしい。あれほど箝口令《かんこうれい》を敷《し》いておいたのに」

と周知府事は舌打ちをすると、側にいた供の者を叱るような口調で言った。後ろに控えていた部下は何が何だかわからないまま、それでも知府事のご機嫌を損《そこ》ねないように、何度も謝りはじめた。

謝霊輝はそういうやりとりを初めのうちは楽しんでいたが、そのうちに叱られている従者が急に可哀相になったらしい。

「ほう、そんな命令が出ていたのかね。安心したまえ。それならば君の部下はちゃんと命令を守っているよ。ほら、名将の下には優れた部下が育つとも言うじゃないか」

といつにないお世辞まで言って庇《かば》いだした。驚いたのは周泰安《たいあん》だった。

「それじゃ、君……昉烝。どうやって、ここで殺人があったなんてわかったんだね」

怪訝《けげん》な面持《おもも》ちで真剣に尋ねてくる泰安に、謝霊輝は、やれやれという表情で答えた。

「簡単なことさ。この国で役人が遅くまで出張る事件といえば、まず殺人ぐらいなもの。道観内での殺人だとすれば、普通は知県事の管轄《かんかつ》だと思うのだが、こうやってわざわざ知府事様が出向いての陣頭指揮だ。殺されたのはとんでもないほど重要な人物なんだろうね」

あっさりと説明する謝霊輝《しゃれいき》に、周知府事は両眼を見開き、口をぽかんと開《あ》けたままその顔を見つめていた。が、慌てて、

「そ、その通りだ――殺されたのは、この道観の知観提点《ちかんていてん》、つまり管長なんだ」

と息急《いきせ》き切って言った。謝霊輝はそれでも冷然と、

「ふん、不老長寿を唱える道士が殺されるご時勢だ。まさに世も末というやつだね」

と皮肉ったが、周知府事にはわからなかったらしい。

「とにかく、現場を一度でも見れば納得するさ。――おっと、ところで昉烝、最前からずっと気になっていたのだが、君はこの若者をいつ私に紹介してくれるつもりかね」

と急に私のことを言いだした。

知府事の、この突然の申し出には謝霊輝の方が面喰《めんく》らったらしい。

「おお、これは失礼。――こちらは王敦《おうとん》。私が象山先生の下を離れてからの弟子で、挙人《きょじん》（科挙受験生）だがまだ進士にはなっていない」

私は姿勢を正し、改めて知府事に拱手《きょうしゅ》の礼をした。

「王敦と申します。謝昉烝《しゃほうじょう》先生の下で陸象山《りくしょうざん》先生の学恩に浴《よく》しております。未熟な後学《こうがく》でありますが宜《よろ》しくお願い致します」

陸象山、という名が周知府事に予想外の親しみを与えたようだった。

「象山先生の？　それでは私たちは同門ということになる」

そう言うと知府事は私の手をとって親愛の情を表した。私としてはただただ恐縮するしかなかった。象山先生の学恩なんて偉そうなことを言ってはみたものの、実を言えば私にはまだ、象山学の何たるかなどとても理解できなかったからだ。それで知府事から何か訊かれはしないかと内心びくびくしたが、先生が助け船を出してくれた。

「――実は、我々二人は象山先生のご遺命《いめい》で朱晦庵《しゅかいあん》先生の所へ向かう途中なのだ」

と謝霊輝はなぜ私たちがここに来たのかを話しだした。周泰安《しゅうたいあん》はしきりに頷いていたが、

「――すると、韓侂冑《かんたくちゅう》はすでに朱先生に対して刺客《しかく》を差し向けているかもしれないと言うのだな。噂には聞いていたが、やはり本当だったのか」

と怒りを堪《こら》えるように言った。私も――興奮していたのだろう、思わず口走ってしまった。

「閣下。本当も何も――私たちでさえ、ここに来る前に殺されそうになったほどです」

知府事はひどく驚愕《きょうがく》した顔になった。その驚きかたにこちらが当惑するほどだった。謝霊輝が眼で私を制止したようだったが、もはや私の舌は奔流《ほんりゅう》の如く、講釈師の如く、ひたすら流れ、ひたすら回り始めていた。

岩山の一件を話しだすと、知府事は顔を強張《こわば》らせて黙ってしまった。しかし、私の話が落ちてくる岩石の中に飛びこんで急死に一生を得た件《くだり》になると、思わず手を叩いて、喜んで叫んだ。

「いいぞ！　いかにも昉忝らしい遣《や》り方だ」

ははは。運がよかっただけだ。と先生が照れ臭そうに私の話を遮《さえぎ》った。それから、つと真面目《まじめ》な口調になって、

「ところで君の、その道士の遺体とやらはどうなったんだね」

と訊いた。とたんに周知府事はうんざりした顔付きに変わり、拳にした右手の親指を立てたまま肩越しに、すっと腕ごと回して自分の背後にある巨大な建物を指《さ》した。それは振り向くのも嫌だといわぬばかりの仕草だった。

「玉皇殿の中に……」

謝霊輝はそう呟くと知府事の顔を覗いた。周泰安は不愉快そうな表情でこっくりと頷いた。

玉皇殿の入口は、太い円柱と巨大な引戸《ひきど》だけが篝火《かがりび》に照らされ、庇《ひさし》より上はその明るさのためにより一層漆黒《しっこく》の闇となっていてよく分からない。引戸は幾重《いくえ》にも折れ畳《たた》める構造《しくみ》になっている。

「ここで、か」

手渡された角燈にぼんやり照らしだされた庇の大きな骨組みの材を下から仰ぎ見つつ、謝霊輝は半《なか》ば呆《あき》れたように言った。周泰安はこの時とばかりに、興奮を隠しきれない口調で、早口に喋《しゃべ》り始めた。どうやら今まで誰かに話したいのを堪《こら》えていたようだ。

「驚くなよ。しかも祭壇の上で、だぞ。こんな奇妙なことは初めてさ。何しろ今までこの辺りで事件らしい出来事はなかったからな。荷駄《にだ》を盗《と》られたとか、豚を殺されたとか、そんなものばかりだったのに……。あ、いや待てよ。たしか半年ほど前に薬種商の主人から遣《つか》いに出た下僕が行方不明になったから探してくれという依頼があったな。ま、しかしどうせ下僕のことだ。そこら辺りの女とでも出

きてどこぞにでも駆落《かけおち》したのだろうと、下僚どもは正面《まとも》には取り扱わなかったらしいが……どうだ、昉烝《ほうじょう》。百聞は一見に如かずとも言うぞ。死体はまだその儘《まま》にしてあるはずだ。話のたねに見ていっては」

こう言うと、知府事は私たちの返事も聞かずに、側にいる者に向かって、

「よいか。この先生方が検視される間は誰も近づけてはならぬぞ」

と声高に命じたのであった。

それから周知府事はまるでいそいそと、私たちの前に立つと自ら玉皇殿の重い大戸を開けた。広くて寒々とした、高い天井のある空間がそこに現れた。

しかしこの明るさはどうだろう。私はてっきり真《ま》っ暗闇《くらやみ》の中を手に持った角燈ひとつを頼りに、あっちにぶつかり、こっちに突き当たりながらその道士の倒れている場所まで行くものだとばかりに思っていたので、大戸の内の明るさには少々戸惑《とまど》った。だがこれが信州《しん》を管轄《かんかつ》している知府事の権力なのだ。なにしろ知府事直々《じきじき》の御出馬である。知県事だろうが県令だろうが、いや〈地方《ちほう》〉のような最下層の官吏に至るまでが、この時とばかりに玉皇殿の中に蠟燭《ろうそく》やら燈心やらを持ち込んだに違いないのだ。こうして初めて彼らの忠誠心が立証されるのである。しかしそれにも拘《かかわ》らず、玉皇殿の内部はその高さと広さのために、上にいくにつれてだんだんと光が届かなくなり、ついには天井で睨《にら》みをきかせているはずの龍や鳳凰などの姿は全く見ることが出来なかった。

堂内の両脇には、赤色の大きな円柱が七本ずつ、向かいあって立っている。その間には幅にして一《ひと》尋《ひろ》（約一・八メートル）ほどもある巨大な角石が敷き詰められていて、ここが礼拝用の広間になって

いるようだった。

私たちは知府事を先頭に、その石畳の上をゆっくりと、祭壇に向かった。石を踏むたびに高い天井に足音が谺《こだま》し、それが冷たい響きとなって頭上の闇に呑まれていった。

「あれを見てくれ」

周知府事は正面を指さしながら言った。謝霊輝は手の角燈を高く掲げて言われた方を見ようとした。正面は祭壇だった。そこにあるさまざまな神像が明かりの中で異様な影を形づくっていたが、それが謝霊輝の手の動きを恐れるかのように下に逃げた。

私にはよくわからなかった。頭を振ると知府事は急に私の頭のうしろを抑え、念をおすようにもう一度その場所を指した。確かに、中央で微笑《ほほえ》んでいる神像とその左側に並んでいる像の間に、小さく蹲《うずくま》っている黒い塊《かたまり》があった。

「あれが……」

「そうです。王後学《こうがく》。……ええと、失礼だが、字《あざな》を聞いていなかったようだ」

と知府事は頭を抑えていた手を肩にかけながら申し訳ない表情をした。

そう言えば、先程の自己紹介の際、私は自分の字を言わなかったことに気がついた。謝先生でさえ私を呼ぶ時には字の「享牧《きょうぼく》」で呼んでくれる。師匠は親と同じなのだから、本名の「敦《とん》」で呼びすてにしても一向に構わないのだ。現に、入門したての頃はいつも敦、敦と呼ばれていたので、今は臨安《りんあん》にいる兄弟子《あにでし》などは、敦坊と私のことを揶揄《からか》ったものだった。それがいつの間にか、私のことを享牧と、正式の字で呼んでくれるようになった。これはきっと私の学問が進み、人格的にも完成されてきたので、礼を尽くしてくれているに違いない。だから周知府事も、いかに友人の弟子とはいえ、まさか本名で呼ぶわけにもいくまいと考えられたのだろう。

私は少しばかり得意になった。それでしゃきっと胸を張り、できるだけ低い声で、

「あ、失礼致しました。私の字は享牧と申します」

と一語一語ゆっくりと答えた。周知府事はさも感心したように、にっこりと笑い、

「なるほど。敦だから享牧か。いや、それとも『易経《えききょう》』から出ているのかな、君の字は」

と一人で納得していた。が、急に先生の方に向き直って、

「ところで昉烝《ほうじょう》。――さて、どうしたものだろう。つい、私の迷いから君たちを事件現場まで案内してきたが、こんな若者にここにあるような悲惨な光景を押しつけても大丈夫なんだろうか」

と不安気に訊いてきた。私は先生が何と答えるのだろうと気になったが、謝霊輝は目の前の黒い塊を凝《じっ》と睨《にら》んだまま、

「死は、生きている限り、いずれは身近になる出来事だ。そこにどのような醜怪な姿を見出《みいだ》そうとも逃るわけにはいくまい。死を臆《おく》するようなことでもあれば、我らの学問はそれこそ偽学《ぎがく》となってしまうだろう」

ときっぱりと言った。周知府事もその言葉を聞くと、苦々《にがにが》しい口調で、

「偽学か――最近、韓侂冑《かんたくちゅう》に近づいている李沐《りもく》とか何澹《かたん》とか言う学者連中が、象山先生の心学や朱先生の学問を盛んにそう言い触らしているそうじゃないか」

と呻《うめ》くように言った。それから急に、謝霊輝に確かめるように、

「しかし、本当にいいのかね。王享牧はまだ書生じゃないか。その書生にこんなもの、――」

と訊いた。先生は相変わらずしゃあしゃあとしていたが、聞いている内に少しは動揺したらしい。

「ふむ。享牧はまだ十七だ。そこまで言われると、確かに心配になってくる。しかし……」

といかにも自信のない返事をした。周知府事はここぞとばかりに畳み掛けてくる。

「君子《くんし》厨房《ちゅうぼう》に近づく勿《なか》れ。という言葉がある。これは男は台所に行くな、という意味ではあるまい。皇帝陛下の御餐飯《ごさんばん》は男の料理人が作っている。また『荘子』にも包丁《ほうてい》なる料理の名人の話がある。つまり、彼らは君子だ」

謝霊輝は周泰安が何を言おうとしているのかと眉を読んだ。周泰安はそんな謝霊輝の顔を見て窃《ひそ》かに笑った。

「つまりだ、あの格言は、人を血《ち》腥《なまぐさ》いものから遠避けるための注意の一つだったということだ。それを思うと青年にこんな死体を見せていいものだろうか」

む……と今度は謝霊輝も完全に沈黙した。私は周知府事の話の進め方に感心した。兵法で言う《奇ヲ以テ正ニ応ズ》とはこういうことを言うのだろうかとも思った。いや、それよりも知府事は昔からの長い付き合いの中で、どうやら謝先生の性格上の弱点を心得ているようだ……と、私は、はっと思った。そうか、この二人から私はまだ一人前に扱われていないのだ！

そう思うと急に情けなくなり、とうとう癇癪《かんしゃく》を起こしてしまった。

「先生方、お願いですから私を子供扱いしないで下さい！」

すると謝霊輝は周泰安に向かってそれ見たことかと目で責めたあと、

「ほれ、叱られてしまった。——だから余計な心配はいらないと言ったのに……。すまん、すまん」

と私に謝ってきた。

「せ、先生。私は何もそんなつもりで……」

私は慌てて弁解した。この遣《や》り取りを見ていた知府事は、

「わはは。昉忝を遣り込める人間がいたとは、な。これは傑作だ。わははは」

と豪快に笑った。——が途端《とたん》に厳《きび》しい顔付きに変わって、こう言った。

「よろしい、享牧君。君の覚悟が気に入りましたぞ。だが本当に、これから出会うのは君が今まで出会ったこともないような地獄絵ですぞ」

三人はそれからゆっくりと正面にある階段を登り、祭壇の上にあがった。黒い塊の前で周泰安は謝霊輝に目配《めくば》せをした。謝霊輝が軽く頷く。二人はほとんど同時に塊の上を蓋《おお》っている布に手を掛けると、それをそっくりと取りはずした。

すぐに謝霊輝が傍《かたわ》らに置いた角燈を持つと、その遺体を照らしだした。角燈に映《うつ》し出された道士の姿は人間とは思えなかった。干涸《ひから》びた猿の死体のようであった。

道士は、黒ずんだ紫色の顔のなかに、落ち窪《くぼ》んだ両の眼を剥出《むきだ》しにしたまま、何かを訴えかけでもするかのように黙って宙を睨んでいた。口は、多分、苦しんで呻《うめ》き続けたのであろう、半開きの状態で残っていた。そしてかさかさに乾燥した唇。

——これだけでも、見る者をして明らかに、この道士が死の直前に私たちには想像もつかないような恐ろしい光景を目にしたに違いない、という思いを抱かせるに十分なはずだった。それなのに、三

人にそういう結論を躊躇《ちゅうちょ》させたのは、その恐怖に出会った顔の表面に妙な恍惚《こうこつ》感を感じとったからだった。

「せ、先生……これは何でしょうか」

私は唇の下から顎にかけて引っ掻いたような傷が痕を残しているのに気がついた。

「傷のようだな。きっと苦しみのあまり両手で喉《のど》でも掻き毟《むし》ったのだろうな」

そう答えたのは知府事の方だった。先生はどう思われますか、と私は目で訴えた。しかし謝霊輝は、ぽつりと一言、

「なるほど、そういう考え方もあるわけだな……」

とだけ呟くと、後《あと》は何を聞いても、うん、うんと頷いてばかりいた。

ところで私には、藍《あい》色の道袍《どうほう》（儀式用の法衣）に包まれたこの遺体の体軀が妙に小さく感じられたのだった。それはこの身体が乾燥して縮まったからなのだろうか。このことを謝霊輝に尋ねようと思っていたのだけれども、先生は私の言うことなんか上の空だし、それより何より、道士の体から発する何とも形容しがたい異臭が堪え難くずっと私の口を閉じさせていたのである。

ところがここに信じられないことが起きた。

謝霊輝がその臭いの中でさらに自分の鼻を道士の半開きの口元に近づけていったのだ。

周知府事と私は顔を顰《ひそ》めて謝霊輝のやることを黙って見守るしかない。

（先生、やめて下さい）と私は内心叫んでみたものの、謝霊輝はそれを終えると次は角燈で壇の床を丹念に調べはじめた。しゃがみこんだまま、しばらくそうやっていたがだしぬけに顔をあげた。

それから知府事に尋ねた。

「広仲。この祭壇には何人くらいの人間が登ったんだね」

周知府事は咄嗟《とっさ》には答えられなかった。小首をかしげながら思い出すように言った。

「大勢だ——といっても、役人は十人もいたかなあ……あとはこの道観の道士が三、四人ってとこかな」

知府事は私に向かって、そんなことを聞いてどうするんだろうね、という顔を見せた。私にもわからない。頭を横に振った。するとと謝霊輝がまたも訳のわからぬことを言いだした。

「勿論、全員が衣服を着用し、当然ながら履《くつ》もはいていたと思うが、中に素っ裸でいたなんて奴はいないだろうなあ……」

そりゃあそうさ。今度は周泰安はにっこりと笑った。なあんだ、そうだったのか。とその笑顔は私に語っていた。この男はね、いつだってこの手の幽黙《ゆうもあ》で私を引っ掛けてきたんだよ。真面目《まじめ》くさった顔で剽軽《ひょうきん》なことを言っては皆を笑わせ、時には象山先生を破顔一笑させたこともあるくらいだ。無論、私だって負けちゃいないがね……。知府事が耳元でぼそぼそと言った。私も笑って頷いた。そこで知府事が謝霊輝に対して何か言おうと身をのりだした時、謝霊輝の方から、ぼそっと声がした。

「……しかし、ここには裸足《はだし》の跡がある」

「なにっ」

知府事と私はほとんど同時に謝霊輝の指差した場所を見た。謝霊輝は角燈をさらに床に近づけて、話を続けた。

「祭壇というところはあまり掃除をしないところらしいな。ほら、ここに。薄く固まった埃《ほこり》の上に、微かでわかりにくいが確かにこれは裸足《はだし》の跡だ」

「そいつは女の足跡のように小さいな」

と覗《のぞ》き込んだ知府事が呟いた。

「そうらしい」

と謝霊輝は頷いて言った。

「その足跡のすぐ側にある履《くつ》の跡も小さいには違いないが」

と。今度は遺体の足から履を脱ぎとって、その跡にあてた。

「ほら、ぴったりだ。この亡くなった道士の履跡だ。でもこれは擦《こす》ってできたのだろう。床に引き摺《ず》ったような筋《すじ》が残っている。あとは君たちお役人がご丁寧《ていねい》に踏みならしてくれたものだから、きれいに埃《ほこり》がとれている。ついでに言えば、ここに毛が一本あった。細くて柔《やわ》らかい。どうやら女のものらしいが――」

と謝霊輝はそれも私たちに見せた。

「誰の髪の毛なんだろう」

と私が言ったとたん、謝霊輝はうんざりとした口調で、

「享牧、髪ばかりが毛ではないぞ……」

と注意した。

周知府事は腕を組んだまましばらくは謝霊輝のやることを眺めていたが、途中から何か思い出した

らしく慌てて階段を降りると、広間の中央あたりから大戸の方に向かって大声で部下を呼んだ。入口で待機していた書記官が走ってやって来た。

周知府事は叫んだ。

「お前。祭壇の足跡は記録しているだろうな」

書記官はぜいぜい、息を弾ませながら言った。

「何のことでしょう、閣下」

「馬鹿、お前たちの目は節穴か」

と周泰安は怒鳴った。書記官はきょとんとした。

「いいか、あの遺体の側に何者かの足跡が残っていたんだぞ。ふん、どうせ気づきもしなかったんだろうが、まったくどういう調べ方をしているんだ。——幸い、私があの先生方をお連れして詳しく観《み》てもらったからよかったものの、大切な手掛《てが》りを失くすところだったわい」

書記官の顔は蒼白《そうはく》になった。彼は立ち竦《すく》んだまま身動きひとつ出来なくなった。おい、と周知府事はそいつの肩を軽く衝《つ》いた。

「ぼやぼやせずにあの先生の所に行って足跡を写してくるんだ」

書記官は返事をすると飛ぶようにやって来た。その姿を見送った周泰安は溜息《ためいき》まじりに自分の頬をぽんと平手で叩いた。

書記官が指示通りに足跡を写しおえると、私たちはもうこれ以上祭壇にいる必要はなかった。謝霊輝が下に降りはじめたので私たちもその後に従った。

これは私にとっては救いであった。

実は、先ほどの強がりとは裏腹に、正直なところ、私はあの異臭と、この世のものとも思えぬ死顔を見たとたんに胸の裡《うち》にむかむかとした物が湧きあがってきていた――だからもしもこれ以上あの場所にいたとしたならば、間違いなく記念の吐瀉物《としゃぶつ》を残していたかもしれないのだ。

「ところで昉烝――」

祭壇から降りてきた謝霊輝に、知府事はまるで喉《のど》の奥に履《くつ》でも詰まらせたように苦しそうな表情を見せた。

「――勿論、私は、君たち二人が朱先生の許《もと》に急いでいることは百も承知だ。理由もわかっている。私だって、こんな立場でなかったならばすぐにも同行したい気持ちなんだ。わかるだろう？　私だって陸象山先生の教えを受けた人間だもの、朱先生のお命をお守りせよ、という象山先生のご遺命があることくらいは十分承知しているさ。そうでありながら、こんなことを頼むのは誠に気が引けるのだが……」

「一体どうしたんだ」

謝霊輝は友人の変貌にさも驚いたように、まじまじと知府事の顔を見つめて、次の言葉を待った。

「うむ――」

と周知府事は言葉を詰まらせた。それはどこかに謝霊輝に甘えたいような、もう一度心の扉を叩いてくれと言わぬばかりの素振りだった。

「何だね、その頼みとやらは」

促すように謝霊輝が訊いた。

「言いたまえよ。僕らは友達じゃないか」

知府事の顔がぱっと輝いた。僕ら、と言う言葉がかつて象山の膝下で共に励ましあいながら勉学に打ちこんでいた時代を思い出させた。周泰安は言いにくそうに、早口で言った。

「頼みというのは——どうだろう、しばらく私の屋敷に居て、君、ひとつこの事件の解決に力を貸してくれないか」

今度は謝霊輝が啞然《あぜん》とした顔になった。時が止まったかのように先生の影が広間の石畳に貼《は》り付《つ》いてしまった。蠟燭《ろうそく》の芯《しん》がじじっ、と音をたてている。外から吹く風が大戸を微かに叩いていた。

ややあって、謝霊輝の手が激しく横に振れた。

「いや——それは駄目だ！　我々は本当に急いでいるんだから。こうしている間にも、もう韓侂冑の手の者が朱先生の身辺に近づいているかもしれないのだよ」

慌てて拒絶する謝霊輝に、まあまあ、と周知府事は宥《なだ》めるように軟らかな口ぶりで話しだした。それは先ほどの周知府事とは別人のようだった。政治家周泰安の姿がそこにはあった。

「そのことなんだが」

とすかさず周知府事が訊いた。

「君は、さっき、岩山で何者かに襲われた、とこう言ったはずだ」

「そうとも。だから急いでいるんだ。わかってくれるだろう？」

焦《あせ》り気味に、幾分怒りを含んだ声で答える謝霊輝に、周泰安はにやにや笑みを浮かべて言った。

「おやおや。象山門下の孔明《こうめい》とも子房《しぼう》とも言われた昉烝《ほうじょう》先生も、焦《あせ》りの前には人並みに目が曇ってしまうらしいわい」

この一言で謝霊輝は明らかに腹をたてた。しかしさすがにぐっと堪《こら》え、いつもの冷静さを保ち続けて、そして言った。

「ふん、危ないところだった。君のお得意の『鬼谷子《きこくし》』の反応策にのせられるところだったよ。『反《はん》ヲ以《もっ》テ覆《ふく》ヲ求《もと》メ、其《そ》ノ託《たく》スル所《ところ》ヲ観《み》ル』、つまりは人を怒らせてその真情を探ろうというのだろうが、お生憎《あいにく》さまだ。もし私がここで怒鳴《どな》りでもしていたならば、きっと君は私たちをすぐに朱先生のおられる場所へ送ってくれただろうな。なぜなら、そんな感情的な人間には暴漢から朱先生を守ることは出来ても君の相談にはとても無理だと判断するからだ。さて、広仲、一体何が言いたいんだね」

周知府事は目を瞠《みは》った。私も驚いた。先生と知府事とは若い時からの親友ではなかったのか。それがこんなに腹の探りあいのようなことをしてよいものだろうか。私はこの時ふっと、象山先生の学舎ではどんな教え方をしたのだろうかという一抹《いちまつ》の不安が胸の裡《うち》を過《よ》ぎった。

周泰安は快活に笑った。

「はっはっは。さすがは昉烝——よくぞ聞いてくれた。いいか、君が岩山で襲われたということは、敵はもうすでに、君たちが何者でそしてどこに行こうとしているのかという君たちの動きを十分に読みとっている、と言うことじゃないのかね」

周知府事の言葉に謝霊輝の眉《まゆ》がかすかに動いた。知府事はさらに続けた。

「だから、ここは敵の虚を衝《つ》くべきだ。敵の目論《もくろん》だように、君たちをあの岩山で死んだということにしよう。そうすれば、この霊渓道観《れいけいどうかん》では明日にも亡くなった道士の葬儀を出すはずだから、その時ついでに谷底から発見されたという旅の者二名の弔《とむら》いも出すことにしよう。これで敵の、君たちへの注意は消えるではないか。敵の監視がなくなった後、ゆっくりと玉山へ向かえばいい」

私の記憶に誤りがなければ、この時、謝霊輝はどういうわけか、にやりと笑った。

「なるほど名案だ——だが、朱先生の護衛はどうする。まさか君が府の軍隊でも付けてくれるとでも……」

これに対して、周泰安は生真面目《きまじめ》な表情で答えた。いやいや、それは不味《まず》い。曲がりなりにも官軍だからな。公然と韓侂冑には逆《さか》らえまい……。すると謝霊輝は勝ち誇ったように、それみたことかという顔付きになった。だが周知府事は謝霊輝のこの反応を予想していたようだ。そんなことはとっくに考えているとでも言いたげに、人差し指を立ててそれで念をおすようにこう言った。

「いいか、こうするさ。まず朱先生の身辺に間諜《かんちょう》を放すんだ。こうすれば朱先生の身に異変があればすぐに報告が来るだろう。幸い、玉山までは目と鼻の距離、まず出遅れる心配もあるまい」

間諜という言葉に謝霊輝は思わず唸《うな》った。ああ、そうだったのか。と彼は言った。周知府事はその言葉を満足した顔で聞いていた。それから大事なことをつけ加えでもするように、

「それに間諜をつかう利点がもう一つあるんだ」

と北叟笑《ほくそえ》んだ。

「もう一つ?」

謝霊輝が思わず聞き返す。

「ふむ。こうやって間諜でも送っていればいかにも韓大臣の密命を守っているように、臨安《みやこ》には見えるだろうしな」

「韓侂冑の密命だって？」

謝霊輝は顔を曇らせた。聞き違いではないかと周泰安を見た。だが周知府事は自分とは関係のない噂話でもするかのような口ぶりで話を続けた。

「朱子を窃《ひそ》かに暗殺せよ、との命令が韓侂冑の名で知州事の手許まで来たそうだ」

「何ですって！」

私は思わず叫んだ。周知府事はひょいと私を一瞥《いちべつ》したが、笑いながら言った。

「まあ、慌《あわ》てなさんな。この辺りの連中はみな朱先生の信奉者ばかりだ。そんなことが少しでも漏《も》れたらすぐにでも暴動が起きてしまうよ。実際、もしも朱子がその気になって一度反乱の檄文《げきぶん》でも放てば、浙東《せっとう》・潭《たん》州の民は間違いなく決起するだろうな。彼らはかつての飢饉の折《おり》、朱子が創った社倉法《しゃそうほう》で救済されているのだ。その時の治世を今でも懐かしがっている者ばかりだもの、朱子を敬愛すること親以上だとも聞いている。だから臨安府《りんあんふ》としても暗殺という手しかないわけだ」

謝霊輝は周知府事の言うことに一々《いちいち》頷きながら、

「もっとも朱先生が反乱を唆《そそのか》すなど天地が代わってもあり得まいが……そうか、韓侂冑《かんたくちゅう》がもうそれほど活発に動いているのか。だとすると軽挙妄動《けいきょもうどう》は慎むべきだな」

と自分に言い聞かせるように呟いた。

「そうとも。だからどうだ。ここは周泰安《しゅうたいあん》様の名案で……」

と知府事が畳《たた》み掛かけるように言うと謝霊輝は黙って首を縦におろした。周知府事はからからと笑いながら、

「決まった。それでは早速《さっそく》私の屋敷へ行こう。こんな抹香臭《まっこうくさ》いところはもうこりごりでかなわんよ」

と大声で言った。謝霊輝がすかさず私に合図を送る。

「——言っただろう、信心とは縁がないって」

と小声で囁《ささや》いた。周知府事が、ん？　という顔を向けたので私は慌《あわ》てて手を横に振った。

歩きながら謝霊輝が尋ねた。

「ところで、わざわざ知府事閣下がお出ましになる事件だ。亡くなった道士というのはどういう人物なのかね」

「ああ、そう。——すっかり言うのを忘れていたなあ。やはり気が動転していたようだ」

そう答えながらも玉皇殿《ぎょくこうでん》の外に出た知府事は、待機していた部下にてきぱきと指示を出し、撤収《てっしゅう》の準備をさせた。それが一息ついてから、もう一度私たちに言った。

「あの道士は李監定《りかんてい》という名だ。皇族の出身だとのことなんだが、ずいぶん遠い関係らしく、誰の子孫でどこの家柄なのか、目下調査中というところだ。もしも皇族だとなるとちょいと面倒だ。そのうちに臨安府から刑部《けいぶ》官もやって来ようが……」

「まさか李皇后の一族ではないだろうな」

と謝霊輝が心配顔で言えば、

「まさか。——しかし、万一、そうだとすればどうなる。李皇后の専横を朝野《ちょうや》の人士が憎むこと甚《はなは》だ

しく、その怨念《おんねん》がこの道観の最高責任者、李監定《りかんてい》にまで及んだとなるわけだ。そうだとすれば大変なことになる。全国に散らばっている李一族が殲滅《せんめつ》されない限りこの事件は終わらないことになる。恐ろしいことだ……」

と周知府事も深刻そうな表情で腕を組んだ。

【第三回】

王後学《おうこうがく》、礼《れい》を尽《つ》くして疑点《ぎてん》を訊《たず》ね、
白道士《はくどうし》、師弟《してい》を留《とど》む堂前《どうぜん》の庭。

周知府事の官舎に到着したのは夜も更《ふ》けてからだった
前もって連絡がしてあったのだろう。私たちが屋敷に入った時にはすでに晩餐《ばんさん》の支度が用意されていた。広い客間を囲ってある簾《みす》はすべて巻き上げられ、その中央には深山幽谷に遊ぶ仙人と二人の童子を描いた螺鈿《らでん》の豪華な衝立《ついたて》が置いてある。その立派な衝立の向こうにこれも紫緑《しりょく》色の美麗な螺鈿を鏤《ちりば》めた黒塗りの大きな卓子があった。

卓子の上には清潔な白い布が掛けてある。その上に鹿肉《ルーロウ》や鴨肉《ヤーロウ》、さまざまな色の野菜などでこの辺りの風景を模した料理を彩《いろど》りも鮮やかに盛りつけた大きな平皿がのっていて、その周りには何も入っていない深皿が行儀よく並べてあった。

「ほう、こんな御馳走《ごちそう》をいつのまに……」

謝霊輝《しゃれいき》がさも感に堪えないという声を出した。すると周泰安《しゅうたいあん》はふふっと鼻で笑うと、

「昉烝《ほうじょう》、お主のように朝廷の勤めに出よと言われるたびに、やれ病だとか、親族の葬儀だなどと嘘ば

かりついて官職を逃げ回っておる輩には想像もつくまいが、これがお上のご威光というやつだよ」

とまるで自分が知府事ではないような口振りで言った。

下座《げざ》の、紅《あか》い幔幕《まんまく》の下に召使が六人、主人の下知《げじ》を待っている。知府事が微《かす》かに頷くと最年長と思われる男がすかさず頭を下げ、残り五人をつれて部屋の奥に消えてしまった。しかしほんのしばらくすると、今度はそれぞれが手に酒壺やら羊肉湯《ヤンロウタオ》やらの器を持って現れた。部屋の隅で待機していた楽人がこの時とばかりに管弦の音を一斉に響かせた。

空腹であったせいか、私たちは先ず食べた。

「おいおい、二人とも一体どうしたというのだ。まるで飢えた狼ではないか。ははは」

知府事は笑ったが、私はもう倒れそうに腹がへっていたのだ。

「とりあえず再会を期して乾杯といこうじゃないか」

周知府事はそう言うと私たちの前に置かれた杯になみなみと酒を灌《そそ》がせた。

「こいつはこの辺りの酒だが、『君《きみ》ニ勧《すす》ム金屈巵《きんくつし》、満酌《まんしゃく》辞スルヲ須《もち》イズ』と言うところだ。どうだな、昉烝」

詩の前半をさりげなく言って残り半分を言わないのは、さてこの詩を知っているかな、という周泰安の遊び心だった。謝霊輝は酌を返しながら、

「ははは、その詩はちと拙《まず》いぞ、広仲《こうちゅう》。その後には、『花発《はなひら》ケバ風雨《ふうう》多《おお》シ、人生別離《じんせいべつり》足《た》ル』と続くのだからな。せめてこの御馳走《ごちそう》を平らげてからにしてくれないかね」

とにやりと笑う。周泰安はぽんと膝を打った。

「おお、そうか。それはいかにも拙いな。――が、ともかく乾杯だ」

二人は声を揃《そろ》えて乾杯すると左袖でその杯を隠すようにして飲み干した後、またお互いに顔を見合わせてどっと笑った。そのうちに先生と知府事は若い頃の失敗談を私の前で暴露しあいだした。

「お主《ぬし》は」と周泰安が言った。

「象山先生にこう言ったことがあるだろう、『象山先生は最近の学問をどう思われますか』と」

謝霊輝はそうそうと言って頷いた。

「あの時は見事に叱られたよ。『最近の学問と言うてみたところで所詮は楊子《ようし》や墨子《ぼくし》、仏教老荘の焼き直しにすぎんではないか。僕には気の道がある。どうしてそんなものが必要かね』と、静かだがピシッと鋭い意見だったなあ」

「ははは、あの時のお主は鼻に汗をかいておったぞ」

周泰安がそう言うと先生は懐しそうな表情になって、

「ああ、陸象山先生は偉大なお方だった。私は先生に叱られたことを一番の幸せに思っているよ」

と呟いた。周泰安もしみじみとした口調で、

「うむ、先生はいつも口癖のように仰《おっ》しゃられていたなあ。『六経ハ皆ワガ註脚《ちゅうきゃく》ニスギヌ』となあ。吾《わ》が心は即《すなわ》ち宇宙なんだもの、他の学問もなにも、訊《き》いたお主が迂闊《うかつ》だったよ。あはは」

と言った。それから明るい声になって、

「さあ、もう一度乾杯だ。今度はお主の番だぞ」

と酒を勧める。謝霊輝も興にのり、すかさず、

「おお、いいとも。『国《くに》ヲ去《さ》ツテ三里《さんり》遠《とお》シ、楼《ろう》ニ登《のぼ》ル万里《ばんり》ノ春《はる》』とくればどうかな？」

と問いかけた。すると周泰安は会心の笑みを浮かべ、

「ふむ。『傷心江上《しょうしんこうじょう》ノ客《きゃく》、是《こ》レ故郷《こきょう》ノ人《ひと》ニアラズ』――たしか唐詩だったと思うが」

と私に同意を求めるように訊いた。私は狼狽《うろた》えた。がすぐに先生が、

「さすがは広仲」

と助け船を出してくれた。周泰安は本当に嬉しそうに、声をたてて笑った。

「そうそう、詩といえば」と笑い終えた知府事は私に話を振った。

「享牧《きょうぼく》君、象山先生が君と同じ頃にお作りになった詩があるのだが、ご存知かな」

いいえ、存じません。私は急に象山先生にも若い時があったのだということを知った。それで思いきってそう答えた。知府事は予想通りの答えに、いかにも優しそうな微笑をうかべて、

「よろしい。それでは象山門下の先輩として、後学の王享牧に伝授致そう」

と言うや姿勢を正し、両手を腰のところに軽く添えるとほんの一瞬瞼《まぶた》を閉じた。それから朗々とした声で象山先生の詩を謡《うた》いだした

從來膽大《じゅうらいたんだい》ニシテ胸膈《きょうかく》モ寛《ひろ》シ
虎豹《こひょう》ノ億萬《おくまん》　虬龍《きゅうりょう》ノ千《せん》
頭従《あたまよ》リ収拾《しゅうしゅう》シテ一口《いっこう》ニ呑《の》ム
時ニアリテ此《こ》ノ輩《はい》未《いま》ダ妥恬《だてん》ナラズ

哮吼《こうこう》　大嚼《だいしゃく》　毫《ごう》モ全《まった》キナシ
朝《あした》ニ飲《の》ム渤澥《ぼっかい》ノ水《みず》
暮《くれ》ニ宿《しゅく》ス崑崙《こんろん》ノ巓《てん》
連山《れんざん》以《もっ》テ琴《きん》ト爲《な》シ
長《ちょう》　河《か》之《こ》レノ弦《げん》ト爲《な》ス
萬古《ばんこ》不傳《ふでん》ノ音《いん》
吾當《われまさ》ニ君《きみ》ノ爲《ため》ニ宣《の》ブベシ

謡《うた》いおわると周泰安は再び私の顔を見てにこっと微笑《ほほえ》んだ。私も微笑み返した。とその時、私は周知府事の瞳が濡れているのに気がついた。知府事は涙ぐんでいた。それにしても象山先生の大きさはどうだ。たしかに吾《わ》が心は宇宙なりとの悟りがなければとてもこうは詠《よ》めないだろう。

「万古伝わらざるの教えを先生は我々のために述べる、とまで仰《おっ》しゃられていたのに。それがどうだ、この俺の情ない生き方は……」

目を瞬《しばたた》かせながら周泰安が吐き棄《す》てるように言ったので驚いたのは謝霊輝のほうだった。

「おいおい。何を言っているんだい。先生だって『未《いま》ダ妥恬《だてん》ナラズ』――心に穏《おだや》かならざるありと仰《おっ》しゃられているんだ。あまり自分を責めてはいけないよ。それよりどうだ、虎や龍を頭より一口で呑《の》んでしまうぞという先生の意気ごみは」

謝霊輝が知府事をあわてて慰めはじめたので、私もぼちぼち話題を変えてもいいだろうと思った。

本音を言えば、今日の出来事があまりにも強烈な印象となって私の心を占めていたのだ。それで懐旧を談ずる先生たちのように楽しそうに振るまうということがどうしても出来なかったのである。多分、私の態度はぎこちなく、表情は暗かったに違いあるまい。それだからこそ知府事はいろいろと私に気遣ってくれたのだ。でも、もう潮時だ。私は、先生、と呼びかけた。謝霊輝は、うむと眉をあげた。

「こんな席でお尋ねするのは不作法であることを承知のうえで、敢えてお聞きしたいのですが……」

ご機嫌を取りもどした周泰安が嬉しそうに、冷やかし口調で代わりに答えた。

「よいよい。何でも聞くがよい。知府事であるこの泰安様のご命令じゃ。ははは、俺と享牧君とは何といっても先輩と後輩の間柄だ。昉丞《ほうじょう》、この俺の頼みだ。この向学心溢《あふ》る若者に答えてやってくれ、あはは」

謝霊輝は苦笑しつつ知府事から私に目を移した。私は知府事の態度とは裏腹にいっそう真剣な顔つきになった。

「どうしたのだ、そんなに思いつめた顔で……」

と謝霊輝が訊いてきた。私は口速《くちばや》に言った。

「今日の事件のことです」

それからほっとして、躊躇《ためら》いがちに、

「あのう……私の感じている疑問をここで述べてもよろしいでしょうか」

謝霊輝は私の言葉ににっこりと顔をくずした。

「ああ、勿論だとも、享牧。――実を言えば私も広仲も、お前があんなものを見たのは初めてだろうからと気遣っていたのだよ。私もお前に見せたことを少々後悔していたところだ。だからどうしても話題に出来なかったのだ、二人とも気にはなっていたのだがね」

　知府事がその後を継《つ》いだ。

「その通りだ、享牧君。あれ以来、君の顔は青ざめっぱなしだった。それで事件のことを口に出せなくてなあ、ははは。しかし君からそう尋ねるということは、やはり君も我々と同じようなことを感じたようだな」

　それから謝霊輝に向かってこう言った。

「どうだ昉烝。いまからこの席で今日の事をまとめてみようじゃないか」

　謝霊輝は黙って頷いた。すると周泰安は杯を静かに卓に置き、近くにいた召使にすばやく目配せをした。驚いたことにたったそれだけの仕草で召使も下僕も、管弦を奏でていた者たちも、全員がそそくさと部屋から立ち去ってしまったのだった。

　呆然《ぼうぜん》と見つめる私に知府事は照れ臭そうに言った。

「これも知府事の権力というやつだ。昉烝ならばとてもこうはいくまい。権力を持つと喋《しゃべ》る手間が省《はぶ》ける。権力がもたらす利点は余計なことを喋らなくてもいいということだけだ」

　それから急に、

「――で、君の疑問ってのは何かね、享牧君」

とわざわざ耳元まで口を寄せ、密やかな声で尋ねてきた。私もひそひそ声になって言う。

「はい。変な話ですが、本当に李《り》道士は殺されたのかという極めて素朴な疑問なのです。先生、李道士には、自殺とか、病死とか、あるいはそれ以外の、何かほかの原因で亡くなったという可能性はないのでしょうか」

こういうと、謝霊輝も静かに腕を組んだ。そして、じっと天井を見つめていた。

やがて、

「ふむ。享牧らしいな。事件だ、事件だと騒ぐ前に本当に事実の確認がなされていたのかという、最も基本的なところはどうなっているのかとこう言うのだな。そういえば、象山先生もよくそのような問い掛けをなされたなあ。先生は常に、『道ノ外ニ事ナク、事ノ外ニ道ナシ』と仰しゃられていたよ。『道理ハ常ニ眼前ニアリ』ともな。たしかに李道士の死という事実はあった。しかしそれは降って湧いたわけではない。必ずやそこには何らかの道理がなければならないだろう。これが『事ノ外ニ道ナシ』だ。李道士がなぜ死んだのか、――あるいは殺されたにしてもだが、その道理が判明すれば、彼がどうして玉皇殿《ぎょくこうでん》という聖なる場所であのような姿で軀《むくろ》になっていたかもわかるはずだ。『道ノ外ニ事ナシ』、道理がわかれば全ての現象は説明できる。しかしそれにはまず、彼の道士が《か》、いつ、どのようにして、発見されたのかという点から解きほぐすしかないだろうな。『道理ハ常ニ眼前ニアリ』とはこのことだ」

と言った。先生の話を黙って聞いていた周知府事が同意するように頷いたあと、どうやらそれは私の役目らしいな。それではその点から説明を始めよう。と、ぽつりぽつり思い出すように話しはじめた。

「——まず、知県事《ちけんじ》からの報告が届いたのが今日の昼過ぎだった。今日は妙に忙しい日で朝から団頭《だんとう》の連中が来て泣き言を言ったり、農村の実状を中央に報告したりと大変だったのだ。おまけに禁中御用の冬至節《とうじせつ》の品々をどうするかなどという相談まであって、私がやっとのことで昼食の包子《パオズ》を口にしたのが未《ひつじ》（午後二時頃）になろうかという時だった」

へえっ、知府事閣下が午餐《ごさん》に包子かあ……。私はちょっとばかりびっくりした。

「どうせまた『緑荷包子《ルーホオパオズ》』なんだろう？」

と謝霊輝が横から口を挟んだ。

「どうしてわかった？」

周泰安が驚いた顔で先生を見た。謝霊輝はにべもなく答えた。

「昔から君は緑荷包子が好きだったからさ」

知府事は苦笑した。

「鴨の肉と野菜を包みこんだあの味がどうにもたまらなくてね」

「そんなことよりも」と謝霊輝が同情するように言う。

「朝から団頭まで来るのかね。知府事の仕事も楽じゃないね」

団頭と言ってもな、と周泰安は何かを手で払いのける仕草をしながら、言った。

「お主も知っているように、商工業者の組織を行《こう》とも団《だん》とも言うが、その組織の長が行老《こうろう》であり、団頭だ。性質《たち》の悪い奴らが多い中、幸いにしてこの城市《まち》の団頭の頭《かしら》が出来た人物でなあ。羅祝林《らしゅくりん》という男だ。この男からの頼みでは聞かぬわけにはいくまい」

ほう、と謝霊輝は感嘆の声をあげた。それから一、二度その男の名を口の中で呟いた。

「閣下、話の続きをお願いします」

横道にそれかかった周知府事に、私はそう催促した。知府事は、ほいと軽い声をあげるとぽんと自分の膝を打った。

「そうそう、包子で話が狂ったわい。ともかく知県事から最初の報せがあったのが未の刻くらいだった。もちろん、普通ならばこの手の事件は知県事どまりだ。そこで適当に処理することになっている。――とは言ってもだ、その実務はほとんど胥吏《しょり》と呼ばれる土地の役人が担当していることは、これは説明するまでもあるまい。まったく、あいつらとくれば、地方《じかた》という土地の顔役と組んで、それこそ怪しげな噂のある連中を二、三人ほど連れてきては拷問にかけ、一丁上がりとばかりに犯人を作りあげてしまうのだから……。だから事件というものが胥吏連中にとって決して迷惑なものではないということがわかるだろう？　あいつらはそのたびに金を稼いでいるのだからな」

「金を稼ぐ？」

私はその意味がよく分からなかったので、つい聞き返してしまった。

「胥吏は――」

と周知府事は、その言葉に軽い侮蔑をこめながら、私に説明しだした。

「わが中華の必要悪だ。――よいかね、われわれ進士が皇帝の命令により地方に赴《おもむ》く場合、故郷を遠く離れた任地に行くようになっているのだが、これがなぜだかわかるかね、享牧君」

私は首を振った。知府事はゆっくりと頷くと、一つ一つの言葉を噛《か》みしめるように話を続けた。

「ふむ。これはな、官の特権をおのれの親族のためにだけ利用する不逞《ふてい》の輩《やから》がいるからだ。『論語《ろんご》』に何と書いてある？　『民《たみ》ヲシテ之《これ》ヲ由《よ》ラシムベシ、知ラシムベカラズ』とあるじゃないか。下々の民には、お上のやることがいかに公平であるかを示さなくてはならぬのだ。そのために、先ほど述べたような、故郷を離れるという仕組みを考えだしたのだが、ところがこの公平さが、官の立場にすれば逆に、不公平きわまりない状態になってしまっているというわけだ。つまり、官は新しく赴任した地では手も足も出せないのだよ。どうしてだと？――よいかな、享牧君。官たる者はな、赴任先の土地の言葉が理解できなくとも、そこの為来《しきたり》がわからなくともだ、官である以上は赴任したその日から治世百般悉《ことごと》くを滞《とどこお》りなくやらねばならぬのじゃよ。そんなことは孔夫子《こうふうし》さえも出来ぬことだ。『子《し》、大《たい》廟《びょう》ニ入《い》リテ、事《こと》ゴトニ問《と》フ』と論語にもある通りだ。そこで普通の人間である官は、多少は字を知っていて、実務に堪能な者を、行く先々で〈役人〉として雇い入れるはめになるのだ。これが胥吏だ。ところが奴らときたら、聖人の学を露ほども知らぬばかりか、ついぞ学ぼうともしない輩《やから》ばかりだから、賄賂《わいろ》しだいで犯罪捜査にも手心を加えたりする。とは言え、その犯罪捜査からして、胥吏がいなければ行えないのが今の仕組みなのだ」

そう言うと周知府事は唇に怒りを震わせながら手元の杯をぐいとあげた。見ていた謝霊輝が皮肉たっぷりに、話に茶々《ちゃちゃ》を入れた。賄賂でもなければ、と先生は言った。いったい誰が彼らの生活を保障すると言うのだね。胥吏がお上からはビタ一文貰《もら》えぬのも今の仕組みだ。皇帝の徳に服しているという建《た》て前だけで実際は只働《ただばたら》きなのだから。

知府事は忌《い》ま忌ましそうに言った。

「その通り。それが胥吏なのだ。だからこそ、自分たちが摑《つか》んだ事件が大事な金蔓《かねづる》に化けることも熟知しているのだ。どんな事件であれ、彼らが手放すわけがないのに、今度のはどうだ、わざわざ知県事からの報告ときている。胥吏の手に負えぬという判断だろう。それでこの広仲様も驚いてご出馬とあいなったわけさ。そして霊渓《れいけい》道観で再び驚いたという話だ」

「そうでしょうね。あれはあまりに酷《ひど》い」

私がそう相槌を打つと、謝霊輝も軽く頷き、呟いた。

「ふふ……。あれではさすがの胥吏もお手上げだろうなあ」

「どうもそのようだ。ところがわざわざ出向いた名知府事様にも何がなんだかわからずに途方にくれたと、まあ、こういうわけだ。しかし困ったことに、この事件が官の手にわたった以上は解決しなければそれこそ胥吏には馬鹿にされるだろうし、何よりも民の信頼を失いかねないだろう。さらに心配なのは亡くなった道士というのが、噂では皇族の出だとも。こうなればどうしたって事件を解決しない限りこの泰安の身が危うくなろうと言うものだ。そんな思案をしている矢先に……」

「殺したはずの怪しい二人連れがやって来る、と間諜から報せが届いたわけだ」

と顔色も変えずに謝霊輝が続けたので、周泰安は吃驚《びっくり》して叫んだ。

「どうして、それを……」

しかし、謝霊輝は落ち着きはらった態度で説明しはじめた。

「そんなに難しいことではない。それに今のも半分は当てずっぽうの勘というやつだ。ところで、享牧。私たちが霊渓道観を見つけた時、お前が私に何を尋ねたのか覚えているかね」

私はこの突然の問いにどぎまぎして、叱られるのを覚悟で、

「ええと……すみません、忘れてしまいました」

と慌《あわ》てて答えた。恥ずかしくて、私は自分の顔色が真っ赤に変わっていくのがわかった。

「ははは、そうだろうな。いや、お前を非難しているのではない。なぜならお前の質問した内容というものが、そう、あの光景を見た者ならば誰でもが、何の疑いもなく当然そう考えるはずのものだったからだ」

謝霊輝は私の忘却をさも当然だと言わぬばかりに言う。私は恐る恐る尋ねた。

「あのう……先生。私は何と言ったのでしょうか」

謝霊輝は力強く頷いた。

「うむ。お前はな、『何か祭りでもあるのでしょうか』と訊《き》いたのだ。つまり、そう思わせるほど角燈の数が多かったということだ」

私は目を瞠《みは》り、手を叩いて、叫んだ。

「思い出しましたよ、先生。それで先生が、あれはみんな役人のものだとか何とか、そう仰しゃいました。で私が、すごい警戒ぶりだと感心すると、結論が早すぎると叱られたのでした」

「そう。あの時はまさか……という気もないわけではないが、実際、私も考えたのさ、なぜこんなに角燈が多いんだろうと。享牧は〈役人〉が持っているのですぐに〈警戒〉ということに結びつけたが、私は違った。私はその〈数〉に注目したのだ。〈数〉が多いので〈注意を惹《ひ》く〉のだろうと考えた」

周知府事が苛々《いらいら》した口振りで尋ねる。

「そんなことと間諜の報告とどう結びつくんだね」

するど謝霊輝はその顔をちらりと見て、言った。

「象山先生は仰しゃっていたではないか。『古人ハ皆是《みなこ》レ実理ヲ明《あきら》カニシテ実事ヲ做《な》ス』と。広仲、君は僕に、いいかね、こう言ったんだよ。――朱先生の身辺に間諜を放すんだ、とね。それは私にしてみれば実に思いもよらぬ発想だった。すかさず私は考えたのだ。どうやら知府事はこれまでにもたくさんの間諜を手足の如く使ってきたに違いない。これは先ほどの君の口吻《こうふん》からもわかるように、もちろん胥吏どもの横暴を抑えるためだろう。が、それはそれで、君はこの信州の治政をうまくやってきたのだ。ここまで話すと、もう誰にでもわかるじゃないか。知州事から朱子暗殺の密命を漏れ聞いた君は、多分、間諜たちにこう命令したはずだ。近辺にやって来るそれらしき人物を見たらすぐに殺してしまえ、と。何といっても正式の兵は使えない。それは君が官兵を朱子の護衛には廻《まわ》せないと告白した通りだ。すると君が安心して使えるのは手塩にかけた間諜だけということになる。そこで忠実なる君の間諜は言いつけ通り、二人の怪しい人物に岩を落とした――」

私は驚いた。それではあの岩山の一件は、と思わず叫び出したくなるのを無理に抑え、ごくりと唾を嚥《の》みこんだ。しかし先生はまるで他人事《ひとごと》のように淡々と話し続けた。

「ははは、――これは広仲の罪にはなるまい。君は師の教え通り、朱子を守ろうとしたのだ。私だって同じ立場ならばそうしているさ。それに何といっても私の背には一振りの剣がある。これは東海の国、日本で作られた名刀だもの、そんな物を持った人間が玉山に急いでいれば間諜ならずとも疑って当然だ」

周知府事はもはや顔を伏せたまま黙ってしまった。

「――しかし、私たちが生きていたことがわかった。私たちの容貌や服装もわかったので、君がさらに詳しい報告を求めようとした矢先に、――これは想像だが、この事件の報せがやって来たのだろう。広仲、君は間諜たちの報告を聞くうちに、これはどうも人違いらしいと感じたに違いない。そしてこからがいかにも君らしいのだが、なんとかお詫《わ》びをしたくて、どうでも屋敷に立ち寄ってもらおうと前もって晩餐の準備をさせ、それから道観の牌楼《はいろう》あたりにまで、あの夥《おびただ》しい数の角燈を役人に持たせ、注意を惹《ひ》くように整然と並ばせていたのだ。だから長時間、君自身があの現場に待っていなければならなかったのだ」

と謝霊輝がここまで話し終えた時、周泰安は突然、椅子を放りだすように立ちあがるや、床に平伏《ひれふ》して叫んだ。

「すまん。昉烝《ほうじょう》。許してくれ。いかに朱子を守るためとは言え、大切な友人を失うところだった」

そう言いながらも周泰安はぽろぽろと大粒の涙を床の段通《だんつう》の上に落とし、己《おのれ》の膝を何度も無念そうに叩いた。しかし謝霊輝はそんなことは意にも介していないかのように、さあさあ、立ってくれよ。私たちは共に象山先生から教えを受けた者同士じゃないか。と知府事の手を握りしめた。

「それに私だって決して誉《ほ》められたものじゃない」

知府事はこの言葉の意味が分からなかったらしく、ついと顔をあげたまま先生を見つめた。私もよく分からなかった。先生は照れ臭そうに笑った。私は謝霊輝の言葉を待った。いったい先生は何を言いたいのだろう。

「――あの道観での再会をもう一度思い出してくれるかい。最初は私も疑ったんだよ。だからああいう慇懃《いんぎん》な態度にならざるを得なかったんだ。『周閣下』なんて言葉遣いにね。朱先生が難に遭《あ》われて以来、権力に酔い痴《し》れている者はわれら道学を志す者を目の仇《かたき》にしているのだから、いくら昔の学友だからといって私が君を狎《な》れ狎《な》れしくは呼べまい。警戒をしたのさ。しかし……」

と謝霊輝は言葉を切った。先生は知府事の肩に手を掛けて、それからじっと周泰安の顔を見つめた。

「しかしやはり、やはり君は至誠の友だった！　いいかね、享牧、この周広仲こそが私の真の友だということを語り伝えておくれよ」

私は熱いものがこみあげてくるのを抑えることか出来なかった。涙が出そうになったので、あわてて目蓋《まぶた》をぱちぱちさせて、話題を変えた。

「――先生はきっと李道士の死についても、もう何かお気づきなんでしょうね」

謝霊輝も私の心遣いがわかったらしい。

「本当のことを言えば、まだはっきりとはわかってはいないのだが……やはり一番の謎はなぜああいう殺され方をしたのかだろう。自殺や事故死の可能性は、考えにくいけれども、それでも全くなかったとは言えまい」

「いや、そのことなんだが……」

と周知府事が立ち上がりながら、口を挟む。

「君がやって来る前に、あの道観にいる連中全員に、道士から下働きの作男《さくおとこ》に至るまで、それこそ全員に問い質《ただ》したのだが、おかしなことに李知観提点《りちかんていてん》は前日まではすこぶる機嫌がよく、いわゆる自殺などは到底考えられないと言うのだ。事故による死も、――なあ昉烝、いったいどういう事故にあえばああいう死に方になるのだね」

「それでは、やっぱり……。でも、霊渓道観《れいけいどうかん》では困っているんでしょうね。なにしろ一番偉い人が不慮の死ですから」

と私が同情したように言うと、周知府事はとんでもないという表情で頭を横に振った。驚いた私が、

「まさか喜んでいるとでも……」

と冗談ぽく訊《き》くと、知府事は溜息をついた。

「そのまさかなんだよ。――まったく、あそこの道士たちときたら、知観提点《ちかんていてん》が《尸解《しかい》》したと、それはまるで祭りのように騒いでいたのだから。実際、われわれが道観に到着した時でさえ最初はお祝いにやって来たものだと勘違いしていたほどだ」

静かに耳を傾けていた謝霊輝が、この時、さも感心したかのようにぽつりと呟いた。

「なるほど。それは確かに……。しかし、尸解とはなあ。うまい口実を考えたものだ」

何もわからない私は、

「先生、一人で納得なさらずに私にも教えてください。尸解って、何なのです?」

と尋ねた。謝霊輝は私の方を向くと、いいかね、といつもの師の顔になった。

先生の話によれば、これは道教の教えだという。この《尸解》とは、簡単にいえば、凡人の目には穢《けが》れた死体のように見えていても、その当人は実はもうすでに神仙になっていて別の物を恰《あたか》も死体のように思わせているだけという、いわば方術の奥義とも言える不思議な術だとのことだ。

「——このようにして仙人になった者を《尸解仙》と言い、尸解仙は死体が葬られた後でも、必要な時にはまたもとの姿で現れることが出来るそうだ」

　そんな馬鹿な——。

　思わず声を荒げた私に、謝霊輝はぐっと真面目な顔になった。

「いやいや享牧。それほど馬鹿にしたものでもあるまい。世の中には分からないことはたくさんある。卓越した道士は、例えば《召鬼法《しょうきほう》》といって死んだ霊魂を自由に操《あやつ》る術だとか、あるいは相手を身動きさせなくする《禁呪《きんじゅ》》などという法が使えるそうだからな。——どうだろう、広仲。もしもあの連中が李道士の死体を尸解だと言いはるのならば、君はそのように中央に報告すればすむことではないのかね。きっと臨安府の役人は感激してあの道観に記念の祠《ほこら》か何かを建てると思う。なにも無理に事件にすることもあるまい」

　謝霊輝としては半ばは冗談、半ばは揶揄《やゆ》するつもりで言ったのであろうが、この言葉に知府事の顔はみるみる赤くなり、ついに怒気を含んだ声が先生にとんだ。

「情け無いことを言うな、昉烝——君にはあれが連中の言うように尸解に見えたかね。私はあれほど悍《おぞま》しい死にざまを見たのは初めてだよ」

　私もこの時とばかりに言う。ここで言わないと一人前の扱いを受けなくなるからだ。

「私も心外です、先生。『君子ハ怪力乱神《かいりきらんしん》ヲ語ラズ』とも言うじゃありませんか」

　謝霊輝はにやにやと笑いを浮かべたまま、不貞腐《ふてくさ》れたかのようにわざと渋面をつくった。

「おやおや、二人して私を責める気かね。ふふふ、お生憎《あいにく》さま。もとより私は尸解なんか信じちゃいないさ。私が知りたいことはただ一つだけだ。どうしてあんな殺され方をしたのだろうかということだけだ。毒殺ではないかと思って、口の中にまで鼻を突っ込んでみたが……」

「で、どうだった？」

と周知府事が急《せ》くように尋ねる。謝霊輝は思い出したくもないという表情になった。

「いやな臭《にお》いだった――不快な、なにか腐ったような、金属のような」

知府事は怪訝な顔をした。私にもよくわからない。謝霊輝はなおも、

「金属のような――ともかくそういう感じなんだよ。勿論、鉄や銅に臭いがあるとは思えないが……」

と呟いていた。知府事はともかく結論が欲しいらしい。先生に、君の考えはどうなんだね、と訊いた。謝霊輝はすかさず、

「ふん。あれを毒殺による死だと判定しない奴はこの中華にはおるまい」

と断言した。すると周知府事はわが意を得たりとばかりに早口に捲《まく》したて始めた。そうだろう、だから私は道士たちの言う尸解そのものが信じられなかったのだよ。そもそも……

「でも先生……」

私は、謝霊輝と周知府事の遣《や》り取《と》りを聞いているうちに、ある奇妙な考えが脳裏を去来した。それで思わず声を出したのであったが、それが結果的に、まさに奔馬《ほんば》の如く話しだそうとする知府事の出鼻を挫《くじ》く破目になった。しまった、と思った時にはすでに先生からの叱責を受けていた。

「享牧！　なんて不作法なんだ！　周知府事に失礼ではないか」

「は、はい。――申し訳ありません」

私はただ小さくなるばかりだ。話の腰を折られた周泰安は、しかし鷹揚《おうよう》に笑みを浮かべて謝霊輝を宥《なだ》めてくれたのである。

「まあまあ、そう叱ってくれるな。きっと私の話を聞いているうちに何か気づいたことでもあるのだろう。何といっても私の話は中味が濃いからな、ははは。――享牧君、構わないから、続けなさい」

私も随分狡《ずる》くなったようだ。

「はい。その通りなのです。知府事のお話を伺《うかが》っているうちに、私が今まで気がつかなかったことが見えてまいりました。先生、ここで申し上げてもよろしいでしょうか」

謝霊輝は複雑な顔をした。こいつ奴《め》、という目で私を見た。困ったような、それでいてどこか嬉しいような、しかもそれを気取《けど》られまいと堪《こら》えている表情だった。

謝霊輝が口をへの字に曲げて頷いた。

「では申し上げます。私はあの死体を見たときに、ずいぶん小さな人だと感じました。背が小さいとかではなく、何というか、縮こまった、とでも言うような……」

そう。それは私も感じたことだ。と思い出したように周泰安も叫んだ。私はさらに尋ねた。

「先生、人間の体が縮むなんてことがあり得るのでしょうか」

「さて、分からないなあ」

私は驚いた。謝霊輝先生からこのような返事が返ってくるなんて予想もしなかったからだ。だが、先生はさらに驚くべきことを言いだしたのだ。

「それればかりではないぞ、享牧。殺されて、あるいは死んだのかもしれないが、なるほど確かに死体はある。しかしそれが本当に李道士であるということは断言できないだろう」

「何を言っているんだ。君は一体……」

周知府事が詰問するように言う。謝霊輝はその言葉を遮《さえぎ》った。

「では、広仲。君は一度だって李道士に会ったことがあるのかね」

それから揶揄《からか》い半分に、

「いや、もしかしたら信心深い君のことだ。霊渓道観の最高責任者である李知観提点《りちかんていてん》の顔くらいは知っていて当然かもしれぬが……」

と続けた。これに対して周知府事は落ち着きはらった態度で答えた。

「君の疑問ももっともだ。たしかに、私があんな所に足を踏み入れたのは初めてだ。ふふふ、昉烝。残念ながら……」

「ほう。──知っていたのか」

と謝霊輝が驚きのあまり目を瞠《みは》った。周泰安はしゃあしゃあとした顔で言った。

「いや、残念ながら知らなかったね」

二人は声をあげてどっと笑った。私はあわてて尋ねた。

「──では、どうして李道士だと」

すると知府事は、何を馬鹿なことを訊《き》くのだとでも言わぬばかりに憐れみの目を私に向けた。

「どうしてだと？　道観の連中が皆、間違いなく李道士だと言ったからに決まっているじゃないか」

この言葉に、謝霊輝の顔が突然輝いた。

「そうだろうな。いや、そうでなければおかしいからな」

私がさらに何か言おうと口を開きかけたとたん、先生の方から、

「ところで、お前の疑問はこれだけではないはずだ」

と訊いてくれた。私は気分が楽になりもう一つ、気にかかっていたことを尋ねた。

「はい。その通りです。たぶん先生方も同じ疑いをお持ちだと思うのですが、祭壇の埃《ほこり》に残っていたあの踝足《はだし》の跡。女のものだろうとのご意見でしたが、それがなぜあんな所に……」

この問いには、周知府事がにんまりとした笑いを浮べながら、

「私が答えてあげよう。いいかね、享牧君。あの司馬温公の《七国象戯《しちこくしょうぎ》》を遊ぶ時でさえ七人の人間がそれぞれ将棋《しょうき》、偏棋《へんき》、裨棋《ひき》、行人《こうじん》、炮《ほう》、弓《きゅう》、弩《ど》を一枚ずつ、刀《とう》の棋《こま》を二枚、剣《けん》を四枚、騎《うま》を四枚持って初めて翫《あそ》べるものだ。人数と手持ちの棋《こま》が揃《そろ》わなければ骰子《さいころ》は振れないだろう」

と答えた。私が黙って頷くと今度は慈愛に満ちた眼差しになって、こう言った。

「さて、ずいぶんと夜も更《ふ》けたようだ。これから先は明日の楽しみにして、今宵《こよい》はここまでにしよう。君たちも旅の疲れで眠かろうが、儂《わし》も妙な信仰心を起したせいか、やたらに睡《ねむ》いわい」


——翌日、尸解《しかい》して仙人になったという李監定《りかんてい》道士の〈脱殻《ぬけがら》〉はきわめて簡単に埋葬された。それは人間の遺体を扱うというよりも、まるで要《い》らなくなった物を捨てる、というような印象を与えた。

しかし、その後に行われた旅人の葬儀は周知府事の肝煎《きもい》りということもあり、けっこう派手に行列をくりだしていた。この旅人とは、この城市《まち》に来る途中、不幸にも岩山の山崩れに遭遇し、憐れにも

谷底に落ちて死亡したという親子連れの二人だという。周知府事がその二人を憐れみ、自らの出費で葬儀を出したという話だ。

この親子の葬儀の列の先頭には、黄色の道袍《どうほう》を着衣した道士が右に左に霊符《れいふ》を撒《ま》きちらしながら進み、その後ろには悲しそうな曲を奏でる楽人が数人続いた。それから白衣を着た六人の男たちが二組、それぞれの棺を載せた二つの輿《こし》をゆっくりと運んでいくのであった。行列の最後尾にはただわあわあと泣き叫ぶだけの男女の群れがどこまでも続いていた。

「どうだ、あの葬儀は――ここで見ている本人たちが死んでもあれほど見事なものにはお目にかかれないじゃないかね、享牧」

私たちは谷底に落ちたという二人連れ（それは本来ならば私たち自身のはずだった！）その葬儀を見送るために道観に来ていたが、さすがに妙な気持ちになっていた。

「でも先生、岩を落としたのが知府事の間諜《かんちょう》だとしたら、周閣下はどうしてこんなことをなさるのでしょうか。韓大臣の手の者でないことはもうわかったのですから、敵を欺《あざむ》く必要もないように思えるのですが」

何とも腑《ふ》に落ちないという顔でそう尋ねると、謝霊輝はこちらを見ずに答えた。

「それが政治というものだ。広仲は両面、いや三方に手をうったのだ」

「は？」

私の方に向き直った謝霊輝の眼は、まるで見たくもない厭《いや》なものを見てしまったように曇っていた。それからそれを吐き棄てるような口調で、言った。

「いいかね。韓侂冑《かんたくちゅう》には朱子の信奉者を殺したと報告できるじゃないか。そして手下の間諜には朱子の暗殺者を殺したともいえる。間諜は一人ではないはずだ。と、すれば私たちを襲った人物と道観に私たちが到着することを報告した者とは別人の可能性もある。そしてその二人が互いに顔を知っているとは思えないからな。ここまでは闇の部分だ。だが大切なのは三番目の狙いだ」

「三番目？」

「うむ。領民だ。領民には不幸な旅の親子の死を慈悲深い知府事が丁重に葬ったと言えるじゃないか。そしてこれだけが記録に残る」

私はますますわからなくなった。それでつい、

「しかし、本当にこんなことまでする必要があるのかなあ」

と口に出してしまった。これは拙《まず》かった。謝霊輝が私の勘の鈍《にぶ》さにとうとう腹を立てたからだ。

先生は急に苛々《いらいら》した口振りに変わった。

「こうしなければ、周泰安自身が失脚しかねないじゃないか。いいか、広仲は道学者だ。韓侂冑一派の、道学者に対する弾圧は日増しに強くなっている。水嵩《みずかさ》を増した奔流がまさに堰《せき》を切らんとする勢いと言ってもよい。おそらくはこの背景には、北方の金《きん》国からの圧力もあるのだろう。権力を握った侂冑にしてみれば、北宋以来ずっと対立している国論の乱れを統一し、早いとこ己《おの》が独裁を打ちたてたいところだ。それには何といっても道学が邪魔になるのだ」

私は、これはきっと叱られるだろうなと思いながらも、恐る恐る次のような質問を試みた。

「先生、そこのところが私にはよく分からないのですが……どうして道学が邪魔になるのですか。国

論の統一にはむしろ先生方の教える道学が必要だとも思えるのですが……」

謝霊輝は何か言おうとしていたらしいが、私の顔を見て呆気《あっけ》にとられたようにその口を止めた。それから突然、笑いだした。

「ははは、まだお前には早かったかな。韓侂冑らは自分たちにとって都合のよい人間ばかりにしたいのさ。——享牧、やつらの言う国論の統一とはな、耳触《みみざわ》りの好い言葉だが、その実は宋人全部を自分たちの言いなりになる奴婢《ぬひ》のようにしてしまうことなのだよ。奴婢のようにすれば皇帝にも宰相にも逆らう者がいなくなる。学者は権力を持った連中にとって都合のよい教えだけを後学に伝えればよく、自分で考える必要もない。これがやつらの言う統一なのだ」

「農民や商人、工人などはどうなるのでしょうか」

私は背筋に寒いものを感じた。

「奴婢になるのだ。皆、あやつらのために働き、その稼《かせ》ぎや儲《もう》けは体《てい》よく吸い上げられるだろうな。——だから道学が邪魔になるのだ。人間に本来そなわっている〈仁《じん》〉という思いやりの心や、〈理《り》〉や〈性《しょう》〉、〈心《しん》〉という言葉で宇宙と人間のあり方を探究する姿勢は、つまるところ、人間の理性を重んじ、精神を自由にせよということになる。一人一人がそうなればこの国はどうしたって道義的になる。その精神の貴《たか》さがあれば当然ながら金《きん》国にも対抗できよう。ところが今の宋はどうだ。金国よりもはるかに豊かな生活を営みながらわが国はいつも北の力に怯《おび》えているのだ。科挙《かきょ》という、身分によらずに人間の才能を重視する方法を採りながらも、その内実は形式化された硬直した政治のしくみになってしまっているのだ。これはな、享牧」

私は、「はいっ」と答えた。謝霊輝はそんな私に微笑むように、話を続けた。

「わが宋人が己《おのれ》の享楽に耽《ふけ》り、精神を養うことを怠った報いなのだ。だから道学が必要になるのだが、道学が盛んになれば人間は自《おのず》ら独り立ちできることになろう」

「それでは道学で統一したらよいのですね」

と私が賢《さか》しらぶって言うと謝霊輝は笑った。

「私は統一された道学なんて——真っ平だね。道学は個人の体得だ。象山先生はそれをなされたのだ。押し付けて身につくものではないよ。求めて初めて自分のものとなるのだ」

私はようやく先生の言わんとすることが朧気《おぼろげ》ながらも理解できた。すると急に周知府事の身の上が心配になってきた。

「道学が弾圧されるとなれば、周知府事にもいずれは韓侂冑からの圧迫や干渉がやってくると言うことになりますね」

と私が言うと、謝霊輝は、うむと小さく頷いた。

「恐らく……な。だが、いかに韓大臣とて無実の者を追い落とすわけにもいくまい。だから何とかして周知府事の失政を暴《あば》こうと必死になる、そこへ折よく朱子が玉山《ぎょくざん》に立ち寄った。広仲《こうちゅう》はその朱子を韓侂冑の魔の手から守ろうと躍起《やっき》になっている。ふふふ、これが何を意味しているのか。享牧には分かっているのかな」

先生がにやりと笑ったので、私も向《む》きになって答えた。

「それは、先生。知府事も陸象山先生のお弟子ですから、やはり……」

「もちろん、そうとも。だが私が聞きたいのはこういうことだ。もし、ここで朱子が暗殺されたらどうなるかだ。韓侂冑はきっと、三代の天子の師たる朱子をいたずらに殺させた罪として、知府事らを激しく叱責し、その官職を剥奪《はくだつ》することだろうよ」

とじろりと私を睨んで言った。

「そ、そんな――自分が暗殺させたのですよ」

思わず興奮して叫んだ私に向かって、謝霊輝はゆっくりと語りだした。

「よく覚えておくがよい。権力に魅入《みい》られるとはこういうことなのだ。自分の欲望を満足させるためにはどんなことでも利用しようという魂胆になってしまうのだよ。権力とは、たとえば水のようなものだ。自然に流れていればそれだけで人に益を与えている。嵐の時には獰猛《どうもう》な力と化して人々を苦しめる。しかしそれでも流れが止まるよりはいい。流れなくなったら水は腐り、やがては国家をも滅ぼしてしまうからだ」

これが先生の教え方だった。結局、私はいつの間にか先生の術中に嵌《はま》りこんでいたのである。先生の学問はこういう活学《かつがく》であったから記問之学《きもんのがく》を嫌った。書や学説をただ暗記しているだけで、その真義を会得《えとく》しておらず、記憶していることを相手構わず述べちらすような学問を記問之学と言うが、謝霊輝はそういう行為を嫌悪した。いや、これが象山先生の教えでもあったのだ。だから弟子の私にも反論が許されたのである。許されるどころか、むしろ歓迎さえされたのだ。

「でも、私は不思議に思います。権力にそれほどの魔性があるのならば、なぜ周知府事は自らお辞《や》めにならないのでしょうか。朱子でさえ朝廷の権力争いに嫌気がさして何度も辞表を出したと伺っております。第一、知府事の親友である先生は初めから官を否定していらっしゃるではありませんか」

謝霊輝の顔から皓《しろ》い歯がこぼれた。

「ははは、私と広仲とでは生き方が違う。彼は、おそらくここに理想の地を築きたいのだろう」

「理想の……」

私の言葉に謝霊輝はきっぱりと言った。

「そうだ。陸象山先生直伝の政治哲学をもってだ」

これを聞いた私は、前々から気にかかっていることを尋ねるよい機会だと思った。

「先生、もう一つだけお訊《き》き致します。先生は金国とわが宋が再び戦端を開くとお思いなのでしょうか」

私の唐突な問いに謝霊輝は両手を胸に組み、目を閉じたまま黙ってしまった。が、すぐに、

「うむ。――臨安府《りんあんふ》（南宋の国都）にいる友人、彭子寿《ほうしじゅ》に聞いた話だが……」

と語りだした。彭子寿という方ならば私も名前だけは存じあげている。亀年《きねん》という名の、今は都で吏部侍郎《りぶじろう》をなさっている方だ。

「最近、金国の北辺に蒙古の部族が侵犯すること度々《たびたび》だと言う。それで金としてもどうしてもその防備に力を注《そそ》がねばならなくなったらしい。ところが南にはわが宋があるので何としても油断は出来ない。そこでまず邪魔な宋を先に叩いておこう、というのが彼等の狙いだとか……」

そう言って天を仰いだ先生を安心させようと私が、

「でも両国間の条約で、宋と金とは〈叔姪《しゅくてつ》〉つまり叔父《おじ》と姪《めい》の関係になったのですから、まさか戦争

なんて……」

と呑気な調子で言ったものだから、今度こそ本気で声を荒げて怒りだした。

「何を言っているのだ、お前は。詭弁だ。――やつらはいつでもわが江南を狙っているのだぞ。それに以前よりも少なくなったとはいえ、孝宗皇帝以来、わが国から金への毎年の歳幣《さいへい》は銀や絹で実に二十万となっているのを知らないのか」

「二十万！」

驚いた私がその数字を鸚鵡《おうむ》返しに言った時には、謝霊輝はもういつもの穏やかな顔に戻っていた。謝霊輝はやれやれという眼で私を見ていたが、そのうちに顎の下の鬚《ひげ》を所在なげに弄《いじ》くりはじめた。しかしその時にはもうどうすべきかを決めていたのであろう、やがてぽつりぽつりと説明らしきことをやりだした。

「お前のその腐った南瓜《かぼちゃ》頭も、もとはと言えば師である私の責任かもしれぬ。いいか享牧、言葉というものに惑わされてはならぬ。むしろ重要なのはその言葉の真に意味する内容だ。わが中華の民は、親と子、兄弟姉妹、親戚など家族間の絆《きずな》を表す言葉を善きものとして受け入れる傾向がある。〈叔父《おじ》〉と〈姪《めい》〉もそうだ。叔父ならば姪の面倒を見、姪ならば叔父には逆らわないものだ、という言葉それ自体のもつ観念があるようだが、宋金関係は純然たる敵対関係なのだ。〈叔姪《しゅくてつ》〉といってもそんなものは休戦の記号に過ぎない。言葉の見せる衣裳に騙されずにそのうちに隠された牙を見抜くことだ」

私は先生がこんなことを言うとは予想もしなかった。叔姪なんて、軽い気持ちで言ったのに……。

謝霊輝は苛々《いらいら》した声で言った。

「歳幣だってそうだ。歳幣と言えば聞こえはいいが、要は二十万の銀を贈って平和を買っているということではないか。このため政府はさまざまな名目で民草《たみくさ》からの税を搾《しぼ》りとらねばならなくなったのだ。ところがどうだ、こともあろうに朝廷の高官どもが考えていることと言えば、その貴重な税を私利私欲のために、己《おの》が権勢をのばすために使うことばかりだ。朱子が民の苦しみを救わんと皇帝に上書したのもこのためだ。もし陸象山先生がご在世ならばやはり同じようになされたはず。……」

いかん。先生の顔がだんだん紅潮してきた。私は身を竦《すく》め、唾をごくりと嚥《の》んだ。

「聞いているのか、享牧」

先生の厳しい声に私は震える声で、「はいっ」と返事をした。

「よろしい」

と謝霊輝は短く答えた。それからもう一度私の顔を見ていたが、大きな溜息をついた。

「お前の南瓜頭ではどうせ何も気づかなかっただろうが――いやいや、お前が悪いのではない。全ては師である私の責任だ。陸象山先生が一度でも愚かな私を責められたことがあるだろうか。『人ノ性《しょう》ノ善ヲ明《あき》ラムルニ、自暴自棄《じぼうじき》スルべカラズ』と象山先生も仰《おお》せだ」

そう言うと謝霊輝は気を取り直したようにまた話しだした。

「――いいかね、享牧。私はこの村の様子をそれとなく観察していたのだが、田も畑もまだ荒れてはいなかった。村人も嬉々として働いている。これはまったく周知府事の治績と言ってもよいだろう。ここでもしも広仲が失脚すればどうなると思う？　ここも他の村と同じように、やがては荒《あ》れ放題《ほうだい》になることは火を見るよりも明らかじゃないか。だからどうしたって先程のような芝居が必要になってくるというわけだ。これも政治なのだろうが。それにしても臨安府の繁栄に較べ、この数年間の農村の荒れ具合はどうだ。恐ろしい勢いで全土に流民が増えてきている……」

　この話は私を不安にさせた。流民、という言葉に思わず背中がぶるっと震えた。

「先生。このまま流民が増え続けたら、わが宋はどうなるのでしょうか」

　心配顔の私をさらに脅《おど》かすように謝霊輝はもっと沈鬱《ちんうつ》な翳《かげり》を見せた。

「――秦《しん》も漢も唐も、その末期は似たようなものだったらしいな。流民が増え、農村が疲弊していき、やがて、飢え疲れきった農民の前に新しい宗教が現れる。そして弥勒《みろく》の世が近いとか、真実の王道楽土をつくろうなどと言う根も葉もない救い話が口から耳へと実《まこと》しやかに伝わっていくのだ。そのうちに権力に目の眩《くら》んだ教祖が、今の腐った世を倒す時がきたと唆《そそのか》しはじめる。唆された流民は、お定まりのごとくに暴徒と化し、武装集団へと成長して、まずは目の前にいる憎しみの相手に襲いかかるという訳だ。これが大地主や商人だ。このあとに控えているのが朝廷というやつだが、もしも官軍が敗れたとすれば、そのあとには混乱だけが渦を巻いているだけになろう……混乱が極まると英雄が現れ、天下を統一していく。この繰り返しが歴史になるだけだ」

「それでは宋も……信じられません」

　思わず叫んでしまった私に、先生は、

「ははは。もしかしたらお前が私の歳になった頃には、もう王朝の姓が代わっているかもしれぬぞ」

と笑った。私は揶揄《からか》われたのだとわかると、何だかほっとした。

「いやだなあ、脅かさないで下さいよ。――でも、金を窺《うかが》う蒙古の部族とは何者なのでしょうね」

「それはわからない。しかし、噂によれば、なんでも蒼《あお》い狼の血をひく者だというくらいだ。よほど残忍な連中なんだろう——それはそうと、享牧！」

突然、謝霊輝の顔が真剣になった。しまった、また私の南瓜頭が余計なことを喋《しゃべ》ったらしい。私は緊張した。

「お前、まさかこんなお喋りで時間を食い潰《つぶ》すつもりじゃないだろうな。葬儀の一行が戻ってくる前にどうしてこの霊渓道観を調べてみようという考えに至らないのだね。だからお前の……」

だからお前の頭は南瓜になるんだ、と謝霊輝は苦笑いした。そんな……ずっと話し続けたのは先生なんですよ。私は何か言おうとしたが、いや待て、どこの世界に師匠に口答えする弟子がいるだろうか。陸象山先生だって人間だ。象山先生が何か間違えたときにうちの先生が文句を言っただろうか。そう考えると何も言えなくなった。

「ねえ、先生。象山先生だって時には何かお間違いをなさったこともおありでしょう」

と私は、歩きはじめた謝霊輝の背後から声をかけた。

「象山先生に間違いだと」

そう謝霊輝は呟くとそれっきり黙って歩き続けた。私はまたへまをしたらしい。何も言わずに先生の後からついていくだけだった。

「小さな勘違いはあったが、間違いらしい間違いなどなかったな」

急に立ち止まると謝霊輝は断言するように言った。それがどうしたのだ？　先生、そこですよ。象山先生は勘違いなさった時はどのような態度をとられたのでしょう。

「先生はな……」

と謝霊輝が振り返って言った。

「こう、頭を掻きながら、照れ臭そうに笑われた。本当に楽しそうに、だ」

私は謝霊輝の顔を見て驚いた。先生の両眼には涙が溢れ、いまにも零《こぼ》れ落ちそうだったからだ。

「――この道観は」

と再び歩きはじめた謝霊輝が話しだした。

「建物が一直線になっている」

確かに南から北に向かって、（そして私たちは北に向かって歩いていたが）牌楼《はいろう》、大門《だいもん》、霊官殿《れいかんでん》と並び、その次に事件のあった玉皇殿《ぎょくこうでん》が建っている。大門と霊官殿の間には小さな池があり、半池《はんち》と呼ばれているらしい。その池の上には橋が渡されていて、これは半橋《はんきょう》と名付けられた小さな石橋だ。小さいくせに生意気にも拱橋《アーチ》造りであった。私たちがその小さな頂《いただき》に立つと玉皇殿の正面が見えた。

「先生、玉皇殿の後ろにある大きな屋根は何でしょうか」

そう言われて、謝霊輝は首をのばした。今初めて気がついたようだった。玉皇殿の背後には杉の木が林立していたが、枝と枝の間から大きな屋根が見え隠れしている。

「昨夜は暗くて気づかなかったが、この際だ、そこまで行くことにしよう」

そういうわけで、私たちは玉皇殿の前にある大きな石段を右に回り、急ぎ足でちょうど建物の東北の角を曲がった。そこから杉の林が続き、そこの小径《こみち》を抜けると例の建物へとつながっているというわけだ。

その小径に差し掛かった時だった。奥の建物の横から、頭に黒い冠巾《かんきん》をかぶり、長くて真白の顎鬚《あごひげ》を胸までたらした道士が、一人ゆったりとした歩みでこちらにやってくるのに出会ってしまった。道士は私たちを見ると、たいそう驚いた様子で一瞬立ち止まった。が、すぐに足早にこちらにやって来た。

「もし——あなた方はどなた様でございまするか。ここいら辺りに無闇にやってこられますと迷惑をいたしますが」

慌ただしく拱手《きょうしゅ》をすませると、道士は口調は穏やかながらも非難と困惑のまじった詰問するような口振りで訊《き》いてきた。私がどうしたものかと謝霊輝の方に目を送ると、先生はきわめて慇懃《いんぎん》に拱手の礼を返して、こう言った。

「これは失礼致しました。実は私どもは周知府事閣下より連絡を受けて都より急ぎ参った者でございます。閣下のお話では、昨日この道観にて知観提点《ちかんていてん》道士が見事なる姿にて化《か》せられる由《よし》とか。その真偽を確かめるために早々と秘密裡に参ったところでございます」

これを聞くや、強《こわ》ばっていた老道士の顔はみるみる崩れ、白い眉で目が隠れてしまうほどの笑顔になった。道士は喜んで言った。

「ほうほう。それではあなた方は李道士様の尸解をお確かめに参られたと、こう申されるわけですな。それならば……」

ところが謝霊輝はまるでこの道士の言葉を逆撫《さかな》ででもするかのように、事務的で冷ややかな反応を示したのであった。

「そういうことにもなりますかな。しかし、道士、実は毒殺されたのだという噂も聞いておりますぞ」

この言葉に老道士の顔は怒気を含んだ朱に急変した。

「だ、だれが——そ、そんなことを！」

すかさず謝霊輝は道士の耳元に口を寄せて囁いた。

「いや、道士殿。こうやって私どもがわざわざ調査に来たのも、本心は尸解の事実を確認しそれを畏《かしこ》き辺りに報告するためなのですよ。ただ、先程のような噂が知府事の耳にも入っているようではねえ。ほれ、私どもの報告が出鱈目《でたらめ》だと、今度は逆に叱られますからな」

白鬚《しろひげ》の道士はにやりと笑った。それから薄笑いを浮かべながらもはっきりと答えた。

「それならば無用なご心配ですぞ。あれが尸解であったことはこの儂《わし》がちゃんと保証いたしましょう」

この返答に謝霊輝の方が驚いた。

「失礼ですが、あなた様は……」

と尋ねると道士は、

「儂は白騎礼《はくきれい》と申す者で、長らく知観提点猊下《ちかんていてんげいか》にお仕えしていた者ゆえ、儂の言うことならば信じてもらえましょうぞ」

ときっぱりと言った。すかさず謝霊輝は、さも納得したかのように大仰《おおぎょう》な身ぶりでそれに応じたが、それからが見ものであった。先生は全くの俗吏になりきっていた。ふだんは威張りちらしている役人が、急に経験したことのない出来事に出合って、その戸惑いを感づかれないように懸命に取り繕う姿を見事に演じたのだった。

謝霊輝は、おどおどと白道士に尋ねた。

「も、勿論、ですとも。――しかし道士様。よろしいですかな、ここが問題なのですが、私ども俗人にはそもそも尸解というのがどういうものなのかが、よくわからないのです。それにもう一つ。どうかお気を悪くなさらずに聞いていただきたいが、生前の猊下《げいか》のお姿をつゆ知らぬ私どもには、あなたがどのように力説なさろうとも――あ、いやいや、私は信じておりますが、――そのう、李猊下の死をどうして尸解と判断されたのか、そこのところのご説明さえしていただければ、私どもの立場もよくなるという訳でして……」

白と名乗った老道士は声を出さずに侮蔑の笑みを浮かべた。が、声は同情的であった。

「それも尤《もっと》もなことですわい。よろしい、ご説明致しましょう。そもそも尸解とは、われわれ道教を奉ずる者にとっては最高の悟りであり、同時に究極の願いとなるもの。なんとなれば、それが出来た者こそがタオを真に体現したと証せられますからな」

「タオの体現者?」

思わず聞き返した私に、白道士は力をこめて言った。

「そうですとも、お若い方。その時こそ人間は一切の苦痛から解放され、不老不死の身になれるのですぞ。しかしそのためには、この穢《けが》らわしい肉の塊を捨てねばなりませぬ。その聖なる儀式が尸解というわけですわい」

謝霊輝が確認するように訊いた。

「それでは李道士は自ら死んだのですな?」

この言葉に、白騎礼は無知な人間を嘲笑うごとく傲岸な態度に変わった。

「ふん、俗人からはそうとしか見えますまいが、そのような目では孔丘《こうきゅう》とて諸国を彷徨《さまよ》う乞食になりましょうに」

この言い回しはよほど謝霊輝を喜ばせたらしい。先生はくっくっと笑いをおし殺して、

「なるほど。聖人孔子も見方をかえれば確かにそうなりますな。いやはや、これはとんだ失言を致しました」

と素直に謝った。この態度が道士の気持ちを大いに和らげた。白道士は急に上機嫌になって、親しげな口調で話しだした。

「いえいえ。私たちの心が少しでもお分かりいただければそれでよろしいのです。それに尸解は死ぬわけではないのですぞ」

「でも、死体が……」

と私が口を尖《とが》らすと、白道士は呵々《かか》と笑って、

「お若い方。蟬《せみ》の殻《から》を見たことがありますかな?」

と訊いてきた。私が、ええ、と返事をすると、

「あなたはその殻が蟬の死体に見えるわけですな。ははは」

と大きく笑った。

なるほど、そういうことか……。と私が妙に感心していると、

「――白道士、それではさらにお尋ねするが」

と謝霊輝が口を開いた。先生はにやりと笑った。こういう笑いはたいてい相手を困らせる時に決まっている。

「尸解については大体のことはわかりました。しかしあなたご自身は尸解した人物をこれまでに何人ご覧になったのでしょう? ああ、つまり、尸解なのかそれともただの死なのかということをどうやって判断するのかということなのです」

だが、白道士は謝霊輝の疑問を至極当然といわぬばかりに頷いた。

「仰《おっ》しゃる通りですわい。尸解に至る道士などは滅多にはおりませんからのう……。何十年に一回あるかないかじゃ。それほどの意義深い出来事に、ほうほっほ、修行の浅いこの私めが出会えるわけもないことですわい」

畳み掛けるように謝霊輝が尋ねる。

「では、尸解したと、どうやってお分かりに……」

にっこりと白道士が答える。

「一目見てわかりましたわい。あなた方の言葉を使えば、何よりもあのような死にざまが証拠になりますぞ」

「えっ。あの異様な死に方が……」

私が驚いて叫ぶと、白道士は、一瞬、老人とは思えぬほどの鋭い目付きになった。が、すぐにもとの温顔になって言った。

「おや、ご覧になりましたか。何という僥倖でしょう。あのようなお姿はもう二度とは拝見できませぬぞ」

「道士、あの異様な死が尸解の証拠ですと。どうして？」

謝霊輝が珍しく焦《あせ》っている。先生が焦るなんて信じられない光景だが、でももしかしたらこれは先程の俗吏の演技を続けているのかもしれない。実のところ、この白騎礼という老人は時々年齢《とし》に似合わぬ表情や仕草《しぐさ》を見せるので意表を突かれるのだが、それでも以前に先生にお聞きしたことがある道士の修行を思い出せば納得できないこともない。彼らは日々の礼拝のほかに、時には穀を絶ち息を調え、深山幽谷の中で大宇宙の気と一体化するのだと言う。それならば白道士のような老人でも若者のように身軽な動きが出来るのであろう。気を養う――道家ではこれを「導引《どういん》」と称しているが、それは見た目にはただ黙って坐っていたり、樹木の下で立ったまま瞑目しているようにしか映らないが、その身体の内部では激しい生命の渦が上下を巡り古い躰《からだ》が新しい躰に作りかえられていくというのだ。

そのくらいのことは、と説明しながら謝霊輝が小鼻をこすった。わが象山門下にとっても必須の修行だ。陸象山先生も脚《あし》を組み静坐《せいざ》されること毎日の如くであった。だがこれがために象山先生の学問は禅と混同されたのである、と謝霊輝は口惜しそうに言った。

「金谿《きんけい》に劉 淳叟《りゅうじゅんそう》という男がいた。この男は象山先生の兄上、復斎《ふくさい》先生にも師事したことがあるほどの立派な人物であったのに、参禅に走り象山先生の学問を裏切ってしまった。その時、友人の周という者が、なぜ象山先生の下を去るのかと問い質《ただ》したところ、淳叟はこう言ったそうだ。『仏教は鋤《すき》で儒教は斧《おの》のようなものだ。鋤と斧とは勿論違うが、柄を持つ手は同じではないか。それならば自分は鋤を持つ手になりたい』と。すると周は、『手であることをはっきりとさせるには斧を持ち続けるしかあるまいに』と、こう答えたと言う。象山先生は周の答えに感心されたそうだ」

　ほう？　本当にお分かりにならないとは——と白道士が謝霊輝の顔をまじまじと見つめて呟いた。

「よろしいですかな。あなた方が死体と呼んでいるあれは脱殻《ぬけがら》なのですぞ。ですからあの軀《からだ》はもう人間のものではないのです。李道士様の真胎《しんたい》、つまり真実の体はあそこにはこれっぽっちも残ってはおりませぬ。お分かりでしょう、だからあのように異形《いぎょう》の物に変わってしまったのです。——ああ、我々の殻は何と醜いのでしょう。これでもしも、あれに少しでも人間らしさが残っていたとすれば、左様《さよう》その時には、あれはあなた方の仰しゃる〈死体〉になってしまうのですから」

　私は唖然《あぜん》とした。謝霊輝も眼を見開いたまま得々として話す白道士の顔を見ているだけだった。謝霊輝の顔には明らかに困惑が読みとれた。私は、象山学を完璧に受け継いでいる先生にも理解に苦しむことがあるのか、とむしろそのことの方が驚きであった。——いや、待て。だから私はいつも叱られるのだ。結論が早いだとか性急すぎるだとか……。先生はまだ愚かな俗吏を演じておられるのだろう。

　しばらくして、溜息をついたのは謝霊輝だった。それから先生はこう言ったのだった。

「なるほど……理屈だ」

　そして急に、弾んだ声で、

「で、尸解された李道士をあなたが最初に発見して皆におしらせした、というわけですな、白道士」

と訊いた。だが返ってきたのは意外な答えだった。

「いや。——残念ながら鄭《てい》道士でしたわい。鄭道士はいつも李道士様のお側に仕えていましたから」

そう言うと白道士はちと口を噤《つぐ》んだ。そして今度はゆっくりと思い出すように語りだした。

「――何しろあの前日まで李道士様と実に愉《たの》しそうにお茶を飲んでいましてね」

ほう、鄭道士と、と言いかけた謝霊輝は自分がその道士については何も知らないことに気がついたらしい。多分、先生は鄭道士に関する先入観を嫌ったのだろう、白道士のお喋《しゃべ》りを止めさせようとした（だが後から考えれば、私はこの時にもっと聞いておいた方がよかったのではないか、と年をとってしまった今でも時々そう思うことがあるのだ）。

謝霊輝は唐突に話題をかえた。

「ところで道士。さっきから気になっているのですが、ほら、向こうにあるあの大きな建物は一体何をする場所ですかな」

白騎礼《はくきれい》は大儀そうに後ろを振り返って、

「あーん？　老律堂《ろうりつどう》のことですかな？」

と呟《つぶや》いたあと、急に全てを飲み込んだらしく、顔を輝かして言った。

「ああ、それであなた方はここまでいらっしゃったという訳ですな」

思わぬ事の成り行きに私と謝霊輝は狐に摘《つま》まれた顔で互いに見合わせた。しかし白道士はどうやら一人で合点がいったようだ。

「それならそうと疾《と》うに言ってくだされぱいいものを――さよう、あそこですぞ。あそこで仙居《せんきょ》なされたのです」

建物を指差しながら誇らしげに胸をはった白道士に謝霊輝は恍《とぼ》けた声で、仙居？　と問い返した。

気負いこんでいた白道士はこの言葉にがっかりした表情になって、こう言った。

「なんじゃ、仙居もご存知ないとは。つまり、あの建物の中で李道士様は尸解されて天に昇られたと、ま、こういうわけですわい」

「ええ！——すると玉皇殿ではなかったのですか」

思わず叫んだ私の声に白道士の方がむしろ驚いて慌《あわ》てて説明しはじめた。

「いやいや。先程の鄭《てい》道士と私、それからもう一人、張道士との三人で玉皇殿までお運び申しあげたのですよ。何と言ってもああいう尊い御姿は他の道士にも拝ませなければね」

張道士？　謝霊輝が怪訝な顔をしたので白道士は李道士の仙居の日の様子について最初から話しだした。その話によれば、老律堂で李監定《りかんてい》道士が仙居した時には鄭甫《ていほ》という道士と二人きりだったという。仙居を行う場合には修行を積んだ道士でなければお側には近づけません。私や張道士——張慶《ちょうけい》義《ぎ》ごときではまだまだ、とても足元にも参れませぬ。というのが白道士の言葉だった。仙居の後、鄭甫が別棟に控えていた白騎礼と張慶義に連絡にきて、それから三人で老律堂から玉皇殿まで、尸解した李道士の軀《からだ》を運んだ、ということだ。

「その日の天気はどうでしたかな。そんな重要な儀式の時には天帝はどのようなお天気になさるのでしょうね」

と謝霊輝が尋ねると、白騎礼は手を振って、

「夜ですよ。昼間は生きている者の気が満ちておりますからな。さよう、その夜は月の明るい晩でしたわい」

と返事をした。謝霊輝は少しがっかりした顔をした。ところが白道士の言葉はまだ続いていた。

「やはり徳を積まれますと雨もあがってしまうのでしょう。なにしろ、昼過ぎにはひどい降りでしたからのう……」

謝霊輝はこれで十分満足したようだった。

「それであなた方三人は尸解された李道士のお体を玉皇殿の正面、たくさん並んでいる神像の所に安置されたと、こういうことですね」

白道士は、そう、そう、と頷きながらも、

「もっとも、未熟な私めが御足《おみあし》を片方、思わず床に着けてしまいましたが……」

とぼやくように呟くのが聞こえた。謝霊輝が私の目を見て頷いた。

私が尋ねる。

「不思議ですよね。そんなにも尊い儀式をいったい、誰が、どうして殺人だなんて、訴えたのでしょうか」

これには白道士も笑って、それからこう言った。

「気にすることもありますまい。どうせ何もしらぬ俗人が勘違いでもしたのでしょうから。この道観には旅の商人などが雨露を忍んで一夜を過ごすことも度々《たびたび》でしたからな」

このあと謝霊輝が、これからあの建物を拝見させてもらってもよろしいでしょうかな、と慇懃《いんぎん》に申し出ると白道士の方も勿体《もったい》ぶって、一般のご参詣は玉皇殿まででございますが、事情があいわかりましたゆえ、この私めがご案内など致しましょうぞ、と答えた。それから道士はくるりと向きを変えると、すたすたと老律堂の方へ歩きだした。

「先生……」

私が謝霊輝に話しかけようとすると、先生は目配《めくば》せをして私を黙らせた。謝霊輝はこの予期せぬ展開を楽しむかのようにいつもの笑みを浮かべているのである。あの悪戯《いたずら》っぽい笑みを。ともかくこのままついて行こう、とその顔は私に語りかけていた。そこにはもう愚鈍な俗吏の表情はなかった。先生本来の、深い叡智の輝きがあった。

私は黙って従うことにした。しかし今だから告白できるのだが、この時にはまさか、またもあんな恐しい光景があの場所に待ち受けていたなんて想像もしていなかったのである。

【第四回】

瞑瞑《めいめい》たる道壇《どうだん》に、屍《しかばね》は暗恨《あんこん》を生じ、
女鞋《じょあい》、謎を残す悽悽惨劇《せいせいさんげき》の跡。

知府事の周泰安《しゅうたいあん》が部下を引き連れてやって来たのは、一刻（三十分）と経たないうちだった。老律堂の内陣《ないじん》、一番奥まったところにある祭壇の前でへたりこんでいた白道士は近づいてくる大勢の跫音《あしおと》に、徐《おもむ》ろに立ちあがった。もちろん、府城から捜査にやってきた知府事の一行を迎えるためである。

白道士は足取りも重く、とぼとぼと外に面した戸口まで歩いていくとそこにある巨大でしかも頑丈な、片側だけで三つに折れる折戸を力なげに折りはじめた。戸を折り開けるたびに鈍《にぶ》い軋《きし》むような音が暗い堂内に谺《こだま》し、その戸が畳まれるにつれ細い線状様《よう》の表からの光が帯状に変化していき、ついには堂内に陽光の扇が広がった。

その時には私たちのいる場所はすっかり見通せる明るさに変わっていた。

奥の祭壇にまで光が届いた時、そこにいる道教のさまざまな神々が姿を現した。祭壇は大きく三段に分かれ、各段はまた二乃至《ないし》三に小分かれしていた。これは道教で説く宇宙の実相を表しているのだ

ともいう。宇宙は三十五段階に区分され、その最高を三十五天と言う。私がここで述べているのはあの時、師の謝霊輝《しゃれいき》が説明してくれた内容を少しも越えてはいないのだが、それというのも当時、精神という本来ならば私自身の特質を徴《あらわ》すべき存在がいかにも未熟で、それが事件の核心に触れるたびに苦痛に満ちた呻《うめ》き声をあげてばかりいたからであろう。

享牧、天の最高位にいる神が元始天尊、別に玉清《ぎょくせい》大帝と言うそうだ。そう、師が私の耳もとで囁いた言葉が耳朶《じだ》に残っている。玉清大帝の下には上清《じょうせい》と呼ばれている太上道君《たいじょうどうくん》、その下にやっと馴染《なじ》みの太上老君《ろうくん》すなわち太清《たいせい》と親しまれている神がくるのである。太清がなぜ馴染みなのかと言えば、彼こそが我らが言うところの老子《ろうし》にほかならないからだ。かつて晋《しん》朝の代に葛洪《かつこう》という道士がいて、その人が著した『抱朴子《ほうぼくし》』という書物には、元始天尊は老子の師で大神仙の人である、と記されている。また別の書には天地を創造した盤古《ばんこ》の化身であるとも書かれてあるとか。玉清、上清、太清の三神を「三清大帝」とも呼んでいるという話も伺った。「それにしても壮大な宇宙論じゃありませんか」と私が何気なく口に出したところ謝霊輝は、だからお前は、と私の頭を小突《こづ》いて、性急に結論を出したがると言うのだ、と鼻で笑った。

「先生は違うご意見なのでしょうか」

悄気《しょげ》返った私が上目遣《うわめづか》いに謝霊輝に訊くと先生はそれには答えずに、

「朱子は三清は仏教の三身論を倣《なら》ったものだと言っている。仏教では本性を法身《ほっしん》、徳業を報身《ほうしん》、そして現実の肉身を応身《おうじん》といって存在しているものを三つの視点から判別するのだ」

と答えただけだった。ああ、だが私は先生との回顧《かいこ》にばかり耽《ふけ》ってはおられぬ。話を元に戻そう。

『未《いま》ダ一簣《いっき》ヲ為《な》サズシテ止《や》ム』にはなりたくない。

祭壇の上段には三清大帝が厳《おごそ》かに立っていた。その下の段には文始真君《ぶんししんくん》・尹喜《いんき》がいて、すぐ隣に婦女の寿命を長寿にするという麻姑《まこ》仙女がこちらに微笑みをなげかけている。そして最下段のところに三茅真君《さんぼうしんくん》、すなわち茅盈《ぼうえい》、茅固《ぼうこ》、茅衷《ぼうちゅう》の三兄弟が祭ってあった。

茅盈は咸陽《かんよう》の人で十八歳の時に恒山《かんざん》で道を修め、長生の術を得たという。その後西王母《せいおうぼ》に会い太極《たいきょく》玄真之経《げんしんのきょう》を授かり、家に戻ったところ、父親は息子が長いこと放蕩三昧の生活をしてきたものと勘違いをしてしまった。それも無理のない話で盈《えい》はこの時四十九歳になっていたのである。父は大層憤《いきどお》って盈を打擲《ちょうちゃく》しようとした。この時、盈は地に跪《ひざまず》き、自分はすでに聖師符籙《せいしふろく》を戴いた者、常に天兵が護衛しております。もしお父様が私めを杖《つえ》すれば必ずや天兵らがあなた様を害しましょう。そうなれば盈《えい》の罪はいよいよ重くなります。と泣いたという。父親はもとより信ずることもなく盈を打ち叩いたところ、杖が数十段に折れ、そればかりか四方に飛び散った破片が壁や柱を壊してしまったのである。その様子を見た弟二人が兄に従って仙人になったという話だ。それで茅家の三兄弟は上清大帝の近辺に侍《はべ》るようになったのである。

因みにわが宋の太宗皇帝と真宗皇帝はこの茅盈《ぼうえい》ら兄弟をそれぞれ、九天上卿《じょうけい》司命《しめい》太元《たいげん》妙道《みょうどう》冲虚《ちゅうきょ》聖佑真応《せいゆうしんおう》真君、地仙上真定録右禁《じょうしんていろくうきん》至道《しどう》冲静《ちゅうせい》徳妙《とくみょう》祐応《ゆうおう》真君、地仙至真《ししん》三官保命《ほめい》微妙《びみょう》冲慧《ちゅうけい》神佑《しんゆう》神応《しんおう》真君に封じている。何と十八文字の栄誉である。

このように仲のよかった三仙人であったが、今は末弟との間に亀裂が入っていた。兄弟の間に逆さまになった死体が割りこみ、黙って私たちの方を睨んでいたからである。

「――昉烝《ほうじょう》、大丈夫か」

まばゆい光の中に大柄な男の輪郭が現れた。

謝霊輝は手を額に翳《かざ》し目を細めながら逆光の中に立っている周泰安に叫んだ。

「早かったじゃないか。広仲《こうちゅう》」

周知府事は足早にこちらにやってきた。

「ああ、報せを受けた時には驚いたがね。――こいつが新しい死体だな」

そう言うと周知府事は、まだ戸口のところで茫然としたまま立ち竦んでいる白道士を大声で呼んだ。

呼ばれた道士はまるで人形のようなぎこちなさで振り向いたが、その声の主が知府事だとわかると急に小走りでやってきた。

「な、何でしょうか、閣下」

おどおどと畏まった老道士に、知府事は嵩《かさ》にかかった態度で尋ねた。

「おい、初めに聞いておくが、この死体は間違いなく死体だな？　後からこいつも尸解《しかい》でしたなんてことは、まさか言わないだろうな」

「は、はい。これはもう――紛《まぎ》れもない立派な死体でございます」

周泰安は白道士の返事に苦笑した。立派な死体は、相変わらず目を見開いたまま、両の足を宙にあげた状態で遠くから見ると壇の上で逆立ちをしているようにも思えた。

「さて、それではこの立派な死体様がどうして神様の間に頭から突っ込んでしまったのか、どれ、じっくりと説明していただこうかな」

周知府事の、穏やかではあるが僅かの誤魔化しをも見逃すまいとする態度に、白道士はつい一刻前に謝霊輝たちを案内してこの老律堂の戸を開けるところから話しだした——。

「このお堂は何をするところで？」

と謝霊輝が戸を開けようとした白道士に尋ねた。いままさに両手に力を込め折戸を手前に引こうとした白道士はその手を緩めて、謝霊輝を振り返った。

「ここはもちろん祈禱の場所です。が、それ以上に重要な意義がある場所であることを申し添えておきましょうぞ」

「重要な意義ある場所？」

謝霊輝が思わず問い返すと、白道士はしきりに頷いてそれからいかにも勿体らしい言い回しで、

「道観内すべての場所が重要ですが、その中でもここは特に、われら道士達にとっては格別の修行の場所であるということですわい」

と答えた。それから緩めていた両手に再び力を籠《こ》めると大きな折戸を人がひとり通れる分だけ開けはじめた。

「修行ですと？　ほう、どのような……」

謝霊輝が訊き返した時にはもう戸を曳《ひ》く音がその声を掻き消していた。

三人は中に入った。堂の内の巨大な空間には纔《わず》かの光に遮《さえぎ》られた行き場を失った闇の塊とそれが育《はぐく》んできた冷気が残っていて突然やって来た闖《ちん》入者たちの周りに集まってきた。私は目が慣れるにつれ、

ここにも玉皇殿と同じような壇が奥に据《す》え付けられていることがわかった。壇の前方に、四角い、箱のような台があった。その台を中心とした大きな円の上に、紅《あか》と黒に塗りわけられた焼香用の台がそれぞれ十脚ずつ、交互に置いてある。もっとも焼香台が紅黒の二種類あったなんてことは後から分かったことで、正直に言えばこの時には色の違いまではわからなかったのである。

こういう光景がよほど珍しいのか、謝霊輝は中央の箱のような台ばかりを見つめている。しかし白道士はそんな謝霊輝には気にもとめず、滔々《とうとう》と修行の方法を語りだした。どうやらここに入る前に尋ねた質問が聞こえていたらしい。

「——祈禱《きとう》の際には、まずあの壇に登り、それから下の台のところまで降りてきて、周りにある十方の陽の焼香台を東から左回りに三度ずつ焼香いたしますのじゃ。あの紅いのが陽をあらわすのです」

白道士がせっかく、親切に説明してくれているのに、先生ときたら相変わらず台ばかり見て何の関心も示そうとしないので、私はその場を取り繕うと、いかにも道士の言葉を熱心に聞いているかのような素振りで尋ねた。

「あれですか。——そういえば紅のようだ」

まったく、もう先生ったら。私のような優れた弟子がいるから安心できるのですよ。とそう心で呟いたのだが、どうやらこれは謝霊輝には通じなかった。先生は本当に夢中になって、それこそ目を凝らして中央の台ばかりを見ているのだ。何がそんなに珍しいのだろう、あんな物……。

「そうじゃ。紅が陽、黒が陰を表している。われらは祈禱の経文を唱えながら次に陰の焼香台を巡る。その後で、日・月・星・五岳・三宝に焼香して一人一人が己《おのれ》の罪過《ざいか》の許しを乞うわけだ。この時、よろしいかな、われら道士たる者は叩頭したり、頬を叩いたりして深く反省するのですぞ。これは我々人間という者がこの世に生きている限りは常に罪を犯しているという自覚を促すために行うのです」

白道士はそう言うと、思いを深く巡らすかのように静かに瞑黙した。しんとした静けさが堂内に漲《みなぎ》り、私はいささか息苦しくなった。信仰心の薄い私にとって、ここに入ってからの白道士の態度には何故《なぜ》か謂《いわ》れの無い反発を感じていたのであったが、この瞑黙する姿でそれは頂点に達したようだ。それは恐らく、世間を超越していると自負する者にありがちな、俗人を小馬鹿にした無言の優越感を抱いたからかもしれない。

けれども道士のこの崇高な態度は長くは続かなかった。謝霊輝がまったく場違いな質問をしたからだった。

「ところで、道士。この道観には何人の女人が住んでおりますかな」

宗教的な陶酔に浸っていた白道士は露骨に不快な顔をした。

「どうもあなたには」

と白道士は怒りを抑えた声で言った。

「道教の精神がわからぬと見えますな。清浄なる道観ですぞ。どうして女人がおりましょう。無礼なことを言うと許しませぬぞ」

すると謝霊輝は少しも悪怯《わるび》れるようすもなく、

「これは失礼。——実はさっきからじっと見ているのですが、ほら、そこの台のそばに、ええ、そう、あそこです」

と言うと白道士に指差しながら、こう言った。

「ね、間違いなく女ものの靴が片方置いてあるでしょう」

女ものの？　そんな馬鹿な……。白道士の吐き棄てる言葉をよそに、謝霊輝は黙って台の下まで行くとそのまま屈《かが》みこんでおそるおそるその靴を拾いあげた。そして立ち上がろうと何気なく頭を壇の方に向けたあと、今度はどうしたのか、その壇を仰いだまま動こうとはしなかった。

私と白道士は謝霊輝のこの不可解な行動を静かに見守るよりほかに方法がなかったので、先生がその靴を大事そうに抱えて戻ってくるまでが待ち遠しくて仕方がなかった。

「先生、何かあったのですか」

私の訊きようがあまりに急《せ》いていたのか、謝霊輝は答える前に苦笑いをした。それから靴を白道士の前に差し出して、言った。

「ご覧なさい。嘘ではありませんぞ。それからこのお堂にはもう一つ不思議がありましたな」

「い、いったい、何でしょう」

白道士は不安げに尋ねた。謝霊輝は曰《いわ》くありげな目付きで答えた。

「靴を拾いに行ったとき気づいたのですが、あの壇の上には何かが飾ってありますぞ」

「壇の上にですと？　あそこには三茅真君《さんぼうしんくん》の像が祭ってあるはずだが……」

顔を顰《しか》めて白道士が呟くと、謝霊輝はしゃあしゃあと、それならそれでもいいんだがとでも言うように、

「いや、その間にですよ。あれはいったい」

「そんな馬鹿な……」

白道士は慌てて壇の上に目をなげた。しかし暗くてよくわからないらしい。私は咄嗟《とっさ》に身のまわりを見回した。辺りに何か灯りがないかと探したのである。が、もっと効果的な方法があることに気がついた。それを実行しようと動きだした瞬間、謝霊輝が大声で叫んだ。

「そうだ、その通りだ――早く大戸を開けてくるんだ！」

言われるまでもなく私は飛ぶように大戸の前まで行くと力任《まか》せにその戸を曳《ひ》いた。一斉に射しこんだ光が祭壇を照らしだした時、白道士の怯えた声が堂内に響いた。光の中には顔を歪めた一人の道士が逆立ちの姿勢で三茅《さんぼう》真君の末弟、茅衷《ぼうちゅう》地仙の像に縛られていたのである。


……そ、それで、この進士様が――進士様とはつゆ知らずとんだご無礼を申しあげましたが、すぐに閣下のもとへ連絡せよと。ここまで話し終わった白道士は幾分落ち着きを取り戻したように見えた。

「ふむ。それでいったい、この死んだ道士は何者かね」

周知府事は壇の上を指差して尋ねた。

「恐ろしいことでございます。閣下、こ、これは鄭甫《ていほ》道士であります」

この言葉に周泰安と謝霊輝は期せずして顔を見合わせた。

「鄭道士と言えば、李道士の尸解《しかい》を確認したという三人のうちの一人じゃないか」

と謝霊輝が聞き返すと白道士は無言で頷いた。

「おいおい、この道観は一体全体どうなっているんだ。昨日は歴史に残る大偉業で一夜明ければ目もあてられぬ猟奇殺人だ。ということはだ、昨日の李道士もやはり殺されたのではないかね、ええ？」

知府事のこの発言に、白道士はぶるぶるっと体を震わせた。そして、震え声ではあったが毅然とした態度で言上した。

「い、いいえ、閣下。お、畏《おそ》れながら申し上げます。李道士様の場合は、確かに、確かに尸解に相違ございませぬ。それはさまざまな経典に書かれてある通りでございましたから……し、しかし、鄭《てい》道士の、こ、この恐ろしい姿は……。私、この齢《とし》になるまで、かほどに恐ろしい死顔に出会ったことはございません」

不謹慎だとは思ったが、私は白道士の狼狽《うろた》えた言葉に思わず噴き出しそうになった。昨夜の、あの李道士の凄まじい死顔に比べたら、今日のこの鄭道士のそれは私にはずっと綺麗なように思えたからだ。

「おいおい、昉烝《ほうじょう》、黙っていないで。何か言うことがあるんじゃないのかね」

と業を煮やした周泰安が謝霊輝を急《せ》き立てる。腕組みをしたままじっと考えこんでいた謝霊輝は、

「鄭道士が絞殺されたということ以外はわからないことばかりだ」

とぽつんと呟くと、急に白道士の方に向き直って、

「実はあなたにお願いがありますが……」

と、そう言うと静かに白道士の返事を待った。白道士は知府事の視線を気にしつつも、日の前に静かに佇立《ちょりつ》する一人の儒者に身動きできない威圧感を覚えた。私も知府事も、いやおそらくは白道士もきっとそうだったに違いあるまいが、謝霊輝の周囲から力のようなものがすっと抜けてしまったよう

な、そういう印象を受けていた。謝霊輝は白道士を睨みつけていたのでは決してない。肩を怒《いか》らして強圧的な態度で臨んだのでもない。むしろ、その逆に半眼にも近い和《やわ》らかな眼差しと無防備にも似た姿勢でそこにいたのである。

「は、はい、何なりと……」

吸い込まれるように白道士が返事をした。その返事に謝霊輝はにっこりと笑った。

「どうでしょう、あなたの修行の妨げにならないという条件で、私どもの捜査に協力願えないでしょうか」

「なにもそんなことぐらいなら、知府事の命令で……」

と慌てて言いかけた周泰安の言葉を遮るように謝霊輝は静かに首を振った。

「いや、この捜査に必要なのは白道士のような経験豊かな方の協力なのだ。命令して果たして心からの協力を得られるだろうか」

この謙《へりくだ》った謝霊輝の態度に白道士の白い眉がぴくんと動いた。そして同意とも満足ともとれる微かな呟きを発すると、やがて徐《おもむ》ろに知府事の前に跪《ひざまず》いた。

「閣下。ただいまのお言葉に甘えさせていただきとう存じます。不肖《ふしょう》私めは、李道士様すでに化《か》し、今また鄭道士の変死に遭遇いたしまして、修行未熟の故、気も動転いたしております。それゆえ、なにとぞこちらの進士殿にご助力を仰ぎ本道観内での椿事《ちんじ》を是非にも解決いたしたいと存じまする。よろしく閣下のご裁断を仰ぎたいと思いまするが」

一瞬、周知府事は面喰らったように見えた。が、政治家として、また有能な行政官としての周泰安

はすぐに事態の推移を呑みこんだ。知府事はいかにも大袈裟《おおげさ》な動作で頷くと重々しい口調で、

「よくぞ申した。そのような心根《こころね》ならば本件については中央に報告するまでもあるまい。知府事としてもこの霊渓道観に傷がつくような扱いは避けたいというのが本音じゃからのう」

と最後はいかにも穏やかに言ったのであった。

——この事件が終わったあと、小春日和ののんびりとした昼下《ひるさが》りに、私は師の謝霊輝に、ふとこの時の白道士の態度の変化について尋ねたことがあった。

「ああ、あれか……」

その時、先生はもう忘れかけていたようだった。

「あれは主静《しゅせい》の法を使ったんだ」

「主静の法？」

思わず聞き返した私に、謝霊輝は軽く返事をした。それから突然、

「お前は勿論、濂渓《れんけい》先生のお名前は知っていような」

と訊いてきた。私は、お名前だけは伺っておりますが、と曖昧に答えて師の言わんとする言葉を待った。

濂渓《れんけい》先生、周敦頤《しゅうとんい》。字《あざな》を茂叔《もしゅく》と言う。こんなに有名な学者を知らなかったら、それこそ私は偽学の徒になってしまうだろう。

この人、周子は北宋時代の賢者で、道州営道（現在の湖南道県）の出身である。この人もまた賢者にふさわしく、天からさまざまな試練を与えられては大きく育ってきたと言えよう。誠に天なる至高の

存在は自らが選んだ人物が果たしてその任に耐えうるか否かを苛酷なまでの苦難を与えることにより試されるのである。周子とてその例に漏れず、幼くして父を喪《うしな》い、人生の前半を舅父《おじ》のもとでおくるという悲劇に遭遇したのであった。多感な時代に父の訓《おし》えを知らなかったということになるが、それが却《かえ》って少年茂叔の魂を、内に深く、外に和《やわ》らぶ、大きなものに仕上げていったといえよう。もともと聡明な人物である。いつまでも苦労に負けているはずもなく、官途につくや、洪《こう》州分寧《ぶんねい》県主簿《しゅぼ》をはじまりに、南安《なんあん》軍司理参軍《しりさんぐん》、合《ごう》州判官、虔《けん》州通判《つうはん》、広南東路判官、提点刑獄《ていてんけいごく》等を歴任し、いずれの職務にも治績をあげている。

周子はこの長期に亘《わた》る司法関係の仕事を通じて、法による断獄の前にむしろ政治や行政での思いやりや厳しさとを肌目《きめ》細かく行うことの方が肝要であると悟り、平生より道理を尽くした審理と誠実に事件の処理にあたったので数多くの冤罪《えんざい》を洗うことが出来たという。

いやそんなことよりも私たちにとってこの人物が重要であるのは、周子が南安軍にいた頃に通判だった程珦《ていこう》にわが子の教育を託されたという事実の方なのだ。伯温《はくおん》こと程珦は、一目、周敦頤《しゅうとんい》に見《まみ》えるや、周子の精神、容貌の常人を凌駕《りょうが》すること遥《はる》けきを見抜き、さらに語るに及んでその学の深きを知ったという。

『因《よ》リテ与《とも》ニ友トナルベシ』と伯温は書き残している。

周子の弟子となった程珦の子が、程顥《ていこう》、後の明道《めいどう》先生であり、程頤《ていい》すなわち伊川《いせん》先生であった。この二人がわれらの道学の道を拓いたことを考えれば、実に周子、濂渓《れんけい》先生こそが道学という、宇宙と人間のあり方を考究する学問の創始者であったと言えよう。

「その主静の法とはどういうものなのでしょうか」

私は威儀を正し、改めて尋ねた。

「さて、お前に周先生の学問を話したところでどれほどの理解になるかはわからぬが、主静の法とは要するに一箇の修養の工夫だと思えばよい。濂渓先生の言葉に、『形スデニ生ズレバ神《しん》ハ知ヲ発ス。五《ご》性《しょう》感ジ動キテ善悪分カレ、万事生ズ』とある。人の本性は善であるが、外物と接触することにより善悪に分かれてしまうのだ。その善なる本性を回復するにはどうしても己を見つめ直すという、主静の法の功夫を堅持しなければならぬ、と言うのが周子の教えなのだ」

謝霊輝はそう言うと、しばらく私のまわりをゆっくりと歩きまわった。どうやら私にどう話したらよいのかと思案しているようだった。どうも先生自身が今の説明には満足していないようだ。実際、私にはさっぱりわからない。

「要するに、だ」

もどかしげに謝霊輝が言う。

「無欲になるのだ。己の浅はかな了見《りょうけん》でああだ、こうだと分別せずに、無欲になって事にあたる。これが主静の功夫だ」

でも、と私はおずおずと聞き返す。

「そんな投げ遣《や》りな態度で、本当にいいのでしょうか」

「投げ遣りだと！」

目を瞠《みは》って謝霊輝が答える。

「それはとんでもない誤解だ。無欲とは捨てばちになることではない。己がこの宇宙の重要な要素であるということを自覚することだ。いいかね、享牧、自覚とは感じることなのだよ。知ることではない。感じるのだ。つまりは宇宙と自分とが一体であることを体得すればそれで十分なのだが、そのためには自分自身を偽らないという『誠』の気持ちが必要になる。その時、わが本心は静寂の中にいることが分かるだろう。これが『主静』なのだ」

それでは先生はあの時、白道士に対して誠を尽くされたのでしょうか、と私は臆面もなく尋ねた。

「その通り」

きっぱりとした声であった。

「私はあの時には、本当に白道士の協力が必要だと感じたのだ。すると私自身の内なる声がこう告げてきた、お前はこの男を嫌っているではないか、と。そうなのだ。私は知らずしらず白道士を嫌っていたのだよ、何しろあの人は何とも横柄なところがあったからな。しかしそう感じていたのは実は自分自身がそうだから、それが白道士の態度に反映したのではないかと思ったのさ。そうすると急に恥ずかしくなって、それで主静の法を使ったというわけだ」

言い終わると謝霊輝は明るく笑った。私はあの一瞬の先生の心中を察した時、その抑制の巧みさに改めて驚いた、と同時に、象山先生の教えの深さを垣間《かいま》見る思いがしたのであった。

さて話をもとへ戻そう。

私たちはまず事件のあった老律堂を調べることにした。

老律堂の大きさは、間口が七丈余（一丈は約三メートル）、奥行きはそれよりも少し長い。高さは、はっきりとは分からなかったけれども、恐らく六丈は優にあると思われた。

「この建物への出入りには、あの大戸のほかに、ほれこのように、奥にある祭壇の両袖にあたる所にそれぞれ一つずつ小さな引戸《ひきど》がありますのじゃ」

老律堂の周囲を歩きながら建物の屋根や破風《はふ》、外壁、窓などに気をとられていた私に、白道士は注意を促すかのようにその場所を指差した。それは建物のちょうど東北の角にあり、言われなければ壁の装飾物だと間違えただろう。

「すると、ここからでも中に忍びこめるわけだ」

と私がその小さな戸を開けようとすると、横から白道士が口を挾んだ。

「確かにその通り――じゃが、忍びこもうとすればここはそれほど難しくはあるまい」

まるで独り言でも言うように、言葉を口の中で嚙《か》み潰《つぶ》すと白道士は急に、にたっと笑った。

「と、言うと」

急《せ》いて問い返した私に、道士は懐から小さな鍵を取り出して、見せた。

「この鍵ですわい。こいつは霊渓道観にいる道士ならば誰でも手にすることが出来ますからな」

あまりにしっかりした語調で言ったので私はどうしてそんなことが出来るのだろうと思った。その思いが恐らく表情に顕われたのだろう、白道士は私に向かってその理由を簡単に述べはじめた。

「これは、食事をとったり皆が集まったりする大きな部屋のその隅に置いてある鍵箱に、常に納めるよう決められておりますのじゃ」

謝霊輝は私と白道士がやりとりをしている間も腕を組んだまま何も言おうとはしなかった。先生はどうして黙っていらっしゃるのだろう、まさか再び主静の法を使っているのでは、とも考えたがどうもそうではないらしい。それにしても白道士は先生に対しては別人になったように遜《へりくだ》っている。

「これからどこをご案内しましょうか、進士殿」

謝霊輝は組んでいた腕をいそいでほどくと、軽く拱手《きょうしゅ》して、言った。

「これは失礼致しました。道士。あまりに立派な建物なので思わず見惚《みと》れておりました。折角ですので、あなた方が李道士をここからどういう道筋で玉皇殿まで移したのか、お教えくださらぬか」

この言葉に白道士はすぐには答えようとはせず、不興の気色《けしき》を色濃くした。ややあって唇を微かに震わせながら、李道士をですと、それでは進士殿はまだ尸解《しかい》を――と呻くように言いだしたものだから、さすがに謝霊輝も慌てて手を何度も横に振った。

「いやいや。尸解についてはもう十分に分かっておりますとも。ですから、私もその時の道士のご苦労を知りたいと思いましてな」

とたんに白道士の顔が綻《ほころ》んだ。

「なんだ、そうでしたか。しかし進士殿、その時には苦労どころか、私どもは喜びでいっぱいだったのです」

そう語りだした白道士の声は急に上ずった調子になり、恍惚とした思いが道士の全身を覆った。

「そ、そうでしょうね。つまりはその喜びとやらを私どもにも感じさせていただきたいのですよ、同じ道筋を辿《たど》りながら……」

内心ほっとしながらも謝霊輝は大急ぎでこうつけ加えることを忘れなかった。

ご案内致しましょう、と白道士は引戸の鍵を開けた。そこは幅一尋《ひろ》ほどの回廊になっていた。片側は磚《せん》の壁でそれが部屋、つまり祭壇のあるところだが、――と、そことの境をなしているのだった。外と接しているもう一方の壁も磚でできているようだったが、もっと緻密な土状のもので、高い所に明かり取りがある。そこからの明かりだけが頼りだった。境の壁には扉のない拱式《アーチ》の出入口が数箇所あり、そのうちの一つを潜《くぐ》って、私たちは謝霊輝が女物の靴を見つけた四角い台のところまでやって来た。今回は入口の引戸が全開されてあったので堂内は十分に明かるかった。

白道士は台に向かって恭しい態度で厳かに合掌し、それから深々と拱手しおわると、重々しい口調で私たちに語りだした。

「――この台です。ここで李道士様は仙居《せんきょ》なさったのです。しかしながら鄭《てい》道士様もお亡くなりになりましたので、もはやその時のご様子は誰にもわからなくなりました。あの時は、ひどく興奮した鄭道士が私どもの所にやってこられ、そのまま私と張道士がお供をいたした次第です」

「さっきの小さな戸からですね」と私。

「そうです。全員でのお祈りの時以外はほとんどあの入口を使います。正面の引戸は、ご存知のように結構重いものですからな」

と言って白道士は苦笑した。

「李道士様の尊いお姿を拝してから、私がその引戸をあけに行きました。それから前に申しあげましたように、三人で静かに玉皇殿までお遷《うつ》りさせていただいたのでございます」

白道士は語り終わると謝霊輝に軽く拱手した。謝霊輝は無言のまま小さく頷いた。

私たちは一緒に外に出た。

老律堂の前には石段が下にのびていて、それが玉皇殿の背後につながっている。

「玉皇殿の後ろからでも出入りできる何か特別の出入口はありますかな」

謝霊輝の唐突な問いに、白道士は思い出すように考えこんだ。それから、

「そのようなものはありません」

ときっぱりと言った。すると謝霊輝は、それではあなた方は、と急に同情するような口調になった。

「老律堂から玉皇殿の正面まで尸解なさった李道士のお体を運ばれたというわけですか」

白道士は笑みを浮かべて言った。

「いやいや。たしかにあそこの石段はここよりもありますが、尸解した体は軽いし、それに三人で運べばどうということもありません」

それにしても、と謝霊輝が私に向かって口を開こうとした時、玉皇殿の向こうから鐘を打つ音が聞こえてきた。とたんに白道士が、

「あいやあ。もうお勤めの時刻になりましたわい」

と叫ぶと、私たちにすぐに霊官殿の外まで出るようにと告げた。

この霊官殿というのは玉皇殿と大門の間にある、中くらいの規模のお堂である。一般の善男善女は祭礼のない普通の日にはここでお詣りすることになっている。ただ祭礼などの特別の日には玉皇殿まで登れるのであった。

聖なる場所というものはそういうものかもしれないと最近になって私は考えるようになった。聖と

俗との区別は実はとんでもなく重要なことであり、もしも人間がその境界をうやむやにしてしまうとそれは不道無道の徒になってしまうのであろう。だから敬といっても礼といっても、結局は日常の意識に聖と俗の区別をしていることにほかならないのだ。そしてそれは私たちの自覚によって定まってくるのである。だが、このような考えは年老いた今でこそ言えるのであり、白道士が鐘の音を聞いて叫ぶように私たちを急《せ》き立てた時には正直むっとして、聊《いささ》かの反発を覚えたものであった。

私たちが白道士に見送られて霊官殿の門の東脇、小さな耳門《くぐり》までやって来た時、急にその戸が開いて一人の道士が慌ただしく入ってきた。角張った顔に狐の目、短い顎鬚のその男は、はあはあと息を荒げて耳門を潜《くぐ》ってつと頭をあげるとそこに私たちが立っていたので吃驚《びっくり》して立ち止まった。しかし先生のそばにいる白道士を見て全てを覚ったらしく、私たち二人にあわてて拱手をした。それから振り向きもせず急いで奥の方へ駆けだした。

白道士は苦虫を嚙みつぶしたような表情になってその姿を見送っていたが、やがて釈然としない口振りで、

「今のが李道士を一緒にお遷《うつ》りさせた張慶義道士なのですが……おかしいな、どこかに用事でも……」

と謝霊輝に語りかけるように呟いた。

「ずいぶんお急ぎのようでしたが」

と謝霊輝が言うと、白道士は明るく笑って、

「あ、いや。きっと出先から今夜の斎《さい》に間にあわないとでも思って、大慌てに戻ってきたのでしょう」

と言うと耳門の外へ私たちを出した。

「斎？」

聞きなれない言葉に思わず私が反復すると、

「道教の行法のことですわい。今夜のは特別でして、尸解の成就を祝っての斎ですからな、一人でも欠かすわけには参りませぬ」

と白道士が緊張して答えた。

「鄭《てい》道士の亡くなった今、どなたが斎をとりしきるのでしょう」

謝霊輝の問いにぼそりと白道士が答えた。

「それはもう……ただいまの張道士以外にはおりますまい」

【第五回】

珠玉の手もて姜《きょう》夫人は茶を勧め、雨集《うしゅう》の林中、王敦《おうとん》は関公を演ず。

——あれから四日たった。

今日は朝から激しい雨が降り続いている。それなのに、いや、土砂降りだからだろう、先生はずうっと部屋に閉じ籠もったきりだった。そして偶《たま》に出たかと思えば今度は周知府事と碁盤を境に睨めっこをしている。二人とも真剣な顔つきなので傍目《はため》にはいかにも碁に熱中しているように見えるだろうが、なあに私にはこの二人が勝敗などにはまったく無頓着であることはとうにお見通しなのだ。ところでどうやら次は謝霊輝《しゃれいき》の番らしい。先生は黒石をぱちりと、無言のまま置いた。周泰安《しゅうたいあん》は顔を上げて驚いた眼差しで謝霊輝を見た。本気なのか、とその眼は語りかけていた。だが謝霊輝は一向に気にする様子もない。また黒石が置かれた。今度は周泰安は呆れた表情になった。お主《ぬし》、何を考えているのだ。とその顔が聞き返した。さらに謝霊輝が打とうとした時、

「やめた、やめた」

先に碁石を投げ出したのは知府事の方だった。

「投了かね、広仲《こうちゅう》。——となれば、これは私の勝ち、ということかな」

謝霊輝のやる気のない言葉に、周泰安は呆気《あっけ》にとられたように答えた。

「何を言ってるんだ、まったく……。もう勝負は私が勝っていたのに、お主ときたらお構いなしに次々と打ってくるんだもの。馬鹿馬鹿しくってやっちゃおれんよ」

脹《ふくれ》っ面《つら》の周泰安に対して、謝霊輝は顔色一つ変えようともせず、

「……なんと、すでに私が負けていたとはな。不思議なこともあるものだ」

と嘯《うそぶ》いた。私は吹きだしかけたがぐっと堪《こら》えて先生を上目づかいにうかがった。先生は盤上の碁石を、片切り彫りの蓮花文様《れんげもんよう》という立派な拵《こしら》えの青色の碁笥《ごけ》にしまいながら、ふっとその入物《いれもの》に気づいたらしい。その模様をしげしげとそれこそ穴のあくほど見つめだしたのだ。

「これは驚きだ」

と周泰安が叫ぶように言う。

「お主に陶器の趣味があろうとは……」

だが謝霊輝は微かに首を振って、それからぽつりと呟いた。

「磁器だ」

青い碁笥をそっともとの位置におくと、謝霊輝はこう言った。

「陶器と磁器の区別もつかないようでは、これは君のものではあるまい。してみるとこれを求めたのは奥方か——いや、そうじゃないな。奥方ならば食器かあるいは飾り物になるだろうからな」

「参ったな。その通りだよ。そいつは実は府内の大商人《おおあきんど》、羅祝林《らしゅくりん》という男からの献上品なんだが、な

んでも耀《よう》州産らしい」

ほう、耀州青磁。と謝霊輝は言ったきり口を噤《つぐ》んでしまった。

「周先生。これって、もしかして賄賂とかではないのでしょうか」

私があまりに生真面目に尋ねたものだから謝霊輝がぷっと吹きだした。周知府事は露骨に嫌な顔をした。私はしまった、と思った。

「鄭《てい》道士の件だが――」

と話題を変えてくれたのは先生だった。やっぱり謝先生はいつだって私の窮地を助けて下さるのだ。

「きわめて複雑な原因が重なりあって起きたと考えたくもなるが、そこがどうにも腑《ふ》に落ちないのだ」

先生はいつものように、ぽつりぽつりと独り言のように語りだした。どうやら謝霊輝はこうすることで頭の中を整理しているらしい。

「いいかね、最初は李道士の尸解《しかい》だった。その直後に鄭道士の死体だ……」

周知府事も私も謝霊輝の方にぐっと身を寄せて耳を傾けた。謝霊輝のぽつりぽつりは続いた。

「……鄭甫《ていほ》はなぜ壇の上で、しかもあんな不自然な、逆《さか》さまの格好で殺されたのだろう……そしてそれが李道士の葬儀の日だったのは偶然なのだろうか」

周泰安が思わず、横から口を挟む。

「いや、もっとあるぞ。なぜ老律堂なのか。いやいや、それよりもずっと重要なのは、誰が何のために鄭道士を殺害したかということじゃないのかね」

私も負けてはいない。――しかし遠慮がちに尋ねる。

「先生、鄭道士の死は李道士の尸解とやはり関係があるのでしょうか」

「そりゃあそうさ」

と周泰安が私の言葉を引き継いだ。それからきっぱりとこう言った。

「私は絶対に繋《つな》がりがあると思う。理由？　女だよ、女。二つの死体に共通した謎と言えば女しかないじゃないか」

「あの靴ですか」

と私が言うと周知府事は急に立ちあがり、胸を反らして両手を腰に組んだ。それから私たちの傍をゆっくりと歩きながら、話しだした。

「この事件の鍵は靴の持主である女だ。もっとも女に縁のない人物が、もっとも女っ気《け》のないところで、もっとも女とは程遠い殺され方をした。これが事件の鍵というわけだ」

「犯人は女……」

「まあまて、お若いの」

と周泰安は組んでいた手をばらして、私の前で止めた。

「いいかね」

と今度は私の目をじっと見て、右の人差指で宙をとんと叩いた。

「まず玉皇殿だが、あそこに残っていた足跡は確かに小さかった。子供だとも言えないことはないが、老律堂で見つかった靴が小さくても大人のものだったことを考えれば、足跡も大人の女、と言ってもよかろう」

でも、と私が反論めいた口調で答える。

「老律堂では足跡らしきものは発見されませんでしたよ」

周泰安はその時のことを思い出したのか、忌々《いまいま》しそうに言った。

「そうなんだ。あそこの床は綺麗に掃除がしてあってなあ」

この言葉に頷いたのは謝霊輝だった。

「床ばかりか、壇も塵ひとつないほどの丁寧さで掃除がしてあった。それどころか私たちが案内してもらった所はどこだって箒《ほうき》の痕が残っていたよ」

「ええ。白道士に言わせると、清掃もまた道士にとっては修行の一つだとか……」

私が先生の言葉を補足するように言うと、知府事は苛々《いらいら》した声で、

「修行だと？　それならばどうして玉皇殿のあの壇にだけ埃が積もっていたのだね、ええ」

と詰《なじ》るように言った。だがその声がまだ消えないうちに、私たちの居る離れの方に二人の足音が近づいて来るのがわかった。

足音は部屋の前で止まった。

それから透き通る、鈴のような声がした。

「ご主人様。お茶を搗《つ》いて参りました。入ってもよろしゅうございますか」

その声を聞くと、周泰安は急にほっとした顔になった。そして謝霊輝に改めて向きなおると思いつめた眼差で言った。

「お主には来る匆々《そうそう》、とんでもない事件を背負わせてしまった。いや、誠にあいすまぬことだと思っ

ている。ところで忙しさにかまけて、まだ家の者の紹介もしていなかったようだ」

それから周泰安は入口に向かって、入るがよい、と声を投げた。

声に答えるように扉をあける音がした。

茶具を持って部屋に入ってきたのは夫人の姜清瑛《きょうせいえい》と一人の召使の少女だった。

姜《きょう》夫人は色白で細面《ほそおもて》、華奢《きゃしゃ》な身体つきの美人である。私は今でもその時のことを忘れないように記憶しているつもりだが、夫人はたしかこの時には、紅《あか》い長裙《ちょうくん》に玉《ぎょく》の下げ飾りのついた膝までの短い霞《かすみ》の裳《も》をまとい、そして上にはこの当時、大袖《おおそで》と呼ばれていた、ゆったりとした両袖のある衣服を着ていたということだけははっきりと覚えている。それ以外の、たとえば簪《かんざし》の色や形などはそれを果たして付けていたのかどうかさえも定かではないのに、である。と言うのもこの時の夫人の装いがその優雅な物腰に実によく調和していて、白楽天の言う「霓裳羽衣《げいしょううい》」とはこういうものかと思ったほどだからである。

「昉烝《ほうじょう》、紹介しよう。妻の清瑛だ。——実はここのところしばらく病に伏せていたのだが、どうにか回復したところでな」

私は慌てて椅子から立ち上がると拱手の礼をとった。ところが先生ときたら、座ったまま口をぽかんとあけ、動きの止まった目でそのままぼうっと姜夫人を見つめているのだった。

「せ、先生。知府事閣下の令夫人ですよ」

私はあせって、謝霊輝の耳元まで口を運んだ。どうやらこの一言で、先生はいつもの謝霊輝に戻ったらしい。はっとして立ち上がると、

「いや、これは失礼致しました。あまりのお美しさに思わず見惚《みと》れてしまいました。――ところでご病気とは存じあげもせず、誠に申し訳ございません。それで、もうお加減はよろしいのでございましょうな」

と恭しく拱手した。

「まあまあ、お噂では謝昉烝様は今孔明とか呼ばれ、天子様も一目置かれるほどの神の如き智慧の持ち主と伺っておりましたのに、道学者にも似合わぬお口のお上手なことを」

と姜夫人は軽く微笑んだ。

姜夫人の言う「天子様も一目置かれる」事件とは孝宗帝の乾道《けんどう》年間の頃、たしか八年か九年の頃だと思うが、皇宮内で変事があり、御召《おめし》にあずかった謝霊輝が見事な推理でその事件を解決したことを言うのだろう。この事については私も一度ならずとも纏《まと》めておきたいと思ったものだがそれも叶わぬまま、この新たな事件に巻き込まれてしまったのである。

周泰安は、夫人の傍でてきぱきと茶の用意をしている色白の、円《つぶら》な眸《ひとみ》の乙女に気づいて、この娘は？と尋ねた。姜夫人はたちまち申し訳のない顔になった。

「はい。――この数日、ご主人様多忙のゆえに申し上げるのも控えておりましたが、私の病を心配のあまり新安の姜家から送っていただきました娘でございます。お気に召さなければすぐにでも新安に帰しますが、なにぶんにもよく気がつくものですから……」

夫人がそう言い始めるや、娘は身動きひとつ出来ぬほど身を強張《こわば》らせて知府事の前に跪《ひざまず》いた。

「ふむ。利発そうな娘だが、名は何と言うのかね」

慈しみを含んだ周泰安の問いに娘は消えるような声で答えた。

「はい。綺華《きか》と申します」

まあ、この娘《こ》は。ほほっ、と笑いながら夫人が言った。

「先ほどまでは大きな声で喋っていたのですよ。本当にお前って人見知りが激しいのだから。それでも実家《さと》の話では、是非にもこちらに来たいと自ら望んだというのですよ」

ほう、と周泰安は目を瞬《しばた》いて、

「それはまた、どうしてかな?」

と訊いた。すると綺華はまるでそれを待っていたかのように、はきはきした口で答えた。

「はい。祖父がこの近くの玉山という所に住んでおります。父も母もすでに亡くなりましたので、せめて私だけでも祖父の近くにいようと思いまして、新安の大奥様にご無理をお願い申しあげたのでございます」

この返事は知府事をいたく感激させた。周泰安はうむっと鷹揚《おうよう》に頷くと、夫人にこう告げた。

「奥向きのことはすべてお前に任せてある。だが、もしもこの娘が玉山の祖父の許《もと》へ参りたいと申し出ることがあればその時には気兼ねなく行けるようにしてやるがよかろう」

この言葉に綺華は頭を床にこすりつけんばかりにお礼をした。姜夫人も夫にわが事のように礼を述べ、その笑顔のまま、私たちに振り向いて、言った。

「さあさあ、お茶が冷めてしまいますよ。謝先生も享牧様も、どうぞごゆるりとお召しあがりくださいな」

巧みに座をとりもつ夫人の応対に謝霊輝も顔を綻《ほころ》ばせて馥郁《ふくいく》とした茶の香りをしばし楽しんでいたが、それを口に含んだとたん、

「うまい！　こんなに美味しい茶をこんなところで喫することが出来ようとは――」

と思わず叫んでしまったのだった。すると、周泰安はにやりと口元をゆるめ、その旨さもまるで自分の治績であるかの如き口振りで、

「当たり前だ。お主の住んでいるところとは違う。何といってもここは茶の名産地だ。旨いのは当然さ、ははは」

と笑った。謝霊輝が感嘆して、

「するとこれが――朝廷にも献上するという、あの有名な武夷《ぶい》の茶……」

と言えば、周泰安はさらに愉快そうに笑って、

「そうとも。お主にはさんざん厭な思いをさせたからなあ、このくらいのご馳走はしなくてはな」

と答えた。

さて。

武夷という地名が茶どころとして中国全土に名を知られるようになったのは、唐の末期ごろからだと言われている。しかし全国的に有名になったのはやはり宋代になってからであった。唐代は茶よりも酒が好まれ、宋代になって初めて茶がより贅沢な嗜好となったからであろう。そもそもは開封時代（北宋朝）の皇帝たちがやたら名茶に憧れ、それを全土に求めたことに由来すると聞いたことがある。

そういえば、ある時、私は師の謝霊輝より王安石の新法についての話を伺ったことがあったが、そ

の折の雑談で、北宋時代には摘みたての茶をそのまま都の開封に輸送していて、それだけで国庫からの出費がそうとう嵩《かさ》み、ついには国家財政にまで歪《ゆが》みが生じるようになったという。贅沢が昂《こう》じてどうしようもなくなった財政を建て直すため、ついに王安石が憎まれ役となって新法の実施に至ったのだと教わったことがある。

今でもそうだが、私の若い時分には——つまり霊渓道観での事件があった当時の頃だが、そのころは王安石に対する評価は低いどころかほとんど国賊扱いにも等しかったので、うちの先生もずいぶんと思い切ったことを言うものだと感心したものであった。

とはいえ、昔はその新法を奉じる新法党とそれに敵対する旧法党との間に確執が続き、党派の争いで国内が紛糾している間に金《きん》賊が侵入、ついには皇帝までも拉致されるという辱めを受けたため、さすがに現在の行在府《あんざいふ》（南宋朝）の朝廷では開封時代のように堂々と表立って茶に色めき立つようなことは出来なくなった。けれども人間の欲望というものは、抑圧され遮蔽《しゃへい》されるにつれ却っていっそう強くなってくる。——この当時の、名茶への憧れたるや、今では想像もつかないくらいに激しかったのである。一言でいえば、渇望の極みにあったと言えよう。

だから謝霊輝が、いや謝霊輝といえど、惜しむように茶の香りを嗅いでいたのである。

——姜夫人は先生と知府事の茶碗に新しい茶を灌《そそ》いだ。

「本当に難儀な出来事が起きたようでございますねえ……」

嘆息する夫人に、すかさず謝霊輝が切り返した。

「そうですとも、夫人。——これは困難な、いまだかつてなかったほどの、実に不可解な事件だとだけ申しあげておきましょう。しかもその手がかり一つ、知謀神の如き周広仲を以《もっ》てしてもなお摑《つか》めていないと言うのです……」

この言葉に、飲んだばかりの茶を周泰安が思わずぶっと噴き出した。辺り一面が茶飛沫《ちゃしぶき》に濡れ、夫人があわてて綺華に指図をした。すぐさま綺華が卓子の濡れた部分を拭いた。

周泰安は喉を、なおもごほんごほんと咽《む》せびながら、苦しそうに口を開いた。

「――何だって？　ええ、知謀神の如きは、昉烝《ほうじょう》、お主のことだろう。ははあ、察するにお主の頭の中ではすでに犯人の目星がついているのではないのか」

謝霊輝はふふっと口を噤んだ。

「先生。私も閣下と同じ意見です。先生はもうこの事件をすでに解決なさっているのではありませんか」

私は夢中になって先生に言った。謝霊輝は困惑の表情を浮かべて、言った。

「――靴だ。靴の意味がわからないんだ」

「先生、靴の意味とおっしゃいますと」

私にはもう何が何だか分からなくなっていた。

「怪しい人物は三人しかいない――一人は張慶義《ちょうけいぎ》という道士だ。耳門《くぐり》のところで出会ったあの男だ。李監定《りかんてん》、鄭甫《ていほ》と有力な道士のいなくなった今では、彼があの道観の最高位に立つことになる。私たちとの別れ際に白老人が斎《さい》をとりしきるのは張道士になると言ったことを思い出すとよい」

「でも先生、私たちは張道士を一目見ただけですよ。それでどうして張道士を疑えましょうか」

私の反論はまったく相手にされなかった。謝霊輝が自分だけに分かっている時によく見せるあの悪戯《いたずら》っぽい目付きでこう言ったからだ。

「どうしてだって？　推理をするのにそれこそどうして本人に会う必要があるのかね。『思ヘバ則《すなは》チ之《これ》ヲ得ル』とも言うじゃないか。何より重要なことは彼もまた尸解した李道士の体を運んでいるということだ」

では白道士はどうなんです、と私は不貞腐《ふてくさ》れた顔で謝霊輝に応じた。

「どうもあの老人は先生と馬が合っているようですけれども……」

「ははは、享牧。怪しい人物の二人目がまさにその白道士じゃないか」

「なるほど。それで、三人目が靴の女になるわけだ」

と周泰安が口を出して自らの膝をぽんと打った。が、謝霊輝は悔しそうな表情で首を振った。

「違うのか……」

不安そうに周泰安が尋ねる。

「三人目はな、私の推理では……」

と謝霊輝が言いかけた時、廊下から慌ただしい足音が近づいてきた。そしてこの部屋の前までやって来ると、扉の外から、「殿」と声がした。知府事の許可を得て入って来たのは五十を過ぎたと思われる、小柄な痩《や》せ形の、白いものの交《ま》じった山羊鬚面《やぎひげづら》の男だった。周家の主宰で揚元一《ようげんいつ》という。揚は周知府事に黒く塗られた竹の筒を両手で恭しく差し出した。

「玉山に手配していた者からでございます」

「なに？」

さっそく蓋を開け、あわてて中の手紙を読み出した周泰安の顔が、傍《はた》の者にもわかるようにみるみる不安な表情に変わっていった。

「ご主人様、何か火急の出来事でも……」

見兼ねた姜夫人が心配のあまり口を開いた。しかし周泰安は夫人に答えるかわりに、その手紙を黙って謝霊輝に手渡して、こう言った。

「すぐに玉山の朱子のもとに走ってくれ。どうやら刺客が向かったようだ」

私は謝霊輝を見た。手紙を読んだ先生の顔も青くなっている。先生はすぐに私の顔を見た。私はすかさず頷いた。

「広仲。私たちは今から出かけよう」

それから謝霊輝はゆっくりと夫人の方に向き直って、

「夫人。このお茶の味はたとえ皇帝陛下といえども味わえませんぞ」

と深々と頭を下げた。私はもう扉の前にいた。踵《きびす》を返した謝霊輝の後背に、周泰安が、

「いいか、昉烝《ほうじょう》。私が朱子の護衛に出向くわけには行かないが、万一、お主たちが山賊にでも襲われるようなことでもあれば、これは信州広信府の知府事としては見逃すわけにはいかなくなるということを忘れるな」

と声をかけた。謝霊輝はふふっと笑って、

「なるほど。官の世界とは面倒なものだ」

と振り返った。

「まあ、そう言うな」

周泰安がほくそ笑むように言った時、それまでじっと黙っていた綺華が夫人に何やら話しかけた。夫人は軽く頷いて、知府事に、「恐れながら申しあげます」と言った。知府事は怪訝な顔をした。姜夫人は落ちついた声で、

「――はい。このような時に口を挟むのも憚《はばか》られますが、どうしても綺華が申しあげたき儀がございますとか……」

と言った。先生も知府事も、綺華の顔を見た。

「なんだ。――申してみよ」

知府事の言葉に、跪《ひざまず》いたままの姿勢で綺華が言った。

「はい。申し上げます。お願いでございますから、今回の謝先生の玉山までのご案内をなにとぞこの綺華めにお申しつけ下さいませ」

これを聞いた夫人は顔色をかえて、強い調子で綺華を叱った。

「まあ！　何を言うかと思えば、この娘《こ》は。――馬鹿をお言いではありませんよ。いいこと、先生方は物見遊山に行くわけではありません」

綺華は肯《がえ》んじなかった。

「でもでございましょうが、私は玉山までの近道も知っております。それに万が一の場合でも決して先生方の足手纏《まと》いにはならぬよう努めてまいります。女だてらに幼少より武術も多少は嗜《たしな》んでおりま

す。決して、決して、お邪魔にはなりませぬ」

こんな時に何を言いだすのだ、と今まさに怒鳴《どな》ろうとした周泰安を制したのは謝霊輝の一言だった。

「名案だな」

「名案だって？」

周泰安は途惑《とまど》って訊《き》いた。

「どこが名案なんだ……」

「いいか、広仲。どうせ我々の動きは敵に察知されるはずだ。そんな時に綺華がいるだけで、あるいは刺客たちの目を誤魔化すことが出来るかもしれない。これも計略のうちだ。ははは」

謝霊輝は快活に笑った——。


さて、これまで私は突然に巻き込まれてしまった霊渓《れいけい》道観での事件の経緯《いきさつ》ばかりを述べるだけで、そもそもこの道観がどこにあるのかと言うことさえ書いていなかったことに賢明な読者はお気づきであろう。

地理的な記載を敢えて避けてきたというのには勿論、理由がある。それというのも、若かりし頃の私にとって、（ああ、私はまだ十七歳だったのだ！）この事件がどれほど衝撃的であり、かつその時のわが師謝霊輝がいかに卓越した智能の持主と映ったことかを早く読者諸賢に伝えようと焦《あせ》ったからにほかならない。しかしどうやら諸者の明敏な頭脳には私の混乱した姿だけが刻印されてしまったようだ。

実際、私ときたら、あの土砂降《どしゃぶ》りの日に、師の謝霊輝と、綺華を伴い、知府事の官邸を出て雨裏の中の広信府城の城壁を近くにある丘の上から振り返って眺めた時に初めて、玉山と広信府城の地理的な位置関係を整理しなくては、と思いついたほどの迂闊《うかつ》さぶりであったのだから。

江南東路《こうなんとうろ》南部（現在の江西省東北部）に属するこの辺りの地形を簡単に言えば、信江《しんこう》と呼ばれる川を挟んで、北に懐玉《かいぎょく》山の山脈《やまなみ》がゆったりと連なり、それに対峙《たいじ》するかのように南には武夷《ぶい》三十六峰の険しい山岳が聳《そび》えたっている。この武夷の山中を流れる川は昔から九つに折れ曲がり「武夷九曲」と呼ばれていた。淳熙《じゅんき》十年（一一八三年）に朱子が書院（私塾）を建てた場所は、その五番目の曲がり口であったと言う。北の懐玉山を越えると、昔から「影青《いんちん》」として世に喧伝された、ほんのり青みをおびた清楚な白磁で有名な景徳鎮《けいとくちん》がある。逆に、南に武夷山を越えるとその先には福州があり、大海に出ずるというわけである。

ところで信江はまた江西の上饒江《じょうじょうこう》とも呼ばれている。それはこの地を別称として「上饒《じょうじょう》」と呼ぶことに由来するのだが、思うに、饒とは土地が豊かという意味であるので、きっとこの辺一帯は土が肥えているのであろう。

信江の上流に、金沙渓《きんさけい》、玉邪渓《ぎょくやけい》という景色のよい二つの渓谷があり、この両の川が合流する地点にめざす玉山《ぎょくさん》があった。この玉山と広信府城とは信江に沿って七十里余（一里は約五六〇メートル）ほど離れていようか、――ちょうど、その半ばの地点に霊渓《れいけい》という川が信江に注ぎこんでいる。その霊渓の河口を少し遡《さかのぼ》ると、この事件の舞台になったあの霊渓道観があった。

「享牧、どうしたのだ」

師の声で私はわれに返った。

「あ、いえ……広信府城の城壁が雨に煙って、まるで水墨画のようだったものですから……」

「雨に煙る？　おかしな奴だ。こんな土砂降りにかね」

「あ、はい。すみません」

しどろもどろの私に謝霊輝はそれ以上聞こうとはしなかった。

「……感傷に浸《ひた》っている暇はないぞ。少しでも早く玉山に到《つ》かねば、朱先生の身が……」

「はい。わかっております」

そう私がきっぱりと答えた時、前方にいた綺華が急に雨笠をあげ、顔をこちらに向けた。

「謝先生。玉山までの近道をご案内致します」

綺華はそう叫ぶと馬もろとも右手にのびている細い間道の中に駆け込んでしまった。

「よし。いくぞ、享牧」

言うが早いか、謝霊輝も馬の腹を蹴った。馬は真っすぐ綺華の背を追って山間《やまあい》の草叢《くさむら》に消えていった。私も遅れまいと慌ててその後から馬を駆った。

道の両側は丈《たけ》の高い草がまるで壁のようになっている。綺華は驚くほど馬の操り方が巧みだった。草の壁から不意に飛びだしてくる灌木《かんぼく》の短い枝を上手に躱《かわ》しながら、馬と一体になって雨の山道を走っていくのだ。

道は何度も何度も曲がりくねっていた。

最後の曲がり角を過ぎると、道は林の中へと続いていて、私たちも自然にその中へと導かれていった。

——急に、謝霊輝が止まった。

雨が烈しく降りふぶき周りにある大木が霞んで見えるほどだ。謝霊輝は、好々《ほうほう》と声をかけて馬を落ち着かせると、どういうつもりなのかそのまま停止してしまったのである。

私は急いでその横まで行った。

「——先生、どうしたんですか」

「綺華を見失った」

「でも道はこれだけだと思います。ともかく真っすぐに行ってみたらどうでしょうか」

「止むを得ん」

謝霊輝はすぐに、はいっという掛け声を馬にかけた。私たちは再び馬を走らせた。雨は壁のように降り注ぎ、もう私の襏《はつ》（雨具）にはとっくに雨水が染み込んでいて肌着まで雨に染まっている。綺華の姿もこの雨壁のせいで捕えようがないし、蹄の音も消こえない。

先生は綺華に追いつこうと焦っていた。多分、先生は綺華の乗馬の腕がこれほどとは思わなかったのかもしれない。それで見るまに離されてしまったことが口惜しかったのだろう。ところがその先生が半刻もたたぬうちにまた立ち止まったのだ。そして私に向かって何やら合図をしたようだった。何しろ滝の中に立っているのと同じだ。何を言っているのやらさっぱり分からない。私が近寄って顔を向けた時、謝霊輝の声がはっきりと聞きとれた。

「――馬鹿！　どうして来たんだ！　たった今来るなと言ったばかりじゃないか」

その言葉とほとんど同時だった。先生の乗っている馬が雨の下から現れた五人の刺客に襲われたのは――。

その中の、短い槍を持っている一人が、泥濘《ぬかるみ》にはまって動きの鈍くなった先生の馬の首をすばやく刺した。その技があまりにも鮮やかだったため、馬は嘶き声ひとつ立てることもなくどうと地面に倒れてしまった。謝霊輝は逃げる間さえなく馬とともに泥濘の中へ頭から転げ落ちた。幸い馬の下敷きになることは免れたが、そのまま泥水の中に放り出されて動かなくなった。それを見た別の一人が思いきり高く空中に飛び上がると抜いた剣を両手で下に向けたまま謝霊輝の上から襲いかかってきた。しかし謝霊輝は泥の中で湿田打《のたう》つように回ると、なんとかその剣先を躱《かわ》した。

「先生――っ！」

もう何も考えなかった。気づいた時には私は泥濘の中で先生の体を起こしていた。この勢いに、一瞬、敵の攻撃が鈍った。だがそれも束の間、すぐに槍の男が私に向かってきた。と、泥だらけの謝霊輝の体がすばやく動いた。謝霊輝は背負っていた剣を抜くとそれを一直線に下ろした。激しい悲鳴とともに槍を握っていた腕が空中に舞い、男が泥の中に倒れた。私は無我夢中でその槍を摑《つか》まえた。槍にはまだ腕がついていた。

四人の刺客が私たち二人を取り囲み、申し合わせたようにその輪を縮めてくる。

雨の音が一段と烈しくなった。

謝霊輝と私はいつしか背中合わせになり、じりじりと迫ってくる四人の動きをじっと見ていた。

「享牧、いくぞ！」

謝霊輝はそう叫ぶと、行く手を阻むように近づいていた正面の敵に剣を突きたてたまま、突然、体ごとぶつかっていった。刺客は必死になって体を躱した。ところがそのとたんに、私が不用意に出していた槍に刺さってしまったのだ。刺された男の血が私の顔にまでかかり、私は悲鳴をあげてその槍を離した。けれども槍を握りしめていた腕が私の衣服に絡《から》まり、私の体はよろよろと蹌踉《よろけ》て泥濘の外へ歩きだしていた。別の一人が背後から私に向かって剣を振りかざしてきたのは、その時だった。

「うわあーっ」

と私は泣きそうな声をあげ、身を守ろうと両手で頭を抱えたのだが、もはや私の体は自分の意のままにはならなかった。よろついたまま石に蹴躓《けつまず》き、泥道の脇にある草叢《くさむら》に仰向けに倒れてしまった。それでも男はものすごい形相で私にかぶさるように襲いかかってくる。私が、もうだめだと顔を恐怖に引き攣《つ》らせて観念した時、男は私の上にそのまま倒れこんできたのである。

その男はすでに死んでいた。

よく見ると、そいつの首から胸にかけて大きな切り口があり、そこからどくどくと音をたてるように血が溢れ出ている。私の顔は全く血塗《ちまみ》れになった。

助かったと思ったとたんに、向こうで鋭い気合がした。体が動かないので頭だけで仰《の》け反《ぞ》るようにして見ると、謝霊輝が残りの二人の刺客のその一方を倒す場面が逆さまに見えた。謝霊輝は最後の一人を木の幹に追い詰めている。しかしこの男は急に身を翻すとそのまま林の中へ逃げ去ってしまった。

「享牧、大丈夫か」

倒れたまま私を抑えつけていた男の体を除けながら、先生は私の手をとって引き起こしてくれた。

「せ、先生……」

私の顔はたぶん、泣き顔だったに違いない。

「どうした？――情けない顔をするな。せっかくの関羽の顔が台無しになるぞ」

と謝霊輝が微笑《ほほえ》んで言った。

「関羽の顔？」

私は怪訝な声で問い返した。すると謝霊輝は声をたてて笑った。

「ははは。すっかり赫《あか》ら顔になったじゃないか。赫い顔とくれば英雄の関羽と決まっている。とりあえずこの大雨で化粧落としだけでもやっておくとよい。それからどこかで体を洗おう」

私は雨の落ちてくる方に向かって顔をあげた。先生も剣を杖がわりにそのまま動こうともしない。

土砂降りの中の二人を、雨の音が太古の昔から鳴り響いている木霊《こだま》のように包んでいった。

微かに蹄の音がした。

遠くで馬が嘶《いなな》いた。

蹄の音がはっきりと聞こえるようになり、だんだん近づいて来るのが分かった。

「謝先生――。享牧さーん！」

綺華だ、綺華の声だ。

【第六回】

神謀の知府事は信城の民を安堵せさしめ、
玉山の叡知は独り道児《どうじゅ》を解く。

あの日、全身に返り血を浴《あ》びた姿で、私たちが知府事の官邸に戻った時には、流石《さすが》の周泰安《しゅうたいあん》も大いに驚きすぐさま部下に命じて逃げた賊を捜索させた。激しい土砂降りの中を知府事の命を受けた府兵らは徹底的な山狩りを行ったのであるが、それにもかかわらず賊の行方は杳《よう》としてわからなかったという。

翌朝にはあちこちの辻にもう賊の似顔絵が貼り出される手際のよさで、広信府の城内はたちまちのうちにこの話題で持ち切りになった。

噂は噂を呼んだ。——五人だった賊はいつのまにか五十人程度の荒くれの山賊の集団になり、十日もしないうちに五百人以上の極悪非道の大盗賊の軍団に変わってしまった。謝霊輝《しゃれいき》の評判もそれに伴って上昇し、最初のうちは命からがら逃げてきた進士様であったが、翌日には十人の山賊を一刀の下《もと》に斬り伏せた剣の名手に早変わりし、それが賊の人数が五百人を越す頃になると諸葛孔明《しょかつこうめい》顔負けの神算鬼謀を用いて賊を全滅させたのだと、真《まこと》しやかに囁《ささや》かれるようになっていたのである。

先生が誉められる噂だけならば、たとえ行き過ぎであろうともそれは私にとっても誇らしいことであったし、またそんな噂を耳にするたびに非常に面映《おもは》ゆいような、困った顔をしている先生を見ているのもそれはそれで面白くて、それなりに笑って聞き流すことも出来たのであるが、この私がいつの間にか槍の名人になっていたのには閉口した。

そういうわけであったので、何かの折に、周知府事が外出されようものなら大変な騒ぎになった。というのも、知府事はあれ以来、どういうわけか自分の車に必ず先生を同乗させるようになったからである。知府事と謝霊輝とが並んで座っていると、一目英雄を拝もうとする城市《まち》の人々がそこかしこから集まってきてはわあわあがやがやと車の周りで騒ぎ立て、中には自分の子供を肩よりも高くあげて、後生ですからこの児《こ》の体に触れてやってくだされ、この児があなた様のように強くなりますように、と叫びだす者もいた。そのために車はしばしば前進を阻まれ止まってしまうこともあった。ところが周知府事ときたら、集まった群集をただにやにやと眺めているだけで謝霊輝の困惑顔など一向に気にする態もない。ある時などは一人の病人が戸板に載せられて人込みの中を掻き分けるように近づいてきた。私が驚いて、こんな所に病人をつれてきてどうする心算《つもり》なのかと問い質《ただ》すと、在所の連中が口を揃えぺこぺこして、「謝先生かお弟子の王先生のどちらかにこの病人に憑《よ》りついている悪霊の類いを追い払っていただきたいんでごぜえます」と言うではないか。聞いた私は目を白黒させたが、思わずこう答えてしまった。

「あい分かった。王先生はここにはお見えにはならぬが、謝先生は、ほれ、車の上に知府事と並んでござる。粗相の無いようお頼み申しあげるがよかろう」

――頃合を見て、知府事の周泰安がすっくと立ち上がり、ぐっと胸を張って満足そうな顔で、

「それい、信州の孔明様のお出ましじゃ。良民ども、道を開けい！」

と大声で叫ぶのがこの劇の幕引きであった。すると不思議なことに、あれほどの人垣がたちまちにして二つに分かれ、その間を車は悠々と進んでいくのであった。後ろを振り返るとその良民たちは皆が皆、跪《ひざまず》いて見送っているのだ。

「まったく……君の政治的な手腕にはほとほと感心するよ」

疲れきった表情で謝霊輝が周泰安に愚痴をこぼすと、周泰安は急に深刻な顔に変わった。

「昉丞《ほうじょう》、お主には悪いが、しばらくはこの役を演じていてくれぬか」

謝霊輝は黙って知府事の顔を見た。周泰安は言葉を続けた。

「民は英雄を待ち望んでいるのだ。それも智勇兼備の、とびきりの英雄を、だ」

「ほう？――それはまた、どうしてかな」

謝霊輝の問いに周泰安は声をおとして答えた。

「俺は知府事としての経験から言うのだが、どうやら人々は心中に底知れぬ不安を抱いているようだ。その不安がどういうもので、どうしてそんな気持ちになるのか、おそらくは誰にもはっきりとしたことは分かってはおるまい。だが何となく自分たちの立っている所が脆弱な土台であることだけは感じているらしく、いらいらとしながらも誰かにしっかりと支えて欲しいのだ。その不安から自分たちを救ってくれる英雄をずっと待ち焦がれていたと言ってもよい」

馬鹿馬鹿しい、と吐き棄てるように謝霊輝が言った。

「そんなもののために、どうして私が――それに第一、君の土地は極めて治安がよいではないか。飢饉だってまだ起きてはいないし、他所《よそ》からの流民だって一人もいないようだ。それがどうして不安などを抱く必要があると言うのかね」

周泰安は眉根を寄せた。まるで自分の心の裡《うち》を少しでも分かってもらおうとするかのようにその顔を曇らせた。

「なあ、昉烝――」

しばらくして思い出したように言った。

「お主、覚えているか。象山先生の学舎にいた頃、村で大きな火事があったろう……」

ああ覚えているとも。と謝霊輝が答えた。傅《ふ》大人の屋敷だったな、確か。あの時は酷かった。家中の者が焼け死んだのだから――。

「その火事の前夜だったというじゃないか。傅の屋敷から何十匹も何百匹も鼠が逃げ出していくのを見たというのは」

その話なら謝霊輝とて知らないわけではない。夜も更けて村中が寝静まった時だったという。遠くで馬の走るような音が夜空に響きわたり、村中の者が驚いてとび起きた。慌てて表に出てみたが馬の姿など影も形も見えやしない。てっきり野盗だとばかり思っていた村人は狐につままれたような顔でお互いに見合っていたが、やがて村一番の傅大人の屋敷からその音が近づいてくるのがわかった。

最初に気づいたのは戸口から出て道の真ん中に立っていた男だった。

「道が動いている！」

その声に村中の者がそちらを見た。そして思わず息をのんだ。月の明かりに傅家の門から黒い敷物が山の方に向かって動いていくのが誰の目にも見えた。鼠だ。無数の鼠が鳴き声一つたてることもなく一斉に山の中に逃げていくのだった。

「鼠には傅家の火事が予知できたのだろうか」

周泰安の言葉に謝霊輝は頷いた。そしてようやく彼が何を言いたいのかが理解できた。

「君は、君自身はどうなんだ。広仲、君には彼らの不安の原因が分かっているのか」

と、謝霊輝はまるでそういう不安を放置しているのが知府事の怠慢であるかのように尋ねた。周泰安は躊躇《ためら》いがちに答えた。

「私にはとっくに分かっているよ。そいつはな、昉爫、亡国の不安なんだ」

「亡国の……」

謝霊輝は言葉を呑んだ。周泰安はきっとした眼差しになって、話を続けた。

「ああそうだ。民は敏感で正直だ。臨安府の異常な繁栄がいかにも危《あぶ》な気《げ》で、底の浅い根無し草のような印象を抱いているらしい。だから不安なのだ」

そいつはちと考えすぎじゃないのか、と謝霊輝は口に出しそうになった。が、それは周泰安の次の言葉でたちまち消えてしまった。

「お主、この頃の連中の話題が何だか知っているのか」

謝霊輝は首を振った。周泰安はこの答えを予想していたのだろう。一人で合点すると、

「彼らの関心はどうすれば不老不死を得ることが出来るかということだ。たとえ国が亡びようとも己《おのれ》

一人だけは命を永らえたいと願っている。自分が助かり、次に家族が助かってその次が親戚だ。ここまでが限度だろうな。連中にしてみれば、朝廷や国家などは自分たちの財産を護ってくれる番犬ぐらいにしか思っちゃいないだろう。だからこの前尸解《しかい》した李道士の人気は大したもので、今ではあの道観には隆興府《りゅうこうふ》あたりからも参詣に来ているという話だ」

と言った。隆興府といえば江南西路の都ではないか。しかも広信府と違って歴《れっき》とした大都市で転運使の駐在地である。

「なるほど。『政事乱ルレハ則《すなは》チ冢宰《ちょうさい》ノ罪』と『荀子』にあったが、本当だな。韓侂冑《かんたくちゅう》の非道がとうとう民の心までも狂わせ始めたか。それにこのところ金国からの圧迫も続いているというからな」

と謝霊輝は溜息まじりに呟いた。周泰安は相槌を打つように、

「そうらしい。金の密偵もあちこちに入りこんでいるとのことだ。——ま、そういうわけで、お主には是非にも英雄になってもらわねばな、はっはっは」

と笑った。いつまでも愉快そうに笑う泰安に、謝霊輝はすっかり苦り切った顔で、こう告げた。

「勝手にするがいいさ。ところで私は近々やはり朱子を訪ねてみるつもりだが……」

すると周泰安は納得したように小さく頷くとにやりと笑って、独り言のように、

「そうか、どうしても玉山へ行くか。だが今度は途中に山賊がいると城市中《まち》がわかったらしいから、知府事としての治安の責任が問われるわい」

と言うとその顔から自然に笑みがこぼれてきた。

私たちが玉山を訪れたのはそれから暫《しば》くしてからのことであった。

朱子こと朱熹《しゅき》元晦《げんかい》先生は、名を熹、字《あざな》が元晦または仲晦。晦庵《かいあん》と号されていた。その晦庵先生は玉山の知県事、司馬邁《しばまい》が自ら選んだという町はずれの小さな庵に仮住まいをしていた。庵が見える所まで案内してくれた綺華は、馬から降りると私たちに向かって、

「謝先生、享牧様。それでは私は祖父のところに参りますので、この場で失礼をいたします」

と別れの言葉を述べた。私があわてて、

「おや、折角だから綺華さんも朱先生にお目通りしていけば……」

と誘いかけると、綺華は手を横に振った。

「とんでもございません。朱先生はそれこそ大宋国随一の学者ですもの、私などにお会いなどして下さるわけがございませんわ。それではお二人様、お帰りの節にまたお迎えに上がります」

そう言うが早いか、綺華は再び馬にひょいと跳び乗って、そのまま走り去ってしまった。

「いやはや、たいそうな女人だ」

謝霊輝が呆《あき》れたような、感心したような口調でぼそりと呟いた。

先に使者を立ててあったので、司馬知県事から遣《つか》わされていた門衛はすんなりと私たちの名刺を奥まで届けてくれた。それから案内され、やがて大きな机のある書斎に通された。この机も知県事が用意したものだと言う。部屋の長椅子に腰掛けて朱子を待つことにした。朱先生の机の上にはさまざまな書籍が整然と置いてあって、しかもどの書物にも細かな文字でびっしりと書きこまれている付箋《ふせん》がいたる所に差し挟んである。書物には目のない私のことだ。失礼だとは思いながらも、目の前に開いたまま置いてある書物をそっと盗み読みしはじめていた。

だが、これは何という文字だ。

――その書物を埋めつくしている文字は略字ばかりのようでもあり、そうかと思えば、偏《へん》や旁《つくり》、点などが明らかに余分にあったりすると言う、何とも珍妙な文字ばかりなのだ。例えば「夲」という字があるのだ。それから「帀午玣」なんてのもある。こんなものがまともな漢字であるわけがない。いったい朱子ともあろう人物がこのようにふざけた文字で書かれた書物を本当に読んでいるのだろうか。私ならばとうてい許しがたい代物《しろもの》である。

「これは、これは」という声が奥の方からして、やや小太りの老人が現れた。丸味をおびた人懐っこい顔、額の深い横皺、太い眉、細い眼の中に光を放つ黒い瞳、すっとのびた鼻筋、口元の髭《ひげ》と顎下の鬚《ひげ》。いずれもが深い智慧を感じさせていた。それは向かい合った途端に自然にこちらの頭が下がってしまうという風貌なのだが、それでいて決して威圧的というのではなく、逆にその穏やかさのゆえに足が竦《すく》んで動けなくなるという、そういう貫禄である――この人が朱子であった。

朱子は訪ねて来た私たちが布衣《ふい》、身分のない者であるのにもかかわらず、威儀を正し、儒冠と官服とに身を包んでいた。

「これは朱先生。お久しぶりでございます」

謝霊輝が立ち上がり、恭しく拱手《きょうしゅ》した。朱子も礼を返して、

「謝昉烝君だったね。よく覚えておりますよ。鵝湖《がこ》の会以来だから、もう二十年にもなりますかねえ」

と懐かしそうに答えた。

鵝湖の会というのは、孝宗帝の淳熙《じゅんき》二年（一一七五）、朱子が友人の呂東莱《りょとうらい》の紹介により江西信州の

鵝湖寺にて、江西学派の中心人物であった陸九齢《りくきゅうれい》・陸九淵《りくきゅうえん》の陸子兄弟と行った討論会を後世の学者が名付けた名称である。謝霊輝先生のお師匠様が陸象山《りくしょうざん》先生であることはすでに述べたが、この象山先生の本名が陸九淵であり、そのお兄様が九齢、二人とも大変な大学者であることは言うまでもない。現在でもこのお二方《ふたかた》を「陸子兄弟」として畏敬していることからもそれは分かるはずである。

　ところでもう七十余年以上も昔に信州のちっぽけな寺で行われた鵝湖の会だ。この齢《とし》になって師の記録を残すにあたり、私なりに当時の様子を調べたみたのだが、それがどうにもはっきりとはしないのである。「鵝湖の会」という名称は朱陸二人の交渉史には頻繁に出てはくるが、さてそれがどういう内容であったのかとなると曖昧として模糊になるのだ。特に朱子側の記録がよくない。酷《ひど》いのになると「鵝湖の会は年譜 詳《つまび》らかならず、語録の之《これ》に及ぶ者なし」とまで断言している始末である。ところが陸子側の記録には実に詳しくその時の様子が描かれていて、これだけでも鵝湖の会が朱陸の双方にとってどういう意味をもっていたかが予想がつくというものだろう。

　例えば象山先生の言動を纏《まと》めたという『語録』には、（謝霊輝先生もよくその中から引用されていたが）この時のことがこう述べられている。

「……呂伯恭《りょはくきょう》（東萊）が鵝湖の集《つど》いをやったのさ。まず兄の復斎《ふくさい》（九齢）が自分に、伯恭が元晦《げんかい》（朱子のこと）にこの集いを約束し、それぞれの学術の異同を正そうと言うのさね。我々兄弟でさえ同じでないのに、何を以《もっ》て鵝湖の集いで同じにするかえ？　しかしまあ、仕方なく兄が自分に議論をふきかけてきた。お前の考えを述べよ、とこう言うのさ。それで滔々《とうとう》と弁じたところ、夜中になってやっと終わったっけ。すると兄は考えこんでいたが、ぽつりと、お主の説は正しい、と言ったよ。翌朝、今度は自分の方が兄上のお考えをお述べ下さいと頼んだところ、兄が言うには、いやなに、考えらしいものなどあるものか。それよりも一晩お前の言ったことを思索したところ、こんな詩が出来たよ、と言うばかりさ。その詩かえ？　勿論覚えているとも。『孩提《ちのみご》ハ愛ヲ知リ長ジテ欽《うやまい》ヲ知ル、古聖相伝《あいつた》フハ只《た》ダ此《こ》ノ心ノミ。大抵ハ基《もとい》アリテ方《まさ》ニ室《しつ》ヲ築ク、未《いま》ダ址《もと》無クシテ忽《たちま》チニ岑《みね》ト成ルヲ聞カズ。情ノ伝註《でんちゅう》ヲ留メテハ　榛《くさむら》ノ　塞《ふさがり》ヲ　翻《ひるがえ》シ、意ノ精微《せいび》ヲ著《あらわ》シテハ転《うた》タ陸沈《りくちん》ス。友朋ヲ珍重シテ相《あ》ヒ切磨《せつま》スレバ、　須《すべから》ク至楽《しらく》ハ今ニ在《あ》リト知ルベシ』というのだ。そこで自分が、詩は大層好《よ》いがただ第二句が少し気に入らぬ、と言うたところ、兄は、このように言えば道はいまだ定まらずか、どうしたらよいだろう、と聞いてきた。

鵝湖に着くや伯恭がすぐに兄に対して、その後のご研鑽はいかがかな、と尋ねてきたので、兄がこの詩の四句をまとめて詠《よ》んだところ、元晦《げんかい》が、〝ああ、子寿《しじゅ》（九齢）はもう子静《しせい》（象山）の船に上《のぼ》ってしまった！〟と嘆いたそうな。その時に自分が、実は道々、家兄のこの詩に和韻してきたものがあるのでひとつ聞いてもらえぬだろうか、とこんな詩を誦《よ》んだよ。『墟墓《むえんづか》ニ哀《かなしみ》ヲ興《おこ》シ宗廟《みたまや》ニ欽《つつし》ム、斯《こ》ノ人千古《せんこ》トシテ心ヲ磨《みが》カズ。　涓流《しずくのながれがつ》　積モリテ滄溟《うなばら》ノ水ニ至リ、石ヲ拳《にぎ》リ崇《たか》ク成ス　泰華《たいざんとかざん》　ノ岑《みね》。易簡《いかん》ノ工《く》夫《ふう》ハ終《つい》ニハ　久大《ひさしくおおきい》、　支離《しり》ノ事業ハ竟《かえ》ッテ浮　沉《うきしずみ》』元晦は真っ青さね。さあそこで自分が、低きより高きに至らんとすれば真偽の前にまず本心を論じましょうと言ったところ、元晦先生、大いにご不満の態だったよ。……」

元晦、すなわち朱子がこの二つの詩を聞いて不平だったことは当時有名になった。象山先生の弟子の一人、朱享道という人の手紙にも『元晦見二詩不平、似不能無我』（元晦は二つの詩を見て心穏やかならず、まるで平静さを保つことができないのではと思われた）とある。

さて謝霊輝先生の話を思い出しながら、私自身もこの鵝湖の会についての意義などを述べてみたいと思う。

まず留意すべきは、鵝湖の会に参加した人数は少なくはなかったと言われているが、主だった者は朱子と二陸（象山先生と兄の復斎先生）そして呂祖謙《りょそけん》（伯恭、東萊《とうらい》先生と称す）の四人だったということである。残念ながらわが謝先生はこの時はまだ若すぎて、とても対等の議論など出来る立場ではなかったと言う。ただ常に象山先生のお側にいて四人の語録を記録する係を仰せ付けられていたがために朱子にも顔を覚えられていたと、私は嘗《かつ》て伺ったことがある。

注目すべき人物は呂伯恭《りょはくきょう》その人である。この人が鵝湖の会の発起人なのだ。呂氏の家学は北宋以来の名門で、常識を尊び矯激《きょうげき》を好まぬ学風であった。伯恭もまた同じく極端を嫌っていたので、朱陸の異同を何とか調和させ得ぬものかと腐心していた。彼は朱子とは親密な間柄であったし、また象山先生に対してもその学問の深さを称讃していたのであった。

こんな話がある。

象山先生が三十四歳で進士の試験に応じた時のことだ。この呂伯恭が考官（試験官）だったのだが、彼は象山先生の易巻を見るに及び、膝を打って、そうだ！　と叫び、その天地の性が人を貴くするという論を読むや、そうだ！　その通りだ！　と歎賞したと言う。それから彼は他の主だった考官たちに、「此の巻のずば抜けた内容から判断するに、必ずや江西の陸子静に違いあるまい。この人ならば断じて失ってはならない」と説いたという。特別試験官だった趙汝愚《ちょうじょぐ》もこの時の象山先生の文をほめたたえ、それ以来、伯恭は象山先生の人柄に傾心するようになったのである。このように朱陸の二賢人を敬重していた呂伯恭であったからこそ自然に鵝湖の会の発起人になり得たのであった。

次に朱子年譜に記載されている点から論じてみよう。

淳熙《じゅんき》二年乙未《きのとひつじ》夏四月に伯恭は閩《びん》（現在の福建省）の地を訪れ朱子に会っている。この時に共同で『近思録』を編纂《へんさん》している。「伯恭帰る。先生（朱子）これを送り、信州の鵝湖寺に至る。江西の陸九齢子寿《しじゅ》、九淵子静《しせい》ら皆来会す」と記されているのである。朱子と象山先生のこの年の年譜の記述より、鵝湖の会はやはり伯恭が閩に赴いた折に半ば強引に催したものだということがわかってくる。然《しか》しながら、朱子の年譜でいう、朱子が伯恭を送って鵝湖まで来ると象山兄弟が「来会」していた云々というのは、年譜作成者のいわゆる贔屓《ひいき》の引き倒しというもので、事実は朱子が伯恭の前もっての約束に応じたということで言わば水に順って舟を推《すす》めたというに過ぎないし、象山兄弟にしても伯恭との約束を守っただけの話なのである。

「どうしてまた鵝湖なのでしょうか」と若かりし頃の私は師の謝霊輝に尋ねたことがある。

「それは伯恭がどうして鵝湖を択《えら》んだのかという意味なのかね？　ならば簡単だ。信州が閩・浙《せっ》・江西の交通の要ということと、朱先生、呂先生それに象山先生の住居からちょうどいい地点にあったということ、ただそれだけの理由だ。だが、どうして鵝湖に拘《こだわ》ったのかと言うのならばだ、そこには深い思慮が働いていたと言ってもよいだろうな」

それはな、と謝霊輝は私を見て言葉を続けた。鵝湖が唐朝以来の天下の名山であり、その名に賢哲と人傑の意を含んでいるからだ。

鵝湖の会は三日間であった。

初日に朱子が復斎先生の前四句の詩を聴くや、たちまちに、復斎はすでに象山の船に上ってしまったと言ったことはすでに述べた。そしてすぐその後に象山の詩が誦せられると眼の色が変わり、後二句を聴き終わった時には大層不興になっていたということも知っての通りである。

もともと朱子という人の、論じ方および教育の仕方というのは、泛観《はんかん》（広く全体を観察させ）博覧《はくらん》（見聞を広め）、その後でその内容を簡約するという態《てい》であった。これに対し、象山先生のほうは、まず真っ先に人の本心を明らかにし、而《しか》る後《のち》に博覧させるというやり方なのだ。だから朱子は象山先生の教育法を「大簡《おおざっぱ》」と批判し、象山先生は象山先生で朱子の方法を「支離《ばらばら》」と批判したのであった。

だからこそ象山先生が『易簡工夫終久大、支離事業竟浮沈』と詠んだ時、朱子は失色したのである。

師の謝霊輝にとってもこの時の場面は忘れ難いらしく、象山先生の遣り口には驚かされた……と、この話になると懐しそうな表情に変わるのであった。

「そんなことで朱子ともあろう方が怒るんでしょうか」

何も知らない私はいとも気軽に師に尋ねた。お前は……。師は絶句した。私はその顔色を見てしまったと後悔した。が、謝霊輝は怒らなかった。

「まったく、お前の南瓜頭《かぼちゃ》は」

とだけ言うと、ゆっくりと説明しはじめた。

いいか、と師は私の頭を指でちょこんと突いた。「易簡」というのはな、方法論の一般的な用語じゃないんだ。

「はあ……」

「はあ、じゃない。これは直接は『易経』の《繋辞伝《けいじでん》・上》にある『乾《けん》ハ大始《だいし》ヲ知《し》リ、坤《こん》ハ物《もの》ヲ作成《さくせい》ス。乾《けん》ハ易《い》ヲ以《もっ》テ知《し》リ、坤《こん》ハ簡《かん》ヲ以《もっ》テ能《よ》クス。易《い》ナレバ知《し》リ易《やす》ク、簡《かん》ナレバ従《したが》イ易《やす》シ』の易簡から来ているのだ。よいか、さまざまな言葉に惑わされるのではなく、ただ一つの易簡なのだ」

分かったような、分からないような……。しかし私は神妙な顔でこっくりと頷いた。

「よろしい。これだけで分かるとは大したものだ」

と言ったあと謝霊輝はにやっと笑った。

「しかしもう少し説明してあげたほうがその南瓜頭にはどうやらよさそうだ。乾坤《けんこん》というのは、万化《ばんか》――つまりお前が見ている全ての物、万物だが、その万物の源なのだ。そして乾とは《創造の原理》とでも言おうか、無心にして化すという、その力だ。これに対して坤とは《成就《じょうじゅ》の法則》と呼ぶべきかもしれないな、簡潔で一目瞭然。だから分かりやすい。もし我々が人間として本来具有《ぐゆう》している思いやりの心を自覚して、この易簡の本質に気づくならば、その時には自然現象だろうと社会の出来事だろうと、人生のあらゆる事件だろうとその背後に存在している条理を読みとることが可能になる。だから『知《し》リ易《やす》ク従《したが》イ易《やす》シ』と言うのだ。分かるか」

正直に言って全く理解できなかった。だが今更《いまさら》首を横に振るわけにもいくまい。私は、「はいっ」と元気よく返事をしてしまった。ほう、と謝霊輝は感歎した。

「どうしてどうして、これはただの南瓜じゃなさそうだ。それではもう少しだけ教えてあげよう。――易簡の本質はつまるところは価値の創造になる。だから乾坤とは宇宙の英智であり、同時に我々の本心ということになるのだ。わかるか享牧、もしこの易簡を知らなければ我々の学問は文字面を追うだけになってしまい、知識は増えるが何もわからないという情ないものになってしまう。これを象山先生は支離と断言されたのだ。つまり支離とは知識と行為とが無関係な状態になることを言っているのだ。知識と行為とが一体になることが智慧であり、それがすなわち価値の創造につながる。これを易簡と言うのだ」

　謝先生の教えによれば、象山先生の学風は禅と間違われること数《しばしば》だという。そしてそのことを最も痛烈に批判してきたのが朱子であった、という。今、朱子の残したさまざまな語録や書簡類から当時の象山批判を見てみよう。

「……陸象山の学問は勿論高く群を抜いております。軽薄な連中とは自《おのずか》ら違っております。その弟子たちも修身、斉家の教えを政事の実践にほどこしておりますが、その教えそのものが禅学の中からきていることは隠しようがないのです」（「孫敬甫《そんけいほ》に答える」六十三巻）

「……子寿兄弟の気象は甚だ立派です。ただその病は却《かえ》って尽《ことごと》く講学を廃し、践履《せんり》（実践）を専らに務め、その中から保持省察して、本心を悟ろうとしていることでしょう。……将《まさ》に異学（仏教）に流されんか」（「張敬夫に答う」三十一巻）

「先生（朱子）が言われた。『陸子静や楊敬仲《ようけいちゅう》はもともと申し分のない人物である。ただ性格があまりに潔癖で、道理の論法が閩中《びんちゅう》（福建）の塩密売人のようだ。底の方に私塩を入れ、その上を魚で隠して人に気づかれないようにしている』と。その学説が禅であるのに儒学の説で覆っていることを述べられたのだ」（語類一二四巻）

このことに関しては、象山先生自らがかつて次のように述べられたことがある。

「……曹立之《そうりつし》という者がいてな、才能はあったんだがね、本ばかり読んで心労のあまり病に罹《かか》ったよ。その後は治ったり治らなかったりが続いたんだが……こ奴がどういう訳か自分のところに来たのさ。ところが下らないことをべらべらと喋るばかりじゃないか。そこで一喝。そんなことが何の役に立つんだ！　と言ってやったところ、胸中たちまち快活だ。病もしだいに治ってきたよ。それでうまく行くかなと思っているとまたぞろ悪化してきた。聞けば友人に自分の悪口を聞いたと言う。象山は仏教を教えていると言うのさ。この男は仏教嫌いなものだから、もう頭にきて、それからは朱元晦の弟子になったそうな。聞くところによれば、死んだそうだがね」

謝先生は私にこう教えられた。

象山先生の教えの眼目は、人間が己の中に本来有している《天理》を自覚することにあった。この自覚があればおのずから俊敏な行動がうまれるのである。俊敏とは指の先にまで神経が行き届いているような、そういう感覚だという。そして我々はこの行動を通じてのみ世間に起きてくる具体的かつ現実的な問題を一気に解決できるのだ――と。

これが禅に似ていると言われる所以《ゆえん》なのだが、これも謝先生の解釈では、禅に似ていると言われたのは、要するに、その学風が当時の儒学の水準をはるかに超越していて比較するものが無かったからにほかならない。人間には生まれた時から永遠の命を感ずる能力が与えられていて、それがすなわち宇宙の真理であり、これを《天理》と呼んだのである。

先生はまたこうも仰《おっ》しゃられた。

「よいか、ここで言うところの《天理》を《仏性》とでも置き換えれば、それは間違いなく仏教になろう。それでよいのだ。なんとなれば宇宙の真理は一つだからだ。『千古ノ聖賢、タダコレ一件ノ事ヲ弁ズルノミ。両件ノ事ナシ』と象山先生も感嘆されていたよ」

けれどもこれに対して朱子の立場は明らかに違っていた。

まず全ての思索の根拠としての古典の存在があった。朱子は思索の第一歩として古典を学ぶことを要求していたのである。朱子によれば、この過程があるからこそ人は緻密な思考力を養うことが出来るのであり、この過程を経て初めて次の思索の階梯を登ることが出来ることになっていた。こうして次々と思索の階梯を進みうる者のみが事物ひとつひとつの背後に存在している共通の法則《理》を認識することが可能になると言うのであった。朱子はこの全過程を「格物致知《かくぶつちち》」と呼び、この修得を通じて完成された人物の智慧により世間と人生の複雑で具体的な問題も解決できると説いていた。

——私、王敦は今ではこう思っている。

象山先生にしても朱先生にしても、この世で起きる具体的かつ現実的な問題の解決には結局は臨機応変に対処していくしか方法がないということを十分にご存知であったのだ。ところが、小人が行う臨機応変たるや、突発するさまざまな現象に振り回されたその場しのぎの単なる思いつきにすぎず、無節操で無責任に陥りやすい。いやしくも人に長たる君子ならばそのような思いつきは断じて避けるべきであり、その判断の基準として、まず人間を存在させている宇宙の意思、つまり天命なるものが那辺《なへん》にあるのかを考えた上で結論を下すべきである、と言うのである。

ここまでは二人とも同意見なのだが、その宇宙の意思を探究する方法論の違いが二人をして対立させていたのであった。

結局、鵝湖の会は対立のまま終わってしまった。

「――象山先生という天才がいなければ朱子も単なる物識りで終わっていただろうな」

と謝霊輝がよく話していたことを、不思議なことに、いま朱子という現在の最高の知的巨人を前に、私は思い出していた。

謝霊輝は私を紹介してくれた。

「先生、この者は王敦、字は享牧と申します」

私は深々と心の底から拱手《きょうしゅ》の礼をした。朱子は終始にこやかだ。

「そう、享牧君だね。あの時の謝君も象山先生の傍でちょうど今の君のように緊張して立っていたねえ、ははは」

苦笑しながら謝霊輝が言う。

「はい。そして朱先生は今の私と同じような齢《とし》でございましたなあ」

この言葉に朱子は言葉を嚙みしめるように口を開いた。

「まことに齢だけは防ぎようがない。象山先生も君のような後継者を残して幸せだったと思う。どうだね、学問の進み具合は」

謝霊輝は忸怩《じくじ》として答えた。

「恐れ入ります。いまだに師の陸象山の名を辱《はずかし》めております」

朱子はしかし謝霊輝の返事を聞いていなかったかのように、ぽつりぽつりと昔を思い出すかのように語りだした。

「うむ。子静は若くして宇宙の本質を直観知《ちょっかんち》してしまい、その後は機に臨んで自由自在に使いこなしていたから弟子の君たちにはさぞや分かりにくかったろうなあ。この私でさえ子静は禅学だとばかり思っていたのだもの、君たちも苦労したはずだ。何しろ子静はあまりにも天才すぎたようだ」

朱子は誠実な人柄だった。決して飾りのついた言葉など使う人ではなかったが、その一言一言には得《え》も言われぬ温《ぬく》もりが感じられた。

「仰しゃる通りです。私は象山先生の学問を真の意味で理解できるのは朱先生しかいないと思っております」

謝霊輝も誰憚《はばか》ることなく言う。二人は二十数年ぶりだというのにまるで毎日会っているかのような口ぶりだ。けれども朱子は淋しそうに呟いた。

「それはその通りだ――だが、私は学問を後世に残すためには、皮肉にも子静のやり方を否定することから始めなければならないという悲運に出会ったのだよ。あの鵝湖の会で子静が誦んだ詩の一節、『易簡ノ工夫ハ終《つい》ニ久大《きゅうだい》、支離《しり》ノ事業ハ竟《つい》ニ浮沉《ふちん》』を聞いた時、ああ、子静はあまりに人を知らなすぎると思った。誰もが子静や陸氏一族のように優秀で善良な人柄ばかりではない。もしもこのまま陸象山の学問が広まり、形骸化の途《みち》を辿《たど》ればどうなるというのだ。やがては己《おのれ》の欲望のままに好き勝手な行動をしてもそれが《心即理》だなどという戯言《たわごと》を言う輩《やから》が必ず現れるに違いないのだ。子静は自分があまりに容易に大道を体得したがために誰でも出来ると思っていたらしいが、そんなことは不可能にきまっている。彼は麒麟《きりん》だが我々はどうだ、たんなる芋《いも》虫にすぎないではないか」

私は思わず朱子の顔を見た。この大学者が自分のことを〈芋虫〉とさえ言ったのだ。

「……私は自分の弟子たちを見て確かにそう信じた。子静の弟子たちは皆々立派だった。だが私の弟子はどうだ。――私は初めのうちはこんなに講学しているのだから、時とともに自然に徳が成就できるだろうと思っていたのだが、結果はさんざんだった。単に口先の理屈ばかり上手になって日常生活の最も肝腎のところで気力がなく、実践できない者ばかりになっていたのだよ。他人《ひと》は自分とは違うのだ。私の遣り方でもこうだ。まして子静の方法では――ああ、儒学は亡んでしまうのだろうか」

もう一度、私はまじまじと朱子の顔を見た。この人は儒学の未来のために鵝湖の会で失色したのであったのだ。

「十分に承知致しております。朱先生のご指摘された傾向はもうすでに現れてきております。実は象山先生もその事を心配されておられたようです。『道ハ尊シトイフベシ。重シトイフベシ。人却《かえ》ツテ自《みずか》ラ重ンゼズ。纔《わず》カニ毫髪《ごうはつ》ノ恣縦《ししょう》（ほんの少しばかりの気まま）アレバ便《すなわ》チコレ私欲ニシテ、コレト全クアイ似ズ』と仰せでした。ご自分の学問は晦庵《かいあん》（朱子）の学派が流布《るふ》しなければ見直されはすまいよ、とよく冗談まじりに私どもにお話しになっておられました」

朱子は謝霊輝の言葉に顔をほころばせた。それはわが意を得たりと言う喜びの笑みであった。だがすぐに情けなさそうな表情に変わって、こう言った。

「そんなことまで――けれどもそれは子静の買い被りというものだ。昉烝君、私の学問は最近では偽学とさえ言われているのだよ」

謝霊輝はこの言葉に露骨に不快感を表した。

「先生の学問が偽学であれば、象山先生のもまた偽学になってしまいます。いや、道学全体がそうなってしまう。先生、道学を否定することは人間を否定することです。今、京師では韓侂冑《かんたくちゅう》一派が権力を擅《ほしいまま》にせんとして、朱先生の名誉と業績を抹殺しようとしております。道学を絶やさぬためにも朱先生をお守りせよというのが、わが師陸象山先生のご遺命でございました」

朱子はじっと瞑目した。一気に語る謝霊輝の弁に彼はそっと目頭を抑えた。

「ああ、子静のごとき天才は早く逝き、私のような愚かな者だけはいつまでも生き残っている。昉烝君、悲しいことに偽学の声が高まるにつれ、わが門弟たちの中にも、自然と私のもとから足が遠退《とおの》く者も出てきている。中にはわざわざ遊蕩三昧《ゆうとうざんまい》の生活をして、道学の徒でないことを世間に吹聴している者もおるとか……。まさに欲望の魔性が跳梁跋扈《ちょうりょうばっこ》して正心を覆い隠そうとしているとしか言いようがない。その最中《さなか》での左遷だ。老いた私にとってはもはや絶望でしかなかった。いや左遷などどうでもいいんだ、ただ正論が消えていくのが辛いのだ。――そうか、だが昉烝君。君はよく言ってくれた。孔子以来の道統を守りぬくことが私の天命なのだ。本当にありがとう、私はすんでのところで自分の使命を忘れるところだったよ」

そう言うと朱子は謝霊輝の前に進み出てその両手をぎゅっと握り締めた。それから朱子は私たちに〈太極〉とは何かについて、ひとしきり説明してくれた。これも象山先生との論点の一つだと言う。だが当時の私には難しすぎたようだ。

「ところで、朱先生――」

話が一区切りついたところで謝霊輝が口を開いた。

「どうなのでしょうか、道教の修行をすれば本当に人は不老不死になれるものなのでしょうか」

朱子は即座に答えた。

「迷信です」

畳み掛けるように、

「では尸解《しかい》は？　尸解はどうなんでしょう」

と謝霊輝が訊《たず》ねると朱子は納得した口調にかわった。

「ああ、先日の——霊渓道観であったとか言う事件だね」

これは思いもかけぬ返事であった。謝霊輝も驚いたのか、思わず私の顔を見た。それからそっと朱子に近づいて耳打ちでもするかの姿勢で言った。

「——ご存知でしたか……」

朱子は軽く頷いた。

「しかし詳しくは知らない」

そこで謝霊輝は霊渓道観での事件の内容を細々《こまごま》と話しはじめた。朱子はその間は終始、袖の内に腕を組んだまま黙って微かに頷くばかりであった。

謝霊輝の話が終わったあとも、目をつぶったきりだ。

「どう思われますか、先生」

長い沈黙を破って謝霊輝が口を開いた。ようやく、うっすらと朱子の目があいた。そして私がこの部屋に来た時に覗いていた机の上の書物を手にとって、それを謝霊輝に薦《すす》めた。

「これは道教の書物だが……」

と朱子が言いかけた時、私が思わず、

「朱先生、これは字なのでしょうか」

と訊いてしまったのだ。一瞬、朱子は怪訝な顔をした。私は慌てた。しどろもどろに説明をする羽目になった。

「……そのう……実は悪いこととは知りながら、先程、ちらっと覗きまして、……はあ、申し訳ございません。勝手に触れたり致しまして、――でも、なんだか偏《へん》や旁《つくり》がずいぶん出鱈目《でたらめ》のようで。それとも、もしかしたらこれは何かの呪文なのでしょうか」

朱子は声をたてて笑った。笑うと目が皺に隠れてしまう。謝霊輝はなんとも気拙い表情で私を睨《にら》んだ。ひとしきり笑ったあとで朱子がにっこりと言う。

「どうにも好奇心の強い若者らしい。なるほど、君たちからみれば、確かにそう見えるだろうな。――だが、享牧君、これでも歴《れっき》とした文字なんだよ」

私は驚いた。

「これが――ですか」

そのあとの朱子の言葉はもっと私を驚かせた。

「もっとも中華の文字ではない。金国の文字だ」

「えっ、金国の！――」

私と謝霊輝はほとんど同時に声をあげた。朱子は淡々と話を続ける。

「正確には〈女真《ジュルチン》文字〉と呼ぶべきだろう。ともかく、金がこの文字を創ったのは今から八十年ほど前だと聞いておる。それが今では、金では国内の書物のほとんどをこの文字で表記しているとか。勿論、わが宋の学術の主なるものはすでにこの文字への翻訳がおわっていると言うことだ。これが何を意味するのかは改めて言うまでもないだろう、君たち。――これはとりもなおさず、彼らが軍事面のみならず、ゆくゆくは文化的な方面でも、いやもしかしたら精神的にもだ、わが宋を凌駕《りょうが》しようと企《たくら》んでいる重要な証拠だと言えよう」

私も謝霊輝も、改めてその文字を見た。それは漢字のような形をしているのだが、しかしあきらかに漢字ではなかった。

「朱先生。ここにある『一』という文字はわが漢字の一と似ておりますが、同じ意味なのでしょうか」

私は目についた一番簡単な文字を指でさして尋ねた。朱子は軽く答えた。

「ああ、それかね。〈エム〉と読むそうだよ。意味は同じらしい」

私はさらに尋ねた。

「それではこの『二』も、きっと同じなのでしょうね」

今度は朱子は身をのりだして言った。

「その読みは〈ツォ〉とも〈ジュオ〉とも言うらしいが、意味は漢字と同じだ」

私は急におかしくなった。それでつい、

「なあんだ。それでしたら漢字を借用して、自分たちの文字だと吹聴しているにすぎないじゃありませんか」

と嘲るように言ったところ、朱子はいたって真面目な顔つきのまま、いやいやと手を横に振ってこう尋ねてきた。

「それならば享牧君、この『方』という文字は何だと思う?」

私が首を傾《かし》げて、

「さあ……一、二と続いておりますので、まさか三では」

と答えると、朱子は笑って、

「ははは。そうはいかん。これは漢字で言えば万という字になる。ところがこの『方』にちょいと左肩に点をつなげるだけで十八の意味になる――つまり、こういうことだ。彼ら女真どもは漢字を参考にして自らの文字を創造したのだ。文字を創れるということは文化を創れるということだ。しかも漢字を吸収して自らの文字を創ったということは、彼らにはわが中華の文化を十分に理解できる能力があるということになるじゃないか。私が恐れているのはここだ。彼らが漢字を尊重するだけならば、これは周辺の国々と同じことだから気にもなるまい。しかし文字のなかった女真が別の文字ではなく、漢字そっくりの文字を創って対抗しようとしている。これが彼らのわが文化に対する憧れと同時に敵《てき》愾《がい》心にもなっているのだ」

と教えてくれたのだった。私はもう感心するばかりで、つい誰に言うでもなく、

「へえ……点がついて十八かあ。どうしてかなあ」

と呟いてしまった。すると朱子はすかさず、

「いや申し訳ない。実は私も不勉強でそこまでは調べていないのだ」

と丁寧に答えてくれたので、私はすっかり恐縮してしまった。

ここで謝霊輝が口を開いた。

「ところで、先生はいまこれが道教の書物と仰しゃられましたが、金ではそれほど道教が盛んなのでしょうか」

この質問に対して朱子はまるで皇帝からの御下問にでも答えるような言葉遣いで返事をした。私に対する時とはまるで違う。これが進士謝霊輝への応対なのだろう。

「儒教以外の思想として道教と仏教の二つをあげることに異論はございますまいな。もっとも昔には墨家の教えなどもあったようですが、ご存知のようにこの道は途絶えてしまったようです。そして金国内で今や道教が国教的な地位を占めているというものもどうやら事実のようであります。残念なことは、わが宋の道士の中に、布教という口実で金国まで行きそこで地位や名誉を求めている者が多いということです」

ここでまたぞろ私の好奇心が頭をもたげた。我慢しようかとも思ったが矢も楯もたまらなくなり、唐突に訊いた。

「朱先生。どうして金国では道教がそんなに弘まったのでしょうか」

すると朱子は顔もくずれるかと思われるほど一笑され、優しい声でこう言われたのであった。

「はは、この子は難しい質問ばかりするな。よしよし、じっくりと教えて進ぜよう。……いいかね。まずは金も宋も五十年以上にわたって臨戦体制を崩していないという事実がある。考えてもごらん。これはあまりにも長い緊張関係じゃないかね」

私はこくりと頷いた。

「――その結果、宋には厭《えん》戦気分が蔓延《まんえん》し、上下とも国土の回復という目的を忘れ、戦さを嫌うあまりにその代償として『歳幣《さいへい》』なる名目で金国に物品を贈るようになったのだ。敢えて言おう、宋は平和という幻を金銭で買えると思っているのだ。その結果、わが宋の人間は虚偽の繁栄の下、文弱にして無気力な群れになりつつある。私が道学を樹立したいのもこの現実が迫りつつあるからだ。『天地ノ為ニ心ヲ立テ、生民ノ為ニ命《めい》ヲ立テ、往聖《おうせい》ノ為ニ絶学ヲ継《つ》ギ、万世《ばんせい》ノ為ニ太平ヲ開ク』という張横《ちょうおう》渠《きょ》先生の言葉こそ私の本心であることだけは覚えていてほしい」

それから朱子はさらに何か言おうとしたが、ふっと口を噤んでしまった。そして急に、「ところで実は、――」

と話を変えた。私は思わず朱子の顔を見た。朱子は溢《あふ》れようとする涙をじっと堪《こら》えていた。私は目を伏せた。朱子はきっぱりと言った。

「――ところが実は、だ。金国でも事情は同じだった。もともと精悍《せいかん》で武勇にすぐれた女真人たちは勇気の証《あかし》としてすぐにも命を捨てたがる傾向はあった。それが緊張関係があまりに長く続くものだから、張りつめた気分から逆に不安が昂《こう》じたのか、きわめて刹那《せつな》的な社会になってしまったらしい。つまり、国中の人心が殺伐として荒《すさ》み、苛々《いらいら》とした人間の集まりに変わっていったのだ。そこに、死を仮初《かりそ》めの相《すがた》だと説き、不老不死を唱える道教が伝わってきたら、もうどうなるかは想像できるじゃないか」

「でも……不老不死だなんて。そんなことが本当に」

と私が言いかけると、

「そう。出来るわけがない。しかし享牧君。その考えは死に直面したことのない者の疑問であって、いつも死を考えながら日々を送らねばならない彼らは不老不死を信じたいのだよ。それが人間を強くもするのだ。それに死の恐怖から目を逸《そ》らせて、たとえ一時的であれ死を忘れさせてくれるもの、それが宗教と呼ばれるものなのだろう」

と朱子が静かに言った。三人とも急に黙ってしまった。私は今まで気にもとめなかったが、こうやって沈黙の中にいると、近くの山林を吹きぬける風の動きが騒《ざわ》めく木々の枝音を仲立《なか》ちに意外に速いものであることを発見した。そしてその風にのって遠くの方から鶯らしい鳥の啼き声が途切れがちに聞こえてくることにも気づくことが出来たのであった。

【第七回】

万巻の道蔵《どうぞう》は充棟《じゅうとう》して内洞《ないどう》に溢《あふ》れ、一口《いっこう》の道士は巻帙《かんちつ》を繙《ひもと》いて外面を隠す。

朱子《しゅし》を訪問し終わってからの謝霊輝《しゃれいき》は、どういうわけか部屋に籠《こ》もりきりになり、夢中になって何事かを調べている。部屋の中は周知府事から借りてきたこの辺りの地理書やら歴史書の類《たぐい》で埋め尽くされ、もうもう、足の踏み場もないほどだ。しかも謝霊輝ときたら、それらの書籍の紙葉を捲《めく》るたびにご丁寧にもいちいち筆を執《と》っては写しとるという、気の遠くなる作業を終日飽きもせずにやっているのだった。この仕事は食事中であろうとも続けられ、左手に饅頭《まんとう》、右手に筆管と器用に使い分けては脇目もふらず筆記し続けていく。礼も何もあったものじゃない。「先生、それが進士のなさることでしょうか」と私が皮肉を言えば、謝霊輝は厚顔にも、周公だって一飯に三たび哺《ほ》を吐く、だ。それにここは私の戦場だからいいのだ。と言ったきりその後は私がいくら話しかけても返事さえしてくれない。そして時々筆を動かすのを止《や》めてはじっと何事かを考えこんでいたりする。それでも納得できないとなると筆も書籍《ほん》も投げ捨てて陸象山仕込みの静座をいつまでもやり続けるのであった。とはいえ、こういうことは格別珍しいことではない。これまでにもしばしば、先生が難問に遭遇するたびにお目にかかった、お馴染みの光景なのだ。だからこういう場合には優秀な弟子の私としては、邪魔をしないようにそっと庭に出て、高尚な詩などを口遊《くちずさ》みつつ散策を楽しむのである。哲学者で武人気取りの先生と違い、何といってもこの私は詩人で文人なのだから。

——ところが今回はまるでいけない。

目をつぶって詩の一句なりとも思い出そうとすれば、どういうわけか霊渓道観での出来事が瞼《まぶた》の裏にくっきりと浮かんでくるのである。

たとえば、である。

高適《こうせき》の『怨《うら》ム莫《なか》レ他郷《たきょう》 暫《しばら》ク離別《りべつ》スルト。君、到《いた》ル処《ところ》奉迎《ほうげい》アルヲ知ル』という詩の、〈怨《うら》ム〉という箇所で李道士のあの干涸《ひから》びた顔が浮かんだかと思えば、その次の〈到ル処奉迎アル〉では鄭《てい》道士の死体を発見した時のことが生々しく思い出されてくる、という具合なのだ。どうしてこうなるのか、私の心の鉤《かぎ》が詩句の一つにでも引っ掛ると次々とそれに関連した人物やら過去の事件の数々がそれこそ網いっぱいの相《すがた》で引摺《ひきず》られ現れてくるのだ。私はすっかり厭になった。高尚な気分などとっくに消え失せている。目を瞑《つぶ》れば殺された道士の顔が暗闇のかなたから突然大写しになって出てくるし、そうかと言って目をあけていたところで、目に触れたものに触発されるように、いろいろな考えが泡《あぶく》のように浮かんでは消えていくだけだ。

すっかり憂鬱《ゆううつ》になってうんざりしていると書斎の窓が開《あ》いた。

「享牧、どこにいる」

その呼び声に、私は思わず大きな声で答えた。

「はーい。ここです、先生」

謝霊輝は声のした方をきょろきょろと見回していたが、植込みの陰にいる私を見つけるとこう命じた。

「そんな所で何をぼおっと立っているんだ。すぐに支度《したく》をするのだ」

ぽかんとして私は聞きなおした。

「は？　――どこかへお出かけですか」

呆《あき》れた顔で謝霊輝が言う。

「何を言っているんだ、お前は。霊渓道観に決まっているじゃないか」


霊渓道観に到着したのは陽が中天を越えて西の方に急ぎかけた頃だった。案内を乞うと、やって来たのはにこにこした笑顔で親しみを表した白道士その人である。

「これは、これは。また調査ですかな、進士殿」

慇懃《いんぎん》な挨拶、とでも言うのだろうか、遜《へりくだ》った態度で白道士は尋ねた。

「これは道士様。本日はちと特別のお願いがあって参りました」

先生だって負けてはいない。芝居がかったほどの謙譲の美徳である。しかしどうやら白道士のほうは先生の言葉に警戒の念とやらをもったらしい。その証拠に胡散臭《うさんくさ》そうな表情に急変するや、こう切りだしたのである。

「特別のお願い、ですと？」

　すると謝霊輝は、――そう、私の先生はこういう場合には、大抵、好んでこういうことをやるのだ――極めて勿体ぶり、丁寧この上もないという、おそらくは外見上は非の打ち所もない敬虔なる学徒としての態度で、白道士に話しかけた。

「それほど混み入った話ではないと思います。実は、先日来の道士様のお話を伺っておりますうちに私も学者の端《はし》くれ、己の無知を痛く恥じ入りました。それで急に道教の奥深い教えの一端なりとも知りたいと思い、道士様のご迷惑をも顧《かえり》みず、ここにこのように参った次第なのです。どうでしょう、もしも宜《よろ》しければ書物の一冊なりともお貸しいただけないものでしょうか」

　この申し出は忽《たちま》ち白道士として相好《そうごう》を崩させんばかりの笑顔に変えさせた。

「ほうほう、それはそれは――よろしいですとも進士殿。この不肖《ふしょう》で好《よ》ければいつでもお役に立ちましょうぞ。しかしながら、なるほど、真髄となりまするると生半《なまなか》なことでは到達は出来ませんぞ。なにしろこの私でさえ、まだまだ山の麓《ふもと》にいるようなものですからのお。わっはっは」

　謝霊輝の目がにんまりと笑う。白道士が、そこからちょっと離れた場所にあるこの道観の書庫まで機嫌よく私たちを案内してくれることになったのはこのすぐ後のことであった。

　そこは内洞《ないどう》と呼ばれる洞窟で、その名称を示す扁額《へんがく》には、奇妙な、顫《ふる》えるような線で書いた文字が彫られてあり、それが入口の上に嵌《は》め込まれてある。その入口はと言えば、鉄枠の大きな木製の扉でできており、当然のことながら厳重に閉じてあった。白道士は鍵の束をがちゃがちゃと鳴らして、その中からいかにも粗野な感じの黒い鉄の鍵を取りだすと、苦労してその重い扉を開けた。驚いたことにそこにはさらに堅牢な、鉄ばかりで出来ている格子戸が内側にあり、それもまた重々しく閉められていた。白道士は再び鍵の束を鳴らして今度は小さな銀色の鍵を持った。そしてその銀の鍵を格子戸の鍵穴に慎重に差し込んだ。

「ここは」

と白道士が笑顔で話しかけてきた。

「『道蔵《どうぞう》』と呼ばれる道教の経典類が納めてある所です。なにしろ大切な経典ばかりですので、ほれ、このように厳重にしてありますのじゃよ」

がちゃり。と音がした。その音を確かめると白道士はにこっと笑みを浮かべた。それから真っ赤に錆《さび》ついた、滑りの悪い格子戸をきいきい音をたてながら開けていった。

「——まさか、ここにも死体がある、なんてことはないでしょうね」

私が冗談めかして言うと白道士も歯を出して声を出さずに笑った。老人らしからぬ若い歯並びが印象的だ。

「ほうほう、お若いの。その考えは明らかに間違いですな。ここは洞窟でしてな。昔はここで道士たちが盤坐《ばんざ》をして修行したところですのじゃよ。盤坐と言うのは仏教の座禅や儒教の静座と同じようなものですわい。いつの頃からかその場所が武夷山中になったものですから、こうやって経典庫になったものでしょうが……。だからこの内洞へはここからしか入れませんのじゃ。あなたには儂《わし》が何を言いたいのか、勿論お分かりのはずじゃ」

つまり、と私は答えた。入口の格子戸が動かないほど錆ついていた、と言うことでしょうか。白道士は満足げに頷いた。

「そういうことですわい。もしも誰かが出入りしていたとすれば、もう少し滑りがよくなっていてもよいはずでしょうな。そうすれば老人のこの儂がこれほど苦労して開けることもない、ということじゃ。それにしても、よくもまあ、こんなに錆ついたもの——と言って、内洞の管理は儂なのだから、誰にも文句は言えぬわい。さて、開いたぞ。それではさあどうぞ」

格子戸の向こう側、内洞の内部には、壁面いっぱいに天井に届くまで書棚が造ってあり、そのそれぞれの書棚には唐綴じの木版本がぎっしりと、しかし非常に行儀よく整頓された状態で積まれてあった。

「これが全部、お経……」

私は夥《おびただ》しい量の経典を前に、思わずうなった。身が竦《すく》むとはこういうことなのだろうか。謝霊輝も驚いたらしい。しばらく無言で見回していたが、やがてその中の一冊を手にとった。白道士がちらっと謝霊輝の方を見た。にやっと笑ったようだったが二人とも黙っている。謝霊輝はぱらぱらと経典の二、三紙葉を捲《めく》っていたが、とうとう感に堪えなくなって、

「ほう。これが『上清真経《じょうせいしんけい》』——たしか東晋《とうしん》の頃出来たと言うが……」

と声を出してしまった。横でそれを聞いた白道士が、すかさず、

「進士殿はさすがでありますな。——さよう。これこそまさに『上清真経』ですぞ。晋の哀《あい》帝の頃、紫虚元君《しきょげんくん》が南岳《なんがく》の魏《ぎ》夫人に天下り、この経を伝えたと、こう聞いております る」

と実に嬉しそうに説明した。ところが謝霊輝のほうはまるでその言葉に冷水を浴びせるかのように、今度はゆっくりと、しかも白道士によく聞こえるように、はっきりとした声でこう呟いたのだった。

「……それが今では麻沙《まさ》の安物本として印刷されているとはなあ」

ここで私が改めて申すまでもなく、わが南宋の印刷術たるや、その発展は著しく、北宋時代以来の杭州や四川の有名な印刷地は当然、今では閩《びん》の建州も新たに加わり、ますます隆盛を極めている。

この建州は勿論、後発の地であるが、それでありながら、『建州の書籍、天下四方、遠きとして至らざるなし』とまで言われるように成長したのであった。その理由が奮《ふる》っている。この地では主に科挙の受験生を相手に参考書や問題集などの書物を手当たり次第に発行し、その結果として全土に流布するようになったというだけの話なのである。その建州での印刷業の中心となったのが麻沙《まさ》と崇仁《すうじん》という、二つの村だった。

だから、「麻沙本」と言えば要するに麻沙で印刷された書物の意味しかなかったのであるが、これも粗製乱造の祟《たた》りであろうか、今も昔も麻沙本というだけでそれは安物の粗悪品という代名詞になり、転じて偽物という印象を与えるようになってしまったのである。

だから謝霊輝の呟きは、取りようによっては、ここにある経典は偽物じゃないのかね、という皮肉ともとれたのである。

案の定、白道士はまるで道教の全経典が侮辱されたかのような錯覚に陥ってしまった。それまでの柔和な表情が一変し、俄《にわか》に早口になって捲《まく》し立ててきた。

「し、進士殿。た、確かに、こ、ここに置いてあるものは、麻沙、さ、本ですが——これは、大切な、そ、そう、大切な経典を一人でも多くの者に学ばせるためのものなのです。安物でもいいのです。な、中には、大切な経典を汚してしまう不心得者も、いないとは限りませんからな。——それほどおっしゃるのならば、よ、よろしい。眉山《びざん》版の経典をお見せいたしましょう。い、いや、何なら真筆だって」

謝霊輝は憎めない笑みをふっと浮かべた。だが表情は逆に、さも驚いたように変わり、大仰な叫び声をあげたのだった。

「ええ。今なんと――眉山《びざん》ですって。四川の眉州で印刷されたという、あの白い上質の紙の」

白道士は得意気に、胸をはって言った。

「ふん。――驚かれたようじゃが、この内洞の奥にはそんな書物ばかりが、それこそ山のように置いてありますわい」

それはすごい。謝霊輝が素直に、心の底から感嘆したので、白道士もいくぶん機嫌を直したようだ。

「――まあ、あなたは少しは書物の価値がわかる御仁のようだから特別に見せてあげましょう。お分かりでしょうな、特別にですぞ。では、ちょっとここで待っていなさい。すぐに持って参りましょう。眉山本を見た時の進士殿の顔が楽しみじゃて……」

そう言うと、白道士はくるりと向きを変えて奥との仕切りになっていた書棚の間から暗くなっている内洞の先へと歩いていった。私は先生を見た。謝霊輝は悪戯《いたずら》っぽい笑みを浮かべたまま、道士の後ろ姿を見送っていた。

――突然。

白道士の悲鳴が響いた。

謝霊輝と私はこの声に互いに顔を見合わすと、すぐに奥に走った。そこには確かに上質の白い紙だけで作られた書物ばかりが整然と積み上げられていたらしい棚がぐるりと壁になっている部屋があった。積みあげられていたらしい、と言うのは、その大部分は床に落ちてほとんど中央に近いところで小高い山となっていたからだ。山のまわりも足の踏み場もないほど書物や巻物が散らばっていて、中には竹の板に漆《うるし》で文字を記してあるような古い時代のものさえあった。その堆《うずたか》く積まれて私たちの腰の高さほどにもなっている書物の山の麓に白道士がへたりと座りこんでいた。

「これはいったい……」

謝霊輝が息急《せ》き切って尋ねる。だが白道士は唇を震わせながらもぞもぞと何かを言っただけだった。それはまったく声にはならなかった。それから白道士は放心したかのように首をゆっくりと横に振った。信じられない……とその動作は語っていた。次に、今度はやっとのことで、

「だ、誰が――こんなことを……罰あたりめが」

と声に出した。

「先生。すぐに整理しましょう」

みかねた私がそう促すと、謝霊輝も素直に、

「うむ。大切な経典ばかりだからな」

と応じて、すぐに無造作に投げ捨てられてある書物を集めたり、広く散っている巻物を手早く巻きはじめた。白道士はしばらくぶつぶつと言っていたが、私たちの働く姿を見て我にかえり、まるで競争でもするかのように馴れた手つきで経巻を巻きはじめた。

三人はずっと無言だった。内洞の奥の部屋にはただ紙と紙の擦《こす》れあう音や縒《よ》れあった紙の皺を伸ばす音、巻物をくるくると巻き戻す音だけが聞こえていた。急に、謝霊輝の手が止まった。それまで蛇

が穴蔵へ入る時のようにするすると戻っていた巻物の帯がぴたっと動かなくなった。それに気付いた白道士が訝《いぶか》しげに謝霊輝の顔を見て、それから謝霊輝の見つめている方に視線を送った。私は自分の顔がしだいに強張《こわば》っていくのがわかった。巻き戻された経巻の下から、血で黒く固まった手が、そして書物の山を取り除くにつれ、手につながった体が姿を現した。

「死体だ……」

私はぞっとした。現れた死体の顔を見て、白道士が呻くように言った。

「張道士……」

謝霊輝の顔に緊張が走った。私の体はもうぶるぶると無性に震えだしていた。

「張道士……ですね」

謝霊輝は静かな声で訊いた。白道士は黙ったまま頷く。「それでは」と謝霊輝が言った。経巻の整理よりも大切なことが起きたわけだ。それから謝霊輝は黙々と死体を調べ始めた。私と白道士は穴蔵の中で犬のように動き回る先生を見守るだけだった。

ややあって、

「享牧、ちょっと」

と呼ばれたので、私はすぐに傍まで行った。

「これは何だろう」

謝霊輝は俯《うつぶ》せになっている張道士の右手、人差し指の先を差した。そこにはこの男が必死になって何かを書き伝えようとした跡がかすかに残っていた。白道士も近くにやって来た。私が床に顔をよせ、

「字のようですよ……」

と答えると、謝霊輝は釈然としない表情で、

「死体が床に血文字を書き残した、と言うわけかね」

とだけ言った。字は掠《かす》れて消えかかっており、判読しにくかった。

「何と書いてあるのでしょうか、進士殿」

白道士が小声で心配そうに聞いてくる。私が先生に代わって、

「よくは分かりませんが、こちら側は人偏《にんべん》のようです」

と答えると、謝霊輝から、

「それでは、傍《つくり》のほうは——読めないか」

と声がかかった。私はこの時とばかり、脇目もふらず、床に這いつくばって文字を読んだ。少しでも顔を横に向けると張道士が目を剝出《むきだ》したままこちらを見ているのに出会ってしまう。これは絶対に床から目を外《そ》らすわけにはいかない。私は床に集中した。そして、

「——木だ。木に間違いない。ああ、先生。これは〈休〉という字ですよ」

と勝ち誇った声で私は叫んだ。だが謝霊輝は、

「なにっ？　〈休〉だって——どうしてそんな文字が」

と絶句したのであった。そんなこと、私に訊《き》かれてもなあ……。

ところが、私の傍までやって来て、その字を食い入るように見つめていた白道士は、

「そんな字などがあろうかと無かろうと、どちらにしても儂は牢屋送りになりますなあ……」

とぽつんと洩《も》らした。謝霊輝は白道士のこの言葉に驚いたように振り返ってその顔を見た。白道士は、しかし、まるで他人事《ひとごと》の事件でもあるかのような口調で、こう語った。

「――進士殿はきっとその血文字が白《はく》であると思われたのでしょうが、それも無理のない話。なにしろ、この洞窟の鍵は儂が管理しておりますからな。これだけでも、誰が考えても犯人はこの儂になりましょうぞ。だがのう、進士殿。ここが正に問題なのですぞ。誰が考えても絶対に犯人だと分かる人物が本当に人を殺しますかな」


事件を聞いて駆けつけた知府事の命により白道士はその場で逮捕され、そのまま広信府城内の牢に収監されることになった。

「なんといっても、あの洞窟の鍵を白道士しか持っていないというのが決め手になったな。大変な猟奇事件だと思っていたが考えてみればどうということもなかったわい。まあこれでこの事件も解決したも同然だ」

官舎の書斎が謝霊輝に占拠されてしまったので周泰安の落ちつく場所は南側にある居間になっていた。そこのゆったりした椅子の背凭《せもた》れに身を委《まか》せながら知府事はほっとしたように口を開いた。手には、美人の誉れの高い夫人の姜清瑛《きょうせいえい》が手ずから搗《つ》いたという武夷《ぶい》の銘茶が華奢《きゃしゃ》な茶碗の中で馥郁《ふくいく》とした香りを漂わせている。

「おそらくは李道士亡き後の、道観内での権力争いの縺《もつ》れが原因だろうが、全く、道を求める宗教者としてはあるまじき行為だ。な、そう思わないか」

知府事は憤慨した口調でそう言うと、ぐぐっと茶を啜《すす》り、同意を求めるかのように傍らの夫人を見た。深い青色の大袖の夫人は静かに微笑みを返しただけで何も答えようとはしなかった。そこで知府事は今度は卓の向かい側に座っている謝霊輝に目をやった。だが謝霊輝は茶を啜《すす》ると、

「夫人。本日のお加減はいかがかな」

と話題を変えた。姜夫人は丁寧な物腰で、

「はい、ありがとうございます。どうやらもうすっかり容体は好くなったようでございます」

と答えた。謝霊輝はこれを聞くとさも安心したように、言った。

「それはよかった。もしもこれ以上悪化するようでしたら、知り合いの名医を呼び寄せようかと思っていたところです」

周泰安もどうやら白道士の話題では拙いと感じたらしく、急に明るい声で、

「いやはや、あんな腐れ道士ばかりの道観ではいくら参詣しても病が治らなかったわけだ。ははは」

と揶揄《やゆ》した。瞬間、謝霊輝の眉がぴくっと動いた。

「道観に参詣?」

周泰安が笑いながら説明する。

「そうなんだ、昉烝。これは病を得て以来、急に信心深くなりおってな、よく霊渓道観にお詣りに行っておったわい」

するとと夫人が慌てて、訂正をするかのように、「いいえ、とんでもございません」と言ったあと、

「参詣だなんて……あれはむしろ困った時の神頼みとでも申し上げたほうがあたっておりますわ」

と言うと、ほほほと袖で口を抑えた。姜夫人はそれからつと立ち上がると、

「あらあら、わたくしとしたことが、つい殿方のお話にまで加わったりして——昉忝様、それではこれで中座させていただきますが、もしおよろしければお口直しに御酒などお持ちいたしましょうかしら」

と尋ねた。謝霊輝は大慌てに手を振った。

「いやいや、とんでもない。これほどの銘茶の後に酒では、舌のほうが怒りましょうぞ。どうぞお構い下さるな」

それでは失礼いたします、と夫人が部屋から出ていくと、何かしら華やかな雰囲気が急に失せてしまったようで、先生も知府事も黙ってしまい、妙に空々しくなった。

「——でも、どうしてわざわざ女の靴を白道士は用意したんでしょうね」

沈黙を打ち破るために私はわざと大きな声を出した。知府事もどうやら私の気持ちがわかったらしい。

「そこなんだよ！　あの道士の喰えないところは」

とこれも声を大にして、自信たっぷりに話しだした。

「いいか、李道士が〈尸解《しかい》〉した時のことだが、あそこに女の足跡がなぜ残っていたのかについて私の考えを正直に言おう。ああ、つまり、どうにも説明がつかないんだ。敢えて言うならば、たまたまあの場所の掃除を忘れた時に、これも何かの理由であそこを歩いた女の足跡が、それこそ偶然にだが残っていたのだろうよ。だがこんなことはどうってことはないんだ。〈尸解〉なんかとは全く関係なか

ったんだ。ところが足跡の話を伝え聞いた白道士が、鄭《てい》道士の殺害にその幻の女とやらを利用しようとしたわけさ。それが女の靴につながる、と、まあ、こうなるな――どうだね、昉烝、この推理は?」

謝霊輝は黙ってこくりと頷いた。そして、

「すばらしい推理だが、しかしそれならばどうして私たちをわざわざ老律堂といい、内洞といい、死体のある場所にばかり案内したのかね。むしろ死体を隠すようにするのが普通じゃないのかね」

と若干の反論を試みた。けれども周泰安は鼻さきで笑って、よくぞ聞いてくれましたと言わぬばかりの目付きで答えはじめた。

「いいかね。私があいつを喰えない奴と言ったのは正にその点なのだ。自分で殺していながら、自分自身もその発見者の一人になっているという、大変な離れ業の持ち主なのだよ。これがもしもあいつ一人だけが二度の殺人事件の発見者だとしたらどうなると思う? いくら鈍い知府事とて当然に疑うだろう。だがな、昉烝――」

と周泰安は芝居っ気たっぷりに、私たち二人の顔を交互に見回した。

「二人も発見したのはいきすぎだ。過ギタルハ猶《な》オ及バザルガ如シってやつだな。これでは自分が犯人ですと告白しているようなものだ」

謝霊輝は淋しく笑った。それから真剣な顔つきになって、

「確かに……。ところで、それでは殺された張道士の、あの、指で書き残していた〈休〉という文字をどう説明するつもりかね」

と訊いた。嘲《せせ》ら笑うように知府事は答えた。

「昉忝、君らしくもない――いいか、白道士が何のためにお主たちを内洞まで連れていったと思うのかね。あの死体を発見させるためなんだ。だから、あの道士はお主がたとえ頼まなかったにしても、必ずあの場所へ案内したはずさ。そしてお主たちと一緒に張道士の死体を発見するというお定まりの遣り方をちゃんと実行したに違いないのだ。ところが策士、策に溺れたようだ。鹿を追う者、山を見ず。千丈の隄《つつみ》も螻蟻《ろうぎ》の穴《あな》をもって潰《つい》ゆ。醜い女の厚化粧。――犯行を晦《くら》ますためにわざわざ〈休〉という字を死んだ人間の指を使って書いたんだからな。いくら字を知っているといってもだ、いいかね、死ぬ間際にまで字の練習をしていく奴がいると思うかね。それとも君は、〈休〉という名前の人物が犯人だと今際《いまわ》のきわの張道士が書き残したとでも考えているのかい」

勝ち誇ったように言う知府事に、

「まさか、その可能性がないとでも……」

と謝霊輝が言うと、周泰安はここぞとばかりに胸をそらした。

「霊渓道観にいる道士は全部で二十四人だ。これは見習いの道士も含めての数だが、その中には〈休〉なんて姓をもつ者もいないし、名前の中に〈休〉という字を持っている者もいやしない。念のために〈休〉によく似た字、たとえば〈俠〉だとか〈仍〉も探してみたが、こちらの方も一人もいなかったよ」

「〈休〉はどうです？　張道士は休まで書いたところで息がきれた、と考えられませんか、周先生」

と私が口を挟《はさ》むと周知府事は軽く頷いて答えてくれた。

「享牧君。それも勿論調べたさ。それでも該当する者は二十四名の中には――と言っても仙人になったのが一人いたな。すると二十五人いたわけだが、一人もいないことがわかったのだ」

「仙人になった道士というのは、李道士のことですね」

そう私が言うと、知府事は、

「そうさ。だがここまでくると、逆説めくが、あの尸解《しかい》はどうやら本物だったとしか言いようがないな。なにしろあの時には、白道士は確かにいなかったのだからなあ……。それにしてもこれが鄭《てい》の時のようにまた女の靴だったら、さすがに儂もこの事件には女が絡《から》んでいると考えただろうが、奴が〈休〉なんて下手な目眩《めくら》ましを思いついたが運のつきさ、ははは」

と高らかに笑った。

「なるほど。そうすると君はこの事件を白道士による連続殺人事件として裁くつもりなんだね」

謝霊輝の言葉に、周泰安は目を輝かせて答えた。

「勿論だとも。さっそく明日から取り調べをさせよう。なあに十日もあれば裁判を開くことが出来るだろうよ」

「公平無私が君の信条だ。必ずや万人が納得できる裁判を下せるはずだ」

意気込む周泰安に比べ、何となく腑におちない謝霊輝の激励が私にはおかしかった。

姜夫人が再びやって来たのはその時だった。たった今、来客があり別室に待たせてあると言うのである。知府事は首をかしげて夫人の手渡す名刺を受け取った。その途端に周知府事は目を大きく見開き、何も言わずにそれを謝霊輝に見せた。謝霊輝も怪訝そうに受けとったがその名前を見て、驚いて呟いた。

「趙《ちょう》宰相……」

名刺には墨痕鮮やかに「趙子直」とだけ認《したた》めてあった。周泰安と謝霊輝は呆然《ぼうぜん》と二人して見つめあっていたが、はっと我にかえると、慌てて客間の方へ走っていった。私も一緒に行ったことなどつけ加えるまでもあるまい。

客間の重い扉を開けるとそこにいたのは凛々《りり》しい顔立ちの人物と従者らしい若い男だった。若い方は趙子直、すなわち趙如愚《ちょうじょぐ》の陰になっていて顔はよくわからない。趙宰相は細面《ほそおもて》の八の字鬚で、疲れているのか、幾分、青白い表情のように思われた。さすがに天下の名宰相の貫禄を示していたが、その身に纏っている物はお世辞にも豪華な衣装とはいえなかった。忍びの旅なのか、どちらかといえば周知府事のよりも粗末な印象を与えていた。

「閣下。そのお姿は……いったいどうなさったのでございまする」

拝跪《はいき》した姿勢のまま、周泰安が尋ねた。

「閣下、謝霊輝《しゃれいき》昉烝《ほうじょう》と申す者でございます。今日のお成りは、よもや京師《みやこ》に異変でも――」

と謝霊輝が訊くと、

「先生、私からご説明申しあげます」

と趙如愚の背後から声がして、従者の若いのが立ち上がった。私はその人を見てびっくりした。

「おお」

謝霊輝も驚いて声をあげた。

「――お前、司馬義《しばぎ》じゃないか。紹興《しょうこう》にばかりいると思っていたのに、これはどうしたことだ」

丸みをおびた顔は紛《まぎ》れもなく兄弟子の司馬義、字《あざな》は鼎《てい》だった。兄弟子は私を認めるとにこっと笑顔になって、「敦坊《とんぼう》、お前も来ていたのか」と言ったが、すぐにまた沈鬱《ちんうつ》な表情に戻った。

「先生、お久しぶりでございます。趙閣下は憎《に》っくき韓侂冑《かんたくちゅう》の奸計に嵌《は》まりすでに宰相の地位を追われております。これより知州事として福州に向かうところでございます」

「何っ!?」

全員が一斉に如愚を見た。閣下、まことでございまするか……。周泰安が消えいりそうな声で訊いた。趙如愚は軽く微笑んだ。

「周君。天下に名高い武夷の茶は確かに本物の持つ味がしたよ。ありがとう」

そう言ったあと、急に顔を曇らせて、

「司馬義の申したことは本当だ。もはや私は宰相ではない。朝廷の実権は今やことごとく韓侂冑一派の手に奪われてしまった。しかも彼奴の智慧《ちえ》嚢《ぶくろ》などと称している李沐《りもく》らの腐《ふ》儒が朱子の学徒を偽学扱いにし、全員を都より追放してしまったのだ」

と語った。

先生、吏部侍郎《りぶじろう》の彭子寿《ほうしじゅ》（亀年《きねん》）先生も落職なされ、今はどこにおられるやら皆目わかりません。と司馬義が唇を嚙みしめながら言う。

「子寿が——まさか殺されたのでは」

謝霊輝が顔色を変えた。いやそこまでは、でも目下のところ行方不明ですので、あるいは……と司馬義が言葉を濁す。

「何ということだ。我々が辺鄙《へんぴ》な土地のつまらぬ殺人に振り回されている間に、世の中の流れがすっかり変わっていたとは……」

呻《うめ》くように口に出したのは周泰安だった。

「昉烝――おれはもう嫌になった。何のためにこんな官職を身につけていたと思う？　ええ。お主には分かっているだろう。朱子と趙閣下が皇帝のお側に仕えていたからじゃないか。この両人を支えとした今上陛下こそが憎き金軍を潰滅でき得るお方だと信じたからこそだ。それがどうだ。朱先生は追放され、今また趙閣下も……」

周泰安の声はいつの間にか嗚咽まじりになっている。が、急にきっぱりとした声で、

「儂は断じて辞めるぞ！　何の顔《かんばせ》あって侂冑ごとき小人に頤使《いし》されようぞ」

と言いきったのである。謝霊輝は黙って頷いた。私もそう思うのだ。周先生だって陸象山一門だもの、やがては偽学の徒の一類に扱われいずれは追放になる身だ。それに周泰安に言わせればこんな辺鄙な土地の殺人事件もとにかく一段落したのだから。そうなると私たちはいよいよ朱先生と行動を共にすることになるのか。それとも謝霊輝のことだ、付かず離れずの距離で朱子を護衛するつもりかもしれない。いずれにしても旅がまた始まるというわけだ。そしてこれは私に妙にうきうきした感情を起こさせた。

その気持ちを一言で元に戻したのは趙如愚の明るい笑い声だった。

「はっはっは。さてそれで象山先生は褒めて下さるかな」

如愚は鷹揚な態度でそう言うと、謝霊輝に向かって、

「謝先生。先生とはもっと早くお会いしたかったと思う。あなたが前帝の事件の砌《みぎり》に出仕していて下されば、あるいは都も平穏であったかもしれませんぞ」

とわざと恨めしそうに話しかけてきた。

「お戯《たわむ》れを。私の如き才覚ではとても複雑な政局など扱い得るものではありません。せいぜい小さな道観のつまらない事件程度――」

「ほう」と趙如愚が目を瞠《みは》る。それからにこっと笑顔になって、

「さては孝宗帝の時の事件と同じようなことがあった、と言うことかな。あの時の先生の活躍、聞いておりますぞ」

「閣下、その〝先生〟はやめて下さい」

と謝霊輝が苦笑いする。

「孝宗帝の時の事件と申されますと……」

と私は思わず口を開いた。

「知らないのか、お前は」

兄弟子の司馬義が代わって答える。

「孝宗帝の玉璽《ぎょくじ》が盗まれたのだ。それをうちの先生が見事な謎解きで解決したという事件のことだよ。たしか犯人は宦官《かんがん》の何某《なんとか》、という奴だったらしいが。そうでしたよね、先生」

話を振られて謝霊輝は照れ臭そうに目を伏せた。どうやら謝霊輝はこの話には触れてほしくないようだ。趙汝愚が話を継いだ。

「左様。犯人は宦官の一人だったが、ほれ、その背後には李皇后がいたからな。結局、事件は有耶無《うやむ》耶《や》に終わってしまったよ」

しかし先生は孝宗帝に大層気に入られ、是非にも帝のお側近くに仕えるようにとの玉音があったのだが、と司馬義が語り始めると、

「おいおい、勘弁してくれよ」

堪《たま》りかねて謝霊輝が叫ぶように言った。

「はっはっは。謝先生がお困りのようだ。鼎《てい》君、そのくらいにしたら」

と言ったのは趙汝愚だった。司馬義は残念そうに、はあそうですか。これからいいところなんですが、閣下がそう仰しゃられるのならば止めておきましょう。と私の顔を見てくすりと笑った。

「それよりも閣下――」

改まった口調で周泰安が訊ねる。

「朝廷はどうなっているのでございましょうか。閣下がいなくなった今、誰が帝を支えてこの国を守っていくのでございましょう」

趙如愚はゆっくりと頭を振った。それは、私には分からないとも、あるいは、いやもうこの国は駄目になるんだともとれるような仕草だった。無理に明るく振舞っていた趙如愚の顔が初めて曇った。それから軽く、目を瞬《しばた》かせて、こう言った。

「周君。私は宰相を罷《や》めてからずっと考えてきたことがある。それはどうしてこの国がかくも弱体になってしまったかということだ。たとえばこれが、国土が小さいとか、軍隊が弱いとか、あるいは財

政の基盤が脆弱だとか、そういう風に原因が分かっているのならばその部分を強化すればよかろうが、わが国はどうもそうではないようだ。国土は、確かに北宋時代に比べれば小さくはなったが、まだまだ広大な大地に万物を生じている。軍事力だって財力だって決して金《きん》などに引けを取るものではあるまい。まだまだ宋は世界の中心なのだ。いや何よりも我々の文化そのものが世界ではないか。遼《りょう》に我が中華に匹敵する文献があっただろうか。彼らはただ草原を駆けていくだけの才能しかなかったではないか。金《きん》にわが宋と比べるべき文物があると言えようか。断じてない。断じてないのだ！　ああ、それなのに、なぜ我々は戦えば必ず負け、あまつさえ奴らの屈辱的な領土支配に甘んじていなければならないのだ」

周泰安は熱い口調で弁じたてる趙汝愚の顔をまじまじと見つめていた。いやそれは謝霊輝にしても同じだった。私も趙閣下の突然の弁舌に実は唖然としていたのだ。趙汝愚は語り終わると口元を固く引き締めたまま黙って天井を見上げているばかりだ。涙が溢れんばかりなので零《こぼ》れぬようそうしているのだった。

「司馬義よ」

急に趙閣下が兄弟子の名を呼んだ。

「はい」

司馬義は泣いていた。如愚は続けた。

「ここまでよく供をしてくれた。ここには君の師匠も弟子《でし》もいる。私の供はここまででよい。君もここに残るなり、あるいはもう一度都へ戻るがよかろう」

「閣下。福州までお供をさせて下さいませ」

と司馬義は叩頭《こうとう》しながら頼んだ。先生からもどうかお願いしてください、と司馬義は謝霊輝に言った。謝霊輝は黙って頷いた。だが口を開いたのは趙汝愚の方だった。

「はっはっは。謝先生は私の心をすでにご存知だ。君の気持ちは嬉しいが、ここは私の言うことをききなさい」

罷免されたとはいえ、何と言っても大宋国の宰相の一言である。司馬義は黙って従うしか道がなかった。

趙汝愚が周泰安の屋敷を出たのは夜も遅くなってからだった。臨安府にいた頃は宰相専用の輿《こし》に乗り物々しい警護の兵に護衛されて外出していただろうに、今はごく僅かの供の者だけが従っているだけだ。趙汝愚は何度も何度も振り返っては門の前で並んで見送っている私たちに提灯を振った。もうとっくに姿は見えなくなっているのに灯りだけが闇にゆっくりと揺れながら遠ざかっていく。

「先生……」

司馬義が堪りかねて謝霊輝を見た。謝霊輝は泣きそうな顔で答えた。

「鼎《てい》。――趙閣下は、趙閣下はな、あのお方は覚悟していなさるよ。だからお前を巻添えにしたくなかったのだよ」

「それでは趙閣下は……」と司馬義が言いかけた時、知府事の周泰安が何度も首を振りながら叫ぶように言った。

「馬鹿を言うな。趙閣下が殺されて堪るか。どうして国のために尽くした人物がこういう目に遭わなくてはならないんだ」

「先生、私はやはり趙閣下の後を追います。何と言われようとも憎き韓侂冑《かんたくちゅう》の魔の手から閣下をお護りしたいと存じます。ね、先生、宜《よろ》しいでしょう？」

熱に浮かされたように猛烈な勢いで司馬義が謝霊輝に喋る。謝霊輝はじっとその姿を見ていたが、やがてゆっくりと腰の剣を外すとしっかりと司馬義の手に握らせた。

「さあ、すぐに行くのだ。夜道だから足元に気をつけるんだ」

私は自分が持っていた灯りを兄弟子の手に渡した。その時、私の両眼からぼろぼろっと涙がおちた。

司馬義は二、三度こちらを振り返ったが、やがて一目散に闇の中へ走って行った。

私は五十年近くを経《へ》た今でも、あの時の司馬義の姿を忘れることができない。司馬義がどのようにして趙閣下の信頼を得るようになったのかは勿論私の知るところではないが、しかし趙閣下のために兄弟子が自分の命をも惜しまずに追い駆けていったことは目に焼きついている。謝霊輝も黙って司馬義の後ろ姿を見送るしか術がなかったのであった。

【第八回】

府城殷賑《いんしん》として商賈《しょうこ》甍《いらか》を並べ、迷路彷徨《さまよ》えば花園に風一陣。

白道士の逮捕劇でこの事件もどうやら山を越した、と言うのが知府事の判断だった。

さてそうなると謝霊輝《しゃれいき》と私は急に暇になった。周泰安《しゅうたいあん》は白道士の取り調べに是非とも謝霊輝の力を借りたいようだったが、今度こそは先生も遠慮した。乗り気でない、とでも言おうか、ともかく謝霊輝は何度も固辞した。

「実はな」と謝霊輝は私に耳打ちした。

「私にはどうも白道士が犯人だなんて思えないんだよ」

……どうやら私たちはもうこの官舎にいる必要はないということになる。朱子を韓侂冑《かんたくちゅう》という巨大な魔の手から護るという使命もある。すぐにでも朱先生の玉山にある庵まで行かねばと思っているのに、先生はどういうわけか、相も変わらず書斎の虫になったままだ。一方、知府事は知府事で、白道士の取り調べの内容を逐一、謝霊輝に報告し相談ばかりするものだから、ずるずると日にちばかりたってしまい、結局のところ、玉山にはなかなか出立《しゅったつ》できなかったのである。

そんなある日——。

どういう風の吹きまわしか、知府事の周泰安が私たちに、ゆっくりと城内でも見物したらどうだね。と言ってくれたのだった。そういえば私も謝先生もこの城市《まち》にやっては来たものの一度だって街の見物には行っていない。

「玉山の時のように今度も綺華に案内してもらうのが一番でしょうね」とこれは勿論、姜《きょう》夫人の計らいである。さらに、「いくらなんでもこのままの姿ではお二人が気を遣われますから」となんと綺華に男装まで命じられたのである。しかも、「さあこれでお前もこの町を存分に楽しんでいらっしゃいな」と一包みの金子をそっと与えたのだった。

「ほほほ。そう言えば、もともとお前はこういう格好でここへやってきましたね」

と男の姿をした綺華を夫人が揶揄《からか》うと、綺華も心得たもので、

「ええ、奥様。あたしも男の形《なり》をしていた方が落ち着きますの」

と臆面もなく答える。

「ほほ。これ、滅相もない——」

と笑いながら夫人は私たち三人を門の外へ送り出してくれた。

知府事の屋敷を一歩出ると、門から南に一直線に大きな通りがのびている。しばらくは林の中を歩くが、すぐに賑《にぎ》やかな街路になる。両側には、漆器・楽器・書籍・骨董などを扱う店舗が犇《ひしめ》きあうように軒を並べ、そこを通りぬけると長屋風の連続した小店が蜿々《えんえん》と続き、その内《なか》では日常雑貨や食料

品、卵や肉や野菜、魚、果物が所狭しと置かれている。蒸した饅頭《まんとう》のにおいと甕《かめ》の中の漬物のにおいとが混ざりあい何とも私の食欲をさそう。そこが途切れるとまた大きな屋敷がぽつぽつと姿を見せはじめる。これはそれこそ今までの店一軒ほどもあろうかという、一段と高い場所に屋根が聳《そび》えていて、広信府の大官たちの居宅であることがすぐに分かる。このような高官達の門は、どこの城市《まち》でもそうなのだが、たいていは大通りに面する石壇の上に造ってあり、中央の門扉がちょうど屋根の真下にくるよう、その前後に四本ずつの円柱が横一列に並んでいる。そしてそのうちの道側にある中二本の間から石段が地面にまで設けられているのだ。さらにその石段の両脇には、これもまたどこの城市でも、魔除けのために一対の石獣が置いてあるのだ。勿論、ここでもそうだった。

往来は活気に溢《あふ》れていた。

燻《くす》んだ色の頭巾《ずきん》を被った男が天秤棒の先に大きな籠《かご》を下げ、急ぎ足に野菜を運んでいる。その後から木製の一輪車を押しながら小瓶の油を売り歩く男がゆっくりとやって来る。二人の書生が立ち止まったまま、理だとか仁だとか声高に話している。顔を引き攣《つ》らせ唇をわなわなと震わせ、今にも摑《つか》みかからんばかりの様子だ。あれでは理も仁もあるまいに。ぜいぜいと喘《あえ》ぎながら馬に乗せられてやってきたのはどこかの若様らしい。その坊ちゃんに青い天蓋傘《てんがいがさ》を差し傾け、「大丈夫でございますか、もうすぐ到《つ》きますから」と傘以上に青ざめた若主人をさかんに宥《なだ》めているのがどうやら下男らしい。衣売り、菓子売り、果物売りの呼び声が賑やかに交《ま》じりあう。がちゃがちゃと荷物の触れあう音。わいわいわいと雑踏の響き。横丁の角で独楽《こま》回しの曲芸。負けてたまるかと辻《つじ》の方では垢染《あかじ》みた襤褸《ぼろ》を纏《まと》った猿回しや栗鼠《りす》使いの声が人を呼ぶ。小さな頭の前髪を剃って後髪におさげを編んだ子供が二人、仕事を終えた曲芸人のうしろからのこのことついていく――。

歩いていくにつれ、ますます賑やかになっていく大通りに、突然、店の奥からひときわ大きな声が、

「羅《ら》の若旦那、ここで素通りはないでしょうに――ほれ、こいつですよ。これが昨日届いたばかりの蕃笛《ばんてき》でさあ。旦那のような風流人には打って付けでござんすよ」

と人を振りむかせた。呼ばれた男は年の頃なら二十七、八。兄弟子の司馬義よりも四、五歳上の、やや角ばった輪郭の顔に切れ長の目をした色白の優しい表情の男だった。しかし男は苦々しい顔を声に向けた。

「何を暢気《のんき》なことを――それどころじゃないんだから今は。あたしは人を探しているんですからね、まったく――それに何ですか、あなた方は、これまでだってどうでもいいような瓦落多《がらくた》ばかり売りつけて」

この遣り取りを遠くで聞いていた綺華が思わずくすりと笑って、

「あの声は薬種問屋の羅さん、羅祭木《らさいぼく》さんだわ。ほら、こちらにやって来ますよ」

と私に耳打ちした。見れば巾帽《きんぼう》を小粋に被《かぶ》った先程の男が、まだぶつぶつと供の小僧に文句を言いながらこちらにやって来る。

「お知りあいなのですか」

私は綺華が知府事のところに来てまだ日が浅いと思っていたので、どうして町の人をこれほど知っているのかに驚いた。綺華にはこの質問が唐突に思われたようだ、急に頬を染め、弁解するように言った。

「あ、いえ。あのお、一度奥様のご用でお店に伺ったことがありまして、その時にあの方から珍しい笛などを見せていただいたものですから」

ああ、それで……。と私も、そんなどうでもいいようなことを聞くべきではなかったと後悔した。それにしてもどうしてこんなことで胸がどきどきと騒ぐのだろう。ええい、君子たる者は……。

羅の若旦那は道の真ん中で立ち止まっていた私たちにぶつかりそうになり、あわてて道を避《よ》けた。

「こんにちは、羅の若旦那」

綺華に突然呼び止められた若旦那はどぎまぎとして、しかしそれでも反射的に頭を下げた。それからつと頭をあげると、私たちをまじまじと見た。

「失礼ですが、どなた様にございましたかな」

その恐る恐る尋ねる物言いに綺華がぷっと吹きだした。若旦那はすぐに綺華だと分かると、なあんだ、という顔に変わって、

「誰かと思えば――知府事閣下のとこにいる姑娘《くうにゃん》（お嬢さん）じゃないの。え、どうしたのよ。そんな見っともない格好をしてさあ、いやだあ、男の人みたいじゃない。ほほほ」

と思いきり笑った。むっとした綺華は急に声を落として、

「しーっ。声が高いわ。これはお役目なのよ。邪魔すると牢屋行きになるわよ」

と言うと、すかさず私たちに眼配せをした。とたんに羅の若旦那は慌てて両手を自分の両耳に押しあてた。これは奇妙な所作《しぐさ》だった。ふつうこういう時には口を抑えるものなのだ。

「お役目なんだ。――へえ、それで男の形《なり》をしているんだ……」

感心したように若旦那、羅祭木が言う。それには答えずに、

「どうして耳を抑えたのよ。口を塞《ふさ》ぐんじゃないの？」

と怪訝そうに尋ねた。その問いを待ってたかのように、若旦那は小鼻を蠢《うごめ》かして、

「これだから貴女《あなた》はおくれているのよ。今のは、わ・ざ・と。いいこと、臨安《りんあん》じゃこれが流行《はや》りなの。詰らぬ事を口走る前に鬱陶《うっとう》しいことは聞くなってこと。それより、ねえ、後ろにお見えのいい男は誰なのよ。まさか姑娘の情人《いいひと》じゃないでしょうね。だめよ、貴女にはこちらが先ですからね」

と巫山戯《ふざけ》るように言ってから、綺華の背後で待っている私たち二人を覗《のぞ》き込む真似をした。今度こそ綺華の顔が怒りで本当に真っ赤になった。

「馬鹿にしてるのね。――いいわ、せっかくだからご紹介するわ。いいこと、腰を抜かさないで頂戴。こちらのお二方《ふたかた》は知府事閣下のご友人、謝先生と王先生よ」

この紹介は劇的だった。みるみるうちに羅の若旦那の顔から血の気が失せ、頬が強張《こわば》っていくのがわかった。

「そ、それじゃ、この人たちが――あの、五百人もの盗賊を遣《や》っ付けたという、あの、千切《ちぎ》っては投げ、投げては千切ったという英雄の方々なのでございますか」

この言葉に謝霊輝と私は苦笑を交しあった。

「ご名答。――どう、驚いた？」

ところが勝ち誇った綺華の声も虚ろに、羅の若旦那はやにわに跪《ひざまず》くと私たちに向かって拝跪叩頭《はいきこうとう》の礼をしはじめたのだった。

「ちょ、ちょっと、若旦那。――やめてよ。いったいどういう心算《つもり》なの？」

綺華が羅祭木の唐突な振《ふ》る舞《ま》いに驚いて、止めさせようとした、が、これは逆効果だった。その声の大きさで通行人が足を止め、私たちの周りにわいわいと集まり始めたのだ。けれどもどうやらこの若旦那には集まって来た一群《ひとむ》れが目にはいらないらしい。

「……驚いたも何も――いや、こんな有り難いことはございませんよ。こちらはこのお二人にどうして会えたものかと、ここのところそればかり考えていたんですから」

「え？　どういうこと」

「いえね、姑娘《くうにゃん》。父《とう》さまからの強《きつ》い言付けなのよ。お連れするまでは風流ごとは罷《まか》りならぬって――ひどいでしょう。それでこの数日腐っていたの。だってどうやって連絡するの？　こちらは皆目あてがないのよ。そんなに会いたければ父さまが直《じか》に知府事閣下のところに行けばいいのにね、知らない間柄じゃないのに……。でもよかった。ここで謝先生にお会い出来るなんて。大先生様、是非ともうちの父さまに会ってやってくださいな。――ねえ姑娘、貴女《あなた》からもよく頼んでおくれな」

と綺華にも哀願しはじめた。そのうちに事《こと》の成り行きを呑み込んだ群衆の中から驚愕とざわめきの声が起こり、それぞれが顔を寄せ合ってはひそひそと囁きだした。

ええ、あのお方が噂の謝先生かね。側の若いのはお供だろう？　いやいや、あの人が槍の名人の王……先生だとさ。へえっ。おいおい、前で跪《ひざまず》いているのは羅の若旦那じゃないのかい。何でも頼みごとがあるんだとか。ほう、羅大人ほどのお方でも何か悩みがあるんだねえ。あのドラ息子のことじゃねえのか、謝先生のお力でまともな倅にしてやってくださいとかなんとか――。どうだい、知府事閣下のご友人というだけあって立派なもんだねえ。ああ立派だとも、儂《わし》は以前、知府事閣下の車に同席していなさるお姿を拝見したことがあるがこうやってお近くでお目にかかれるとはなあ。あ、動いた動いた。若い方が動いた。

　私は周りの人々がてんでに勝手なことを言いだしたので些《いささ》か閉口した。どうしましょうかという気持ちで謝霊輝の方へ近づいた。謝霊輝もこの意外な事態の進展にはうんざりした様子だった。が、どうも若旦那の申し出には好奇心が動いたらしく例によって悪戯《いたずら》っぽい笑みが顔に浮かんでいる。しかし弟子の私としては採《と》るべき態度は一つしかない。

「お申し出は有り難いが――」

　と断り始めるや、若旦那はさらに必死になり、気も狂わんばかりに頭を何度も何度も下げて、

「どうか、そんなことを仰《おっ》しゃらずに。ねえ、お願いいたします。そうしないとこちらは死ぬまで笛が吹けなくなりますもの」

　と言った。この言葉に周りがどっと笑った。けれども若旦那はそんなことにはまるでお構いなかった。今度は、

「ちょっと姑娘、何をぼーっとしてるの。早くお前さんからも頼んでおくれな」

　と綺華に手を擦《す》らんばかりに頼んだのだった。

「先生方、申し訳ございません。どういたしたらよいものでしょう……」

　思いもかけぬ展開に綺華もおどおどしている。すると謝霊輝は芝居っ気たっぷりに鬚《ひげ》を扱《しご》くと、

「知府事からの役目もあるが、どうじゃ享牧、この若旦那も困っている様子。ひとつ頼みとやらをき

いてやろうではないか」

と大声で言った。途端に周りから「わあっ」と言う歓声と「ぱちぱちぱち」と大きな拍手が起きた。先生、役目だなんて――これは暇潰《ひまつぶ》しの見学なんでしょう、もう。しかしここまできたら周りの観客に応えなくてはなるまい。

「いえ謝先生。知府事閣下よりの依頼は急を要します。このようなことに関わりあっていては困ります」

綺華がぽかんとした顔で私を見た。私はすばやく片目をつぶった。綺華は、あ、はあ……と頷いた。

「何を申す。知府事の本意は民の幸せにあろう。さすれば我らがここで幾何《いくばく》かの時を費やしたところで、それがすなわち役目というもの。どうじゃ亨牧、許してくれぬか」

いかん。先生はすっかり役者気取りだ。言葉遣いまで変わってきている。でもこんな時は先生の上機嫌の時なんだから、こっちもそうしなくては。周りは静まりかえっている。

「左様に仰しゃられますならば、私とて何を申し上げましょうぞ。今孔明と名を馳《は》せた先生です。この男の頼み事など伺うほどのこともございますまい」

割れ返るような拍手が周りから起きた。やれやれ、先生の物好きにも困ったものだ。謝霊輝は急に私の前に立ち塞がると腕を大きく回して派手な見えをきった。と、綺華もくるりと背を向けるや私の背後で両手を拡げたのだった。おいおい、二人ともやりすぎですよ。私の前には謝霊輝が両手を拡げて仁王立ちし、後ろには綺華が私に背を向けるように片足をのばした姿で身を少し落としている。この姿に観客はやんやの大喝采だ。

「あ、有り難うございます。有り難うございます」

羅の若旦那は何度も何度も地面に頭をつけた。

「ただし、若旦那とやら――」

落ち着いたところで謝霊輝が口を開く。

「はい。何でございましょう」

すかさず若旦那は答えた。謝霊輝は声をおとして、

「当節流行の青楼などはご免蒙《こうむ》るぞ。どんちゃかどんちゃかと賑やかなのは苦手でな。それでもよいかな」

といかにも偏屈そうな調子で言った。羅祭木も、

「はい。勿論でございますとも。先生方を青楼などの下卑《げび》な所へなぞお招きできますか。――すぐにこの小僧を父様の許《もと》へ遣らせますので、それまではご迷惑でも、ほれ、あそこの酒舗ででもご休息をお願いいたしまする」

と調子よく答えると傍にいた小僧を振り向いた。若旦那・羅祭木はこの時初めて自分たちの周りの人垣に気がついたらしい。小僧に命じるはずの手が一瞬宙に止まった。それから急に真っ赤な顔になると、大声で怒鳴りだした。

「な、なんだね、お前さんたちは。こちらは見せ物じゃないんだよ！――これ、お前はさっさと父様に報せに行くんだよ」

叱られた小僧が人込みを搔《か》き分けて消えていくとそこから人群れも崩れはじめ、やがてまたもとの

流れに戻っていった。

その時、私は謝霊輝の手の中に小さな鳥の形をした金属があるのを発見した。先生、それは……と私が訊《き》こうとした矢先に綺華がそっと、謝先生、鉄鴛鴦《てつえんおう》だったのですね。と呟いた。謝霊輝は黙って頷いた。それから私の方を見てにっこりと、危いところだった。もう少しで槍の名人が殺されるところだった。と笑った。

「——できの悪い連中ばかりでして、さぞお目障りだったことでございましょう」

羅祭木はそう言うと、愛想笑いを浮かべて私たちを角の酒舗まで連れていった。

鉄鴛鴦《てつえんおう》？　私は先程、小耳にはさんだ言葉を綺華に問うた。

「一種の手裏剣とでも言ったほうがいいかしら。さっき取り囲んだ人込みから拍手が起きたでしょう、その時に急に空気が震える感じがしたものだから思わず享牧さんの背後に回ったの。でも流石《さすが》に謝先生ね、芝居をする振りをして飛んできた鉄鴛鴦を叩きおとしたもの」

そんな……。それでは先生と綺華が私の前後に立ったのは、私を何者かから護るためだったというわけだ。

店の中は混雑していた。羅祭木の姿を目敏く見付けた番頭がそそくさとやって来て、揉手《もみて》をしながら愛想を言う。

「これは若旦那。今日はお一人で？」

羅祭木はいかにも常連らしい口振りで、

「よくないわねえ。お前さん、目が悪いの。こちらの後ろにはお三方がお見えになるのよ。さあさあ、いつもの一番の場所へ案内しておくれな」

と言った。言われた番頭は申し訳なさそうに、頭をかきかき、

「へい、それが——まことにどうも……今日はどういうわけか妙に混んでおりまして。いえ、席ならばすぐにでもご用意いたしますが、そのお、一番いい席というわけには……」と弁解した。羅祭木は張りきって三人を案内してきたつもりだったので番頭の言い訳で面子《めんつ》を潰《つぶ》されたと感じたらしい、突然興奮した口調に変わった。

「ちょいと、何を言ってるのよ。お前さんはこちらに恥をかかせる気なのね。いいこと、この方たちは……」

おっとこれは堪《たま》らぬ、とすかさず謝霊輝が口を挟んだ。

それからぐっと声をおとして、

「これ、若旦那——」

「どこでもいい、どこでも。今日は忍びじゃ。身分がばれれば其方《そなた》の頼みがきけなくなるぞ」

そう言われて、何も言えなくなった若旦那は鷹揚《おうよう》な態度になった。

「あらあ、そうでございますか。——それでは番頭さん、二番目でも構いませんからね。すぐに用意しておくれ」

番頭が案内してくれた部屋は二番目に上等とは言いがたい造りだった。四組の卓が置かれてあり、私たちの座る卓以外はすでにふさがっている。どの席の連中もわいわいと騒ぎあいながら飲んだり喰ったりしていて、私たちが空いている席に座ったところで誰も気にもかけない。私たちもしばらく雑

談をして酒と料理を待った。若旦那はしきりに先生のご機嫌をとってはいたが、小僧が戻ってくるのをやきもきして待っているようだ。せめて酒ぐらい早く持ってくればいいのに、とその顔が語っている。先生はとんと無頓着だ。若旦那の思惑《おもわく》などどこ吹く風でじっと黙っている。ほんとに、もう、遅いんだから。若旦那はもう一度呟いた。そう言えば少しは自分の罪が軽くなるとでも思っているのだろう。私は苦笑した。謝霊輝は軽く頷いた。が、それは若旦那の言い訳に対してではないことに私は気がついた。先程から謝霊輝は羅祭木の相手になっている振りをしながらずっと隣の席の話に耳を傾けていたのだった。私もそうすることにした。するとどうしたのだろう、その席で話に相槌を打っていた男が急に歯切れのいい言葉で相手を詰《なじ》りはじめたのだ。

——馬鹿ァ言うな。なんだって道士が街の中をうろつく。坊主は寺に、仙人は山にってえのが相場じゃないのかい。

言われた男はむっとして答えた。

——誰が街ん中だって? おらァ、街のはずれと言ったはずだぜ。

ふん。と最初の男は鼻をならした。どうやら二人とも職人のようだ。

——はずれだろうと当たりだろうと、街は街だ。街には違いねえや。しかも女連れだなんて、ええ、そいつは真の道士じゃあるめえ。

——そう言われると……。しかし、あの女、ありゃあ上玉だよ。顔はわからないように隠してあったけどね。

——どうだか。きょうびは男が女に化け、女が男の真似をするなんざ当たり前のご時勢よ。そいつだって分かったもんじゃあるまいに。

私は綺華を見てくすりと笑った。綺華もこの話が聞こえたのだろう、あわてて頭《かぶり》を振った。

「おいおい、若いの――」

隣の卓から突然声をかけられて、それまで得意になって一席ぶっていた男が、へ？　という顔で声の主を見た。声をかけたのは謝霊輝だった。

「――あっしのことで、旦那？」

無精髭《ひげ》を生《は》やしてはいるが精悍な顔付きだ。

「お主《ぬし》のことだ。たいそうな剣幕じゃあないか。――どうしたえ、そんなに興奮して」

と謝霊輝はわざと砕《くだ》けた口振りで尋ねた。そして間髪を入れぬ素早さで、

「おおい、この二人に酒を出してくれい」

と店の奥に怒鳴った。

だ、旦那、そんな、勿体ない。と慌てて遠慮する男に、謝霊輝はごく気軽に、

「まあ、そう遠慮するな。それよりも何だって、聞くともなしに聞いていたんだがな、随分と面白そうな話じゃないか。――道士が女とどうしたんだって」

と訊いた。すると男は精悍な表情を急に和ませて照れ臭そうに頭をかいた。

「いやだなあ旦那、聞いていたんですかい。すいませんね、大きな声を出しちまって、へへ……」

そこへ店の小者が点心と人数分の酒盞《しゅさん》を運んできた。ちょいと中味はどうしたのよ、と若旦那。へえ、番頭さんが、と小者が口籠《くちご》る。見れば番頭が向こうから恭《うやうや》しくお盆の上に酒瓶《しゅびん》を載せてやってくる。

「いやに勿体ぶるじゃない」

若旦那がこう言うと、番頭は相変わらず愛想を浮かべて、

「若旦那、皮肉は無しでございますよ。勘弁してくださいな、こんなお席で。そのかわりこれは私からの心尽しで……」

と言いながらそれぞれに酌をしだした。謝霊輝が目で羅の若旦那に合図を送ると、

「こちらのお二人にも、ね。そうよ、たった今知りあいになったのですから」

と羅祭木が番頭を促した。

「それじゃ、旦那方。ごちになりやすぜ」

だされた酒を押し戴《いただ》くように上のほうにちょいと持ち上げて、男はそのまま ぐいと呑んだ。それからふうっと息を吐いて、

「こいつは上等だ」

と叫ぶように言った。

「うちの酒はみんなそうだよ。それでもこいつは格別でね。それじゃ羅の若旦那、どうぞご寛々《ゆっくり》」

番頭がいなくなると謝霊輝は再び男に尋ねた。男は「へい」と答えると、

「いえね、こいつが」ともう一人を指差しながら、こう言った。

「ついこの間、街はずれの曖昧宿《あいまいやど》で道士と女が密会してたなんて出鱈目《でたらめ》ばかり言うものですから——」

指差された男の方は残っている酒を慌てて飲み干すと、頭を掻き掻き答えた。

「へえ、申し訳ございやせん。それでいま哥《あに》いから叱られておりやして……」

いやいや、と謝霊輝は手を振りながら言う。

「なんとも艶っぽい話だ。私はそういう話が好きでな。——ところで、そんないい話だ。道士は若くて、よほどの美形であろう」

いいえ、それが、と男は打ち消すように首を横に振った。

「なんじゃや。違うのか」

と謝霊輝がいぶかしげに問いかける。男はするとたちまちしどろもどろの物言いになった。

「——そのう、あっしも酔ってまして……。でもありゃあ、若いというよりは、どちらかと言えば」

「まさか老人ではあるまい」

謝霊輝の口つきに男は再び頭を掻いた。

「へへへ……そこまでは。その中間くらいって年でさあ」

「年配には違いない、とこういう訳だな」

男は「へえ」と言ってから助けを求めるような目付きで哥《あに》いの顔を覗いた。

「旦那。ご勘弁願いやす。お楽しみのところをすっかりお騒がせいたしまして。いえね、こいつは日頃から詮索好きなとこがありましてね。ええ、あっしはいつも他人《ひと》さまの事には口を出すな、出すな、と叱っちゃいるんでさあ」

哥いと呼ばれている方は慇懃《いんぎん》な態度で謝霊輝に向かって言った。

「おいおい、何を言ってるんだね」

面喰ったのは先生の方だった。哥いは、

「いえ、もうご勘弁を――。さっき、番頭さんが来た時から気にはなっていたんですがね」

と断ったあと、私たちの顔をぐるりと眺めて、

「旦那方はお役所のお方でござんしょ。それにそちらの粋な若旦那は羅大人のお身内とか。へへ、とんだご無礼を。――なあに、こいつは昼間から夢でも見たんでさあ」

と言って弟分の頭をちょいと小突いた。小突かれた男は小さくなった。それから哥《あに》いは、おいとか何とかその男に囁くと急に私たちに拱手《きょうしゅ》をして、弟分を追いたてるようにそそくさと席を立ってしまった。

「先生、見破られてしまいましたね」

私が笑いながら言うと謝霊輝はまた芝居じみた手つきで鬚《ひげ》を扱《しご》き、

「通りの大芝居のあとではのお……」

と苦笑した。小僧が戻ってきたのはこの時だった。よほど急いで来たのか、小僧は私たちの前までやってくるとぺたりと座《すわ》りこんでしまい、ただ肩ではあはあと激しい息遣いをするだけであった。綺華がいそいで水を持ってきた。小僧はその水を半分零《こぼ》しながら飲んだ。

「で、どうなんだね」

困った顔つきで羅祭木が口を開いた。小僧はこくんと頷くと、絶えだえに言った。

「わ、若旦那さま――大旦那様から、すぐに先生方に『大夢園《だいむえん》』までご足労願うようにお頼みしなさい。とのお言付けでございます。くれぐれも粗相のないようにとのことでございました」

粗相だって、と若旦那が呟いた。あたしの応対は完璧よ。至れり尽くせりじゃないの。しかしどう

やら小僧には聞こえなかったらしい。落ち着きをとり戻した小僧は思いだしたような口調で言った。

「――そうそう。大旦那様は、あいつはすぐに酒舗に人を待たせる癖があるが、飲めない人間にとっては辛いところだから確かめた上でお誘いするようにと仰せでしたよ。若旦那、ここは酒舗なんでしょう？　大丈夫なんでございますか」

このあと私たちが『大夢園』に向かったことは言うまでもないことなのだが、実は先生の記録を残さねばと思い立って以来何度か信城にも赴いたのであるが、その時にはもうあの大庭園は跡形もなく消えていて、結局私は『大夢園』が信城のどこにあったのかさえ今では覚束なくなっているのである。

――ただ、入り組んだ小径《こみち》を何度も曲がったことは覚えている。

入り組んだ小径を何度も曲がって、羅の若旦那が私たち三人を案内したところは川から屋敷の庭にまで引きこんでいる細流《せせらぎ》の音がどこからともなく聞こえてくるという、閑静なそして瀟洒《しょうしゃ》な造りの軒亭《あずまや》だった。私たちをそこで待たせて若旦那はその奥にある背の高い土塀の中に消えていった。本当に静かだ。耳を澄ませば風と水の音に交《ま》じって鳥の声も聞こえてくる。こんな軒亭を造る人物だ、羅の若旦那の父親という人はきっと山水好みに違いない。そこへ若旦那が戻ってきた。

「――先生方、どうもお待ちどうさま。どうぞこちらの方へおいでくださいな」

ここならきっとお気に召していただけましてよ。若旦那の弾んだ声に誘われるように土塀の内側に入った私は思わず声を呑んだ。そこは見渡すかぎりの花畑だった。大部分を占めているのは庭園の中央にある紅や白の少し大柄の花でこれが大きな花壇をつくっていた。そしてその花壇の脇といおうか、周囲といおうか、その辺りには虞美人《ぐびじん》が咲き誇っている。それに交じるように山蘭、素馨《じゃすみん》、決明《はぶちゃ》が負けじ劣らじ、所狭しと競いあっている。

花壇の真ん中には、深い碧色の肌をもち全体が仏像の頭髪にも似て、螺旋《らせん》を描いた奇岩だらけの築山があった。

「これはどうだ。享牧、まるで極楽じゃないか。——あの奇妙な岩は雲南にあるという螺山石《らざんせき》みたいだが」

驚嘆する謝霊輝の声に若旦那がすかさず答えた。

「さすがにお目がお高いこと。どんぴしゃりの螺山石でございますよ。いえ、うちの父さまという方がまた風流好みでしてね、先生方のあのお噂を聞いて以来、それこそ寝ても覚めてもこの庭にご案内したいとそればかり口にしておりましたの」

謝霊輝は擽《こそ》ばゆい表情をみせたが目は笑ってはいない。

「それは買い被りというもの。——しかし、このようなすばらしい庭園の持ち主となれば、さぞかし名のあるお方であろうな」

「はい。この若旦那のお父上は、信州の羅大尽、と世間から呼ばれております羅祝林《らしゅくりん》様でございます」

そう答えたのは綺華だった。とたんに羅祭木がぽんと綺華の背中を叩いて、

「まあいやだ、姑娘《くうにゃん》——でも本当にお大尽かもね。だってこの庭も一年ほど前に急に造りかえたんだもの」

と言って呆れたように頷いた。

「造りかえたのですか」

私は気になったので確認した。

「そう。以前はここも山水ばかりの退屈なお庭。──」

ああ、それで……と私は納得した。でないと外にあった軒亭《あずまや》がまるで合わないからなあ。

「でもどうして造りかえられたのでしょうか。外にあった亭《ちん》は相当立派なものではありませんか」

私はどうやら好奇心を抱いたようだ。先生の顔が綻《ほころ》んだ。今度は目も笑っている。

「それがねえ」

と若旦那は私に親しげに話しかけてきた。

「まったくわからないの。──突然だったのよ。でも使用人たちは父さまがあたしのために笛吹き場を造ってくれたなんて嘯《うそぶ》いてはいるのだけど……。それでもこういう造作のお庭は臨安にもないんじゃないかしらね」

羅の若旦那が自慢するのも尤《もっと》もである。

私は一面の花畑の中に浮き出ている奇妙な岩の山を見ているうちに、ここが本当に広信府城内なのだろうかという気持ちになった。それほどここは現実離れした場所なのだった。敷きつめられた花の絨毯《じゅうたん》は甘く香ばしい薫《かお》りを漂わせ、それが静かに私の神経を麻痺《まひ》させていく。風が吹いた。花畑の花は七色の波となって一斉に揺れ、海面にぽつんと突き出ている螺山石の断崖めざして逆巻く怒濤《どとう》と化す。そして風が止むと海は次第にもとの穏やかな花畑に戻る。

確かにこれは幻想的であった。謝霊輝も綺華も、この一瞬の光景に見惚《みと》れて茫然《ぼうぜん》としたまま口を開くことを忘れたかのようである。

——と、私たちの背後から太いどす声で、

「これはこれは。随分とお待たせいたしました」

と一人の男がやって来た。振り向くと、そこに艶々《つやつや》した顔色の堂々たる恰幅《かっぷく》の仁が立っている。

「あなた様が謝昉烝《しゃほうじょう》先生でございますか。おお、それにしても王先生がこんなにお若い方だとは——。手前がご城府内で薬種問屋を商《あきな》わせていただいておりまする羅祝林《らしゅくりん》でございます。本日は手前どもの我《わ》が儘《まま》をお聞きとりくださいまして誠に有り難うございます」

羅祝林は慇懃《いんぎん》に挨拶をした。

「これは恐れ入りまする。謝霊輝昉烝でござる。本日はこのように素晴らしいお庭を拝見でき望外の幸せでございます」

先生も型通りの挨拶を返す。

「いやいや、誠にもってお恥ずかしい。——ささ、あちらの部屋に御酒の用意がしてございます。しばらく、あちらに」

そう言うと、羅祝林は大きな体を小さくして私たちを宴席に連れていってくれた。

＊

——ところで昉烝様。このような席で何でございますが、少しお尋ねしてよろしゅうございますか。

と羅祝林が大きな体を朱塗りの螺鈿《らでん》の卓の上に折り曲げるような格好で話しかけてきたのは、食後の当たり障りのない雑談がふと途切れた時だった。

謝霊輝が恍《とぼ》けた顔で、

「はて？――まさか、いま出たばかりの山海の珍味の名を尋ねられるということはないでしょうな。これぱっかりは御免蒙《ごめんこうむ》りますぞ。何しろわれらはこのようなご馳走とはほど遠い立場にいる貧乏書生ですからな」

と話を逸《そ》らすと羅祝林は体を揺すって笑った。

「ははは。お戯《たわむ》れを――。実は、霊渓道観での事件が解決したとの噂を手前も小耳にはさんだのでございますが、それはまことでございましょうか」

私は驚いて羅大人の顔を見た。ここで霊渓道観の話がでるとは思ってもいなかったからだ。ほう、もうそのような噂が……と謝霊輝は呟くように答えた。ええ、それぱかりではございません。なんでも白道士様が獄に繋《つな》がれたとか。羅祝林は曰《いわ》くありげな目で謝霊輝を窺《うかが》った。

「さすがに」と謝霊輝は笑いをころして言った。

「団頭《だんとう》ともなれば話の伝わるのが早いものだ。それは知府事からの話でしょう」

今度は羅祝林が驚いた。団頭というのは商工業を営む者が作っている組織の長のことである。

「驚きましたなあ。手前が団頭であることをご存知で――」

いかにも恐れいったように羅祝林が身を縮めた。謝霊輝は思い出すように、言った。

「最初、この城市に来た時だったかな、――霊渓道観の事件が知府事のもとに届いた朝だったと思うが、あなたは確か知府事の屋敷に来ていたはずだが……」

羅祝林はいよいよ恐れいった態で答えた。

「はい。手前どもは以前より道観に薬草を納めておりますものですから……」

口籠もりながら言う羅祝林を横目に、謝霊輝は腕を組み、首を傾《かし》げながら、独り言のように呟いた。

「妙な話だ。道教というものはその発生時はともかく、今では丹功《たんこう》派と符籙《ふろく》派の両派に大別できよう。丹功派というのは呂洞賓《りょどうひん》という伝説的な人物と陳摶《ちんはく》という、これも得体のしれない人物の二人によって作られたというではないか。そして陳摶の流れの中に周敦頤《しゅうとんい》や邵雍《しょうよう》らがでて理学、象数学にまで高めていった。しかしその後は全真教の北派と張伯端《ちょうはくずい》の南派とに分かれたとも聞く。いずれにしてもこの派では、『内丹』という養生の法を重んじている。丹とはまた薬という意味だ。だから道観内に薬草園があっても当然になる。なのになぜ薬草を外から買い求める必要があるのだろう……。では霊渓道観は符籙《ふろく》派なのか。符籙派だとすれば、龍虎山《りゅうこざん》派か茅山《ちさん》派か、いやもしかしたらこの頃流行《はや》りの正一道という流派かもしれんな。どのみち符籙《ふろく》派は鬼神ヲ召役《しょうえき》スというから病身では拙いことになろう。つまりは道士にとっては屈強な身体と清純なる精神とが要求されることになる。だとすれば、やはり妙だ――なぜ薬草が入用なのだろう。必要な物は揃っているはずなのに」

正直に言って、私には先生の呟きが何をおっしゃっているのか、さっぱりわからなかった。たしかに謝霊輝が儒家の学統のほかに、道家の流れについても驚くほどの知識を持っているということは、これまでの白道士とのやりとりからも判断できる。だが、私が知りたいのは、一体、先生はいつ、どこで、そのようなことを学ばれたというのだろうかということだ。

「先生、丹功派だとか符籙派だとか、私にはさっぱり理解できません」

堪りかねて性急に尋ねると、謝霊輝はいつものように答えた。

「享牧。このような知識というものは、実はどうでもいいものなのだ。象山先生はいつも仰しゃっておられたではないか。『千虚《せんきょ》ハ一実《いちじつ》ニ博《はく》セズ』となー。博とは取り換えること、あまたの虚しい知識よりも一つの悟達が大切なのだ。いま私が口に出したことなど、単なる雑学の類いにすぎない。――ところで、羅大人」

羅祝林はにこにこと笑顔のまま軽く頭を下げた。謝霊輝は一瞬、針のような眼差しを放ったが、すぐに全てを呑みこんだようだ。

「――それは誰かの依頼というわけか……」

顔色ひとつ変えずに、羅大人が答えた。

「ご明察でございます。とは申せ手前も商人《あきんど》でございますので、それ以上はどうかご勘弁のほどを……」

「ふむ。知府事の周泰安ではないとすれば、それより上の、恐らくは臨安府の要人だろうが――だが、どうして道観と繋《つな》がったのか、それが分からぬ」

「はあ。手前もそこのところはよくは分かりません」

謝霊輝はにやりと笑った。

「それはそうかもしれんが、――ふふふ、だがその薬草を受けとった相手はもう分かっているよ。白道士と、もしかしたら尸解《しかい》した李道士。殺された鄭《てい》と張《ちょう》の二人も関係していたのだろうな」

途端に、羅祝林の顔が強張《こわば》った。それから謝霊輝の顔をまじまじと見て、

「昉烝様は聞きしに勝るお方でございますなあ」

と感極まった声で言った。

お父さま、何を話されているのやら、さっぱりわからなくて。はっはっは、お前には分かるまいな。だが先生は何もかもご存知のようだ。先生、白道士は無罪なのでしょうか。さて、それはどうかな、私にはそう思えるのだが、――どういうことでしょう、もう私には何が何だか。だって謝先生と羅大人のお話は享牧さんには無理よ。

私たちが手々《てんで》に喋りだしたものだから羅祝林はとうとう声をあげて笑いだした。

「ははは。これは参った。――昉烝様、この話はここまでということでお願いいたします。なにぶんにもお上からのお達しでやったことでございますので」

いかにも打ち解けた様子の羅祝林に先生は軽く手を振って、いや、いや。羅大人。と言い添えた。

「もう一つ言い忘れているようだが――ほれ、人を探しているんじゃないのかね。その薬草を道観まで運んでいた男を」

羅祝林はあんぐりとしたまま謝霊輝を見つめた。

「先生、どうしてそんなことがお分かりになるのです」

私も驚いて思わず訊いてしまった。

「どうして?――享牧、しっかりするんだ。象山先生はな、こう仰しゃられた。『学者書ヲ読ムニ、マヅ暁《さと》リ易《ヤス》キ処《ところ》ニオイテ、沈函熟復《ちんかんじゅくふく》して、己《おのれ》ニ切《せつ》ニシ思《おも》イヲ致《いた》セバ、則《すなわ》チ他ノ暁《さと》リ難《がた》キ者ハ、渙然《かんぜん》トシテ氷釈《ひょうしゃく》ス。モシマヅ暁《さと》リ難《がた》キ処《ところ》ヲ看《み》レバ、終《つい》ニ達スルコト能ハズ』とな。よいか、象山先生はまず分かりやすいことからじっくりと考えよと教えられたのだ。周知府事の言葉によると、この辺りでは事件らしい事件はなかったというじゃないか。いつ仰しゃられた？　何を言っているのだ、お前は――玉皇殿の中だ。初めて玉皇殿に入った時に周泰安はこう言ったじゃないか。《半年ほど前に薬種商の主人から遣《つか》いに出た下僕が行方不明になったから探してくれという依頼があった》。あの時役人たちは真面目にとりあわず、どうせどこぞの女とでも逃げたのだろうと判断し、どうやら真剣に探さなかったらしい。この城市《まち》で薬種問屋といえば羅大人しかいないということだ。そうすれば薬種商の主人とは羅大人のことになるじゃないか。だから羅大人が団頭としてたびたび周知府事のもとへ赴いたのも、あるいはその後の下僕の行方を聞こうと思ってのことだったのかもしれない。それなのに周泰安は羅大人の気持ちなど少しも察しなかった。これが謎をとく鍵だった」

「どういうことでしょうか、先生」

私は身をのりだすようにして尋ねた。

「うむ。私も己《おのれ》ヲ切《せつ》ニシ思《おも》イヲ致シたのさ。つまり、自分が羅祝林だったらと、立場を置きかえてみた。何度も知府事の屋敷に行ったのは下僕が重要な人物、他の者には代わりができないことをやっていたからだろう。次にもし私が周泰安だとしたらと考えた。あのように聡明な人物が羅祝林の心を読めぬはずがないではないか。では、なぜ気がつかなかったのか。思イヲ致セバ渙然《かんぜん》トシテ氷釈《ひょうしゃく》、したよ。まさに氷が融《と》けるようにさらりと解明したのだ。答えは簡単だった。羅祝林はその下僕の件については一言も周泰安に語っていなかったのだ。だから気がつかなかった。その事件は胥吏《しょり》が扱っていたのだ。たいした事件だとは誰も思わないからな」

でも、先生、と私は口を挟んだ。

「どうして羅大人は直接周知府事に頼まなかったのでしょう。いつでも出来たのに」

この言葉に綺華も、若旦那もしきりに頷いた。

「それはここにいる羅大人に尋ねることだ。だが思うに、下僕が運んでいた薬草が秘密の仕事、少なくともあまり知られたくない仕事だったからだろう——そう私は考えたのだ」

羅祝林は目を瞠《みは》った。それから叫ぶように言った。

「驚きました。知謀神ノ如シとはまさにあなた様のような方を言うのでございましょう。その通りでございます。もう後は何も申しあげることはございません。何とぞ宜《よろ》しくお願いいたします」

言い終わると羅祝林は拱手《きょうしゅ》のまま深々と先生に頭を下げた。それから、つと頭をあげて、

「——ですが、謝先生。手前の方でも実はあなた様を驚かそうと、ふふふ、一つ仕組んでございますよ」

と嬉しそうに言った。えっ、という顔で先生が頭をあげた時だった。

「昉烝《ほうじょう》！」

という声が廊下の奥から呼びかけてきた。そして一人の立派な形《なり》をした人物がこちらへやって来た。

「子寿《しじゅ》！　子寿じゃないか。どうしてここへ」

謝霊輝が叫んだ。現れたのは朝廷で吏部侍郎《りぶじろう》を勤めているはずの彭亀年《ほうきねん》、字《あざな》は子寿《しじゅ》という、謝霊輝の友人だった。

彭亀年は角ばった鬚《ひげ》面の顔を綻ばせ抱きつかんばかりに謝霊輝の肩を握った。

「これは一体……。まるで私は夢でも見ているようだ。まさか『大夢園』とはそのような意味ではあ

るまいに」

戸惑う謝霊輝の背後で羅祝林が笑顔で応《こた》えた。

「謝先生、案外そうかも知れませんぞ」

私は慌てて彭《ほう》先生に自分の座っていた椅子を譲った。彭亀年はどっかと座った。それから私や綺華に気づいたように、この者たちは、と謝先生に尋ねた。

「はっはっは。子寿、私にだって弟子の一人や二人は出来るさ」

彭亀年は安堵したように微笑んだ。それから急に苛だつ口調で、

「昉烝。無念だ」

と叫んだ。見れば彭亀年の両眼からは大粒の涙がとめどもなく流れている。何か言おうと謝先生が口を開きかけた時、彭亀年が言った。

「趙宰相が……」

急に謝霊輝の顔色がかわった。

「趙宰相が亡くなられた」

いや、殺されたのだ。と彭亀年はつけ加えた。どういうことだ。もっと詳しく話してくれ。謝霊輝はもう座ってはいなかった。彭亀年の前の卓子に両手で体を支えるような格好で立ち竦《すく》んだ。私たちも彭先生の周りに集まっていた。羅大人だけが同じ場所に佇んでいて、こちらに来ようとした息子の祭木《さいぼく》を小さな手招きで呼びもどした。

「趙宰相は――福州の役宅で食中《あた》りのため亡くなったというのが臨安府の説明だった。だが事実は毒

殺らしい。口惜しいがそれ以上のことは私には分からぬ」

　彭亀年はそれだけ言うと黙ってしまった。ぽたぽたと涙の跡が衣服に染《し》みをつくった。

「先生――」

　と私は言った。鼎《てい》兄さんは大丈夫でしょうか。

「鼎？」

　怪訝な顔で彭亀年が涙顔をあげた。

「私の兄弟子です。先生」

　そう私が答えると、彭亀年は何かを思い出すように眉根を寄せた。

「すると……あれか。君、その人は、こう、いくぶん丸みをおびた顔の若者かね」

　私が頷くと、彭亀年は得心したように莞爾《かんじ》とほほえんで、

「ああ大丈夫だとも。――この私に趙宰相の最期を報せに来てくれたのは彼なんだから」

　と言った。

「どうやら鼎は大丈夫のようだな。しかしどうにも切迫している様子だ。もしかしたら鼎も命を狙われているかもしれぬな。いや、まさか……あいつを殺したところで韓侂冑《かんたくちゅう》にとっては何の利益にもなるまいに」

　最後は謝霊輝の独り言に近かった。

「――で、君は？――子寿《しじゅ》、君はどうしてこんな所に居るのだ。韓侂冑は吏部侍郎《りぶじろう》の君まで追っ払ったという訳か」

謝霊輝のこの言葉は私の眼前に朝廷でいま起こりつつある事態が如何《いか》なることであるのかを彷彿《ほうふつ》させた。

「韓侂冑という人物は……」

と彭亀年が口を開いた。

「そんなに単純な性格ではない。私は趙宰相の殺害に彼奴《あやつ》が加わっていたのかさえ疑っているくらいだ」

「どういうことだ」

腑に落ちない顔で謝霊輝が質《ただ》す。

「よいか。内閣府では趙宰相の死因は任地先での食中《あた》りになっている。私は勿論こんなことは信じちゃいないので、あれこれと調べてみたのだ。ところがどうだ、あの韓侂冑でさえ本当に食中りだと信じているらしいのだ」

「どうしてお分かりになったのですか。韓大臣が趙宰相を食中毒だと思っているなんて――」

私は思わず口に出してしまった。玉響《たまゆら》、二人の先生の目が私を見据《みす》えた。特に謝先生の目はこわかった。ああ、またやってしまった。

「あのあと、韓侂冑が国手《いしゃ》にそのようなことで本当に人が死ぬものかと尋ねていたのだ」

意表を突かれたように、しかし淡々と彭亀年は続けた。

「韓侂冑本人は趙宰相に好感を持っていたようだ。趙宰相の一途な生真面目《きまじめ》さがあるいは侂冑と相通ずるものがあったのかもしれん。韓侂冑という人物は驚くほど真っ直な人間なのだが、世人はどうやら誤解をしているらしいな」

「韓大臣がまっすぐな人間――」

私は思わず唸った。とてもそうは思えなかったからだ。

「そうだ。だから自分が政治の中枢に座りたかったのだ。彼は国政に参画することだけが望みだったような気がする。趙宰相がそこのところを巧みに操れば案外あの二人は表と裏、陰と陽とで連繋できたのかもしれん。ところが趙宰相は高潔な人格者だもの、そんな姑息な真似は死んだって出来るものではない。すると韓侂冑にしてみれば趙宰相を追い落とすしか途《みち》があるまい。だが殺すようなことをするだろうか」

彭亀年の話は私にある奇妙な想像を起こさせた。それは稀代の人格者趙汝愚という人物と陰険の権化と思っていた韓侂冑とが実はよき協力者になれたかもしれなかったという姿だった。もしそうなっていたら、と私は思った。侂冑の如き人物は盟友趙汝愚のために自ら悪役を買って出てそれこそ朝廷内の風紀を糺《ただ》したのではないだろうか、と。まっすぐで俠骨《きょうこつ》な侂冑ならばあるいはそうしたかも知れないではないか。

「李沐《りもく》たちだ」

呀《はっ》と思い出して彭亀年が叫んだ。

「違いない。奴らが殺《や》ったんだ――あいつらは趙宰相が朱子の学徒であることを憎んでいたから」

「朱子の知性に対しての焼きもちというわけか」

ぽつりと謝霊輝が呟いた。えっ、と私が顔を向けると今度は笑いながら、

「享牧、学び方を間違えるとお前もそうなるぞ。学問とは己《おのれ》一身の成長と向上のためにあるのだ。他人の目にどう映るかなどは下衆《げす》の学び方だ。どうやら李沐らの一派は朱先生のように新しい学問を興した才能に相当嫉妬《やっか》みを抱いていたらしいな。それで君は」

と謝霊輝は彭亀年に言った。

「子寿、君はこれからどうするつもりなんだ」

私は逃げやしないよ。と彭亀年は答えた。

「ただお役御免というやつさ。これから泉州へ赴任するところだ。今度は異国人相手の係だとさ。その途中で君の噂を聞いてな、何でも賊を五百人もやっつけたんだって」

謝霊輝は苦笑した。彭亀年はにやにやと笑った。

「ふふ……ほれ、ここにその時の槍の名人がお見えになるぞ。王享牧大先生だ」

私はぷっと吹きだした。すると彭亀年は私に向かってわざと恭《うやうや》しく礼をした。

「先生……」

困った私が謝霊輝の方を向くと、先生は急に羅祝林に対してこう言った。

「さて、羅大人。——この庭も見納めというわけですかな」

羅祝林は微かに笑みを浮かべて、

「はい。ご存知でしたか」

と言った。謝霊輝はそれには答えずに、

「——迷路彷徨《さまよ》えば花園に風一陣ってことか。風吹いて花動き、花動いて振り返れば迷路は迷路にあらず。それでいつ？」

　と謎のような言葉を口に出した。

「はい。すぐにでも取り壊しましょう」

「えっ、この庭を壊すのですか！」

　私は確かめるように羅大人の顔を見た。羅大人は観念したかのように静かに目を閉じた。しばらくして再び、

「手前といたしましても不本意でございました」

　とだけ静かな口調で言った。

「わかっている。――上手な名目を拵《こしら》えることだな」

　そう言うと謝霊輝は羅祝林を睨《ね》めつけるように見ていたが、とうとうたまりかねたのか、双方とも大声をあげて笑いだした。

「わっはっは。韓侂冑も困ることだろうよ」

「はっはっは。昉烝様は恐ろしいお方でございまするなあ。庭を一目見ただけで世の中の動きがおわかりになる」

「ふふ、それを知っていて見せてくれたのだろうに」

　それからいっそう大声で笑った。私と綺華と羅の若旦那の三人はまるで狐に摘《つま》まれた顔で互いに首を傾《かし》げるばかりだった。彭亀年だけが何か感ずるところがあったらしく、しきりに頷いては妙に納得していたのが印象的であった。

【第九回】

計を用いて大夢園に道士を向かわせ、
暴により知府事は関雎《かんしょ》の危《あや》うきに遭《あ》う。

——羅《ら》祝《しゅく》林《りん》からの届け出があったのは、「陶平《とうへい》」という、慥《たし》か四十前後の男のはずだったが……それがこの事件と何か関係があるのかね。盃にまだ少し残っていた酒をぐいと、最後は吸いとるようにして呑み干してしまうと、知府事の周《しゅう》泰《たい》安《あん》は酔眼で朦朧《もうろう》となった眼差しを謝霊輝《しゃれいき》の方に向けた。

「その時の羅祝林の様子が何だと——うむ、そうだな……どちらかと言えば、いいかあくまでもどちらかと言えばの話だが、焦《あせ》っていたかもしれんな。あの沈着な男が妙にそわそわしていたのを今でも覚えているからな」

右手を伸ばして酒瓶《しゅへい》の細長い首を摑《つか》もうとしていた周泰安はいまさら何をという顔で面倒臭そうに謝霊輝の問いに答えた。

「どうやら私は……」

今度は謝霊輝もぐいと盃をあけた。そしてふうっと大きな息を吐くと、こう言った。

「一杯も二杯も喰わされてたよ」

「ん？　なんだって、一杯だと？――よし、いいとも！」

これもどう聞きまちがえたのか、周泰安が急に奥に向かって、

「なにをぼやぼやしておる。天下一の神謀謝学士様にとっておきの酒をお勧めするのじゃ！」

と大声で叫んだのである。

「わっはっは。いやあ実に愉快だ。さあ、昉烝《ほうじょう》、どんどん飲んでくれたまえ。これ、お前たちも何をしているのだ。早く私の大切な友人にお酒を勧めるのだ」

この言葉をきっかけにそれまで目立たぬように部屋の隅で佇立《ちょりつ》していた召し使いたちが水を得た魚のように一斉に動きだし、急にまめまめしく私たちの給仕をするようになった。私はどうも飲める性質《たち》ではないようなのだが、彼らのあまりにも巧みな勧め上手のせいで気がついたら盃を一つ二つと重ねていた。本当は今夜はとても飲める気分にはなれないのに。

しばらくして――。

「――で、その陶平という男はどうなったのかね」

幾度めかの酒が自分の盃に灌《そそ》がれるのを放心したように見つめていた謝霊輝が突然口を開いた。

「さてどうなったのか。見つかったという報告は受けてないが――。しかしどうしたのだ、たかが下僕の行方くらいに」

「あ、そこまで」

謝霊輝の鋭い声に、召し使いの手がぴたりと止まった。酒は盃の縁《ふち》いっぱいのところで緩《ゆる》やかな曲面を湛《たた》えたまま静止した。謝霊輝はその盃を零《こぼ》しもせずに持ち上げると一気に飲み干した。そして微

かな笑みを浮かべると、

「酒は好《よ》し、月は佳《よ》し。あとは綺華の細工をご覧《ろう》じろだ」

と呟いた。周泰安はそれを聞くと不安そうに、

「うむ。今夜の計略が本当にうまくいけばよいが――だがそれにしても、私にはまだ何が何だか……こうやって酒でも飲むしか方法がないと言うのも情ない話だ」

と言った。その不安を打ち消すように先生は「心配しなさんな。――それよりも君の方の手筈《てはず》は大丈夫なんだろうね」

とてきぱきと訊いた。周泰安は卓の上についていた両肘を上にあげ、左手の甲でとろんとした両眼をこすると、右手の中の盃を慌てて空《あ》けた。それから威張るように言った。

「万全だ。いいか、もう一度確かめておくが、――綺華が牢の鍵を開ける。白道士が外に出る……」

その言葉を謝霊輝が続ける。

「そのあとを君の間諜たちが見つからぬように尾行する」

「そこだ。お主の推理では白道士は霊渓道観には戻らぬというが……」

「当然だ。戻れば殺されるかもしれぬからな」

周泰安はとんと音をたてて盃を卓上に置いた。そしてすぐ傍らにいた召し使いの頭に、

「――これ、席をはずすがよい」

と低いが威厳のある声で命じた。召し使いの頭は深々と頭を下げた。それからすばやく部下に目配せをした。するとたちまち全員が音もたてずに部屋から姿を消したのである。用心深い知府事は廊下

に出て彼らの姿が見えないのを確認すると、さらに立ち聞きを防ぐために、部屋と廊下の間にある小部屋の扉をも閉めようとした矢先に、背後から、

「まあ。召し使いどもを全部追い払って何をなさるおつもりですの」

と声がした。振り返ると廊下の角に夫人の姜清瑛《きょうせいえい》が、茶器を載せた盆を両手に捧げて立っていた。

「なんだ。お前か。——どうして部屋で休んでいないのだ。この間から熱があるというではないか。無理をするでない」

叱るように周泰安が言うと、夫人は近づき、

「わたくしのことはご懸念には及びませんことよ。それよりも御酒ばかりではお体にもお障りだと思い、お茶を用意してまいりましたの。わたくし、さきほどから綺華を呼んでおりますのに。あの子ったら、どこに行ったものやら、なかなか参りませんし……」

とそのまま中に入ろうとする。うろたえた周泰安が、

「ま、まて。今は大事な作戦を話しているところだ。茶は私が持っていこう。お前は部屋のほうで休んでいなさい」

と夫人を制すると、姜清瑛もびっくりして思わず聞かなくてもよいことまで訊いてしまう。

「まあ、恐いお顔——なんですの、作戦だなんて」

周泰安もこの夫人にはどうも弱いらしく、扉を閉め直すと廊下に出てきた。そして夫人の耳元で、

「よいか、ここだけの話だぞ。昉烝《ほうじょう》に知れたら気まずくなるからな」

と囁いたあと、

「――いろいろ心配もかけたが、例の事件のことだ。どうやら目処《めど》がたちそうなのだ」

と告げた。夫人はそれを聞くと本当に嬉しそうな顔つきになって、まあ、それはおめでとうございます。と言ったあとで、やはり気になったのだろう。

「でもどうして昉烝様がお気を悪くなされますの？」

と訊ねた。

「お前には心配をかけるなと言われているのだよ。だからこれまで何も話さずにきたのだ。――それにこれは私の仕事でもあるからな。実は――綺華もこの作戦を手伝ってもらっている。悪く思わんでくれ」

と周泰安はぶっきらぼうな口調で答えた。姜夫人は微笑《ほほえ》みを浮かべながら、

「あなたのことはわたくしのことでもありますから……」

それから心配そうに、「でも綺華に危険な真似だけはさせないでくださいな」とつけ加えた後で独り言のように、「それにしてもどんな作戦なのかしら……」と呟いた。

「他言無用だぞ」

周泰安がそう言うと夫人はこっくりと頷いた。

「実はな、白道士をわざと逃がすという途方もないものだ」

途端に夫人の顔から血の気が引いていくのがわかった。

「そんなことをなさって……だいじょうぶですの？」

周泰安はしまったと後悔した。慌てて安心させようとしたがどうやら手遅れのようだった。

「心配するな。今孔明と言われる昉烝のことだ。深い考えがあるに決まって……おい、どうした！　しっかりするんだ」

すっかり真っ青になった姜夫人は苦しげに、

「なんだか背筋が寒くなって……とてもわたくしの出る幕ではございませんわ。あなた、わたくし、やはりお部屋で休ませていただきますわ」

「そうしなさい。だから言わないことじゃない。——さあ、それをこちらに」

夫人から茶器を奪うように取りあげると、周泰安は大声で下女を呼んだ。二人の下女が来た。下女たちは夫人の様子を見ると、大騒ぎをして抱きかかえるように廊下の奥に消えた。

周泰安が私たちのところに戻ってくるや、謝霊輝が心配そうな顔で尋ねた。

「夫人の容態はよほど悪いのかね」

ばつの悪い顔をして周泰安が答える。

「いや、なに……このことを話したら急に気分が悪くなったようだ」

聞くと謝霊輝は困った顔で、

「話してしまったのか……だから内緒にしておけとあれほど言ったのに」

「うむ。申し訳ない。そうは言っても清瑛《あれ》はこれまでも私の仕事を陰ながら支えてくれていたから——」

つい口をすべらしたのだ」

「そうか。貞女の鑑《かがみ》というわけか」

謝霊輝は納得したように呟く。

「まあそんなところだ。ところで――」

と急に周泰安が謝霊輝の顔に自分の顔を寄せてきた。

「どこに逃げていくつもりなんだ、あいつは？」

声をおとして耳元で尋ねてきたので答える謝霊輝もつられるように声を低めて、

「行き場所は一つしかない。『大夢園』に決まっている」

と言いきった。周泰安は腕組みをした。

「羅祝林の別荘か……だが、なぜそこだとわかる？」

それは、と言いかけて、謝霊輝は盃の中の酒を飲もうとした。空だった。すかさず周泰安が、これでも飲め、と言わんばかりに夫人から手渡された茶を勧めた。謝霊輝は黙って受けとると、まず一口飲んだ。

「――羅祝林が山水で名高い己《おのれ》の別荘をなぜ一面の花畑に変えたのか。これがわかれば自《おのず》から判明するじゃないか」

そんなこと、と言いかけた周泰安が、

「世間では羅祝林が山水に飽いて、気紛《きまぎ》れに造ったと、もっぱらの噂だが……」

と言葉を濁した。謝霊輝は別に気にするわけでもなく軽く笑って、

「ふふ……。そうしておくのが一番無難だからな。ところが飽きると言うのならば、花畑の方がもっと飽きるだろうよ。そもそも山水というものは時とともに味わいがでる。飽きない仕掛けがふんだんに取りこまれた造りになっているものだ。羅祝林のような年配で、剛毅な性分の男には特にその趣向

が強いだろうに……」

そう、独り言のように言うと、謝霊輝は茶の薫りを楽しむべく鼻をぴくぴくとうごめかした。

「なるほど。羅祝林はしぶしぶ造り替えたと、こう言いたいのだな」

周泰安の言葉を聞いて、謝霊輝はじっとその顔を見つめた。それからいつものいたずらっぽい笑みを浮かべて、

「ご明察。——ところでその事情とやらを、われらが名知府事閣下ときたら、とっくにお見透しだったのだから、こちらとしては一杯も二杯も喰わされていたと恨みたくもなる」

と言うと周泰安はどぎまぎと、おいおい、何を言ってるんだ、と弁解じみた口調で誤魔化しはじめたが、謝霊輝があまりに涼《すず》やかな眼差《まなざ》しで見つめていたので、とうとう、

「——別に、お主を信じていなくて、それで話さなかった、という訳じゃないんだ。まさかなあ……そんなことと今回の事件とがこんなに繋《つな》がっていたなんて、なあ」

言わずもがな、白状してしまった。謝霊輝も同情するかのように、

「それはそうだろうな。私だって、城市《まち》であの若旦那に出会わなければ、まず分からなかったから。要するに、いかに韓侂冑《かんたくちゅう》の頼みとは言え、羅祝林にはこれ以上の非道は我慢できなかったのだろう——ところで、広仲、」

「うむ」と周泰安は顔をあげた。

「君がこのことに気づいたのはいつ頃からだね」

ああ、そいつは、と言いかけた周泰安はしかし逆に黙りこんでしまった。空になった酒杯を両手で

さかんに弄《いじ》くっては軽い溜息ばかりついている。謝霊輝はしばらく待っていたが、ややあって徐《おもむ》ろに口を開いた。

「――君がこの土地の良民に愛着をもって接していることは十分に承知しているよ。実際、ここには飢饉もないし、流民も発生してはいない。これは知府事が君だからこそ出来たことだ。君の力だ」

「昉烝《ほうじょう》――」

周泰安の目が潤《うる》んだ。謝霊輝はわざと遠くに目をやった。それからゆっくりと口を開いた。

「知っての通り、憎《に》っくき侂冑《たくちゅう》のために、昨年、朱子が宮中より追放になった。そして朱子派の正義漢、吏部侍郎《りぶじろう》の彭子寿《ほうしじゅ》も外国接待役という名目で体《てい》よく国都から追い払われてしまった。いやそればかりではない。とうとうあの趙子直《ちょうしちょく》様までもが宰相を罷免《ひめん》され、福州に流されて、殺されてしまったのだ。侂冑の奴め、曲学阿世の徒、李沐《りもく》らの一党に唆《そそのか》されて、あろうことか我らが道学を偽学呼ばわりにしただけでは満足いかぬのか、近頃では、そもそも学問を修養として修める者はことごとく偽善者であり、世に言う清廉潔白《せいれんけっぱく》の士などは全て偽りにほかならぬと公言しているとか。逆に、貪欲《どんよく》で我《わ》が儘《まま》、賄賂《わいろ》などは当然という、欲望を剥《む》き出しに生きる者こそ赤裸々《せきらら》な真の人間性のあらわれと主張する狂いようだ。そのため今では、『論語』『孟子』などの書物は世を惑わすものと、ひそかに禁書扱いになっているとも言うじゃないか」

謝霊輝はこう言うと、怒ったように茶を飲んだ。

「…………」

「その結果がどうだ。いまや中央も地方も、役人として起用される者は、無節操でだらしのない、やくざな連中ばかりになってしまったのだ。多少なりとも見識らしきものを持つ人物がいれば、〈妖人《ようじん》〉として排斥されるという絶望的な世の中に変わってしまったのだ」

謝霊輝は怒りを抑えかねたのか、持っていた茶碗をどんと置いた。

「昉忝――」

口を挟もうとした周泰安に、謝霊輝は、

「いや、広仲《こうちゅう》。もう少し言わせてくれ。先日、朱子を訪ねた時のことだ。朱先生は、わが宋は歳幣《さいへい》という貢ぎ物で幻の平和を買っていると仰《おっ》しゃられた。自分の力で身を護《まも》ろうとしない人間は、いつしか虚無的、刹那的になり、ついには亡国の徒と化しつつある己《おのれ》の姿にさえも気がつかないまま、朽《く》ち果てていくのだとも言われた。しかもそんな歳幣の費用を捻出《ねんしゅつ》するためにだ。韓侂冑一派は阿片《アヘン》にまで手を出しているという――」

周泰安は飛び上がらんばかりに驚いた。しばらく謝霊輝の顔をじろじろと見ていたが、やがて、

「……お主、そこまで知っていて……それでは、羅祝林の花畑も」

「羅祝林は花畑の罌粟《けし》の花を見せるために私と享牧とを招待したのだろうよ。あの花畑を見ただけで、口に出せない事情を私たちがどれだけ読みとってくれるかがあの男の願いだったのだ。表沙汰にすれば、それこそ韓侂冑の手の者に殺されかねないからな」

早口で周泰安が尋ねる。

「よ、よろしい。それでは聞こう。羅祝林はなぜそれを、そんな危険なものをわざわざお主たちに見せようとしたのかね」

今度は謝霊輝が口を噤《つぐ》んだ。――が、すぐに、

「それは私も考えたさ。実はそこで白道士との関係がわかってきたのだ」

と言った。

「いいかね、羅祝林は白道士が獄に囚われたことに最初から興味を示していた。そこで私はぴんときたのさ。白道士かその仲間たちがあの花畑の罌粟《けし》の実を受け取っていたのではなかったのか、とね」

この説明にどうやら周泰安も肚《はら》を決めたようだった。

「それで『大夢園』へ行くと言ったわけか。――では、次は私の番だ。私がそもそも霊渓道観の阿片に気がついたのは半年ほど前なのだ。聞いてくれ――その切っ掛けは実は清瑛だった」

「夫人だと――」

謝霊輝は驚いた表情で周泰安を見つめた。周泰安は何かを思い出しでもするかのように、天井を凝《じっ》と睨《にら》んだまま、やがてぽつりぽつりと話を切りだした。

「……妻はあの道観には毎月といってよいほど参詣に行っていた。家庭を持たぬお主にはわかるまいが、女というものは信仰には実に従順な面があるようだ。さて、聞くところによればだ、知府事夫人たる妻は、道観の定めにより、玉皇殿の中では簾《みす》を隔《へだ》てて台階の上に立つことになっているという。もちろんその時には、管長でさえもその台階には上がれないことになっているとか。ところが……」

と周泰安はここでちょっと口ごもった。

「半年ほど前のことだ。屋敷に戻った妻が妙なことを口走るようになったのだ。祈っている最中に自分の周りに紫雲にのった太上老君《たいじょうろうくん》の使いである大勢の天女がやってきて、しきりに輿《こし》にのるように

勧めるというのだ」

「天女が？」

謝霊輝が聞き返す。周泰安は説明を続けた。

「そうだ。私も最初は女の戯言《ざれごと》だろうと相手にもしなかったのだが、そのうちに妻の近くに侍《はべ》っていた供の者までが似たようなことを言い始めたので異変だと直観したのだ」

「やはり天女と……」

呆れた顔の謝霊輝に、周泰安は首を振った。

「いや。一人は遠く離れている家族がやって来たと騒ぎだし、もう一人の者などはとっくに亡くなっている母親が昔のままの懐かしい笑顔で近寄ってきたのだと言いはっていたが、嬉しさのあまり、最後には泣きだしてしまうほどだった」

事の真相が呑みこめたのか、謝霊輝の口からぽつんと言葉が漏れた。

「幻覚だな……」

周泰安はそれに対して、表情を押し殺したまま話し続けようとする。そうすることが、この話の真実性を強調できるかとでも信じているようだった。

「多分そうだろう。それで私も不審に思い、その時の様子を詳しく聞きだしたところ、堂内は読経と香の煙ばかりだったと言うのだ。それで、これはもしかしたら噂に聞く阿片の効用ではと疑ったわけだが、私には阿片のことなど何も分からぬ。ともかく、妻の参詣だけは急遽《きゅうきょ》とりやめ、阿片についてはひそかに調べ、霊渓道観にもそれとなく探りを入れようかと思い始めた矢先に、この事件が起きたというわけだ」

謝霊輝は軽く頷くと目をきらっと光らせた。

「――君はさきほど、玉皇殿の中で、と言ったね。それでは、あの足跡、ほら、尸解《しかい》した道士の側にあった小さな足跡はその時の夫人のものだとなるじゃないか」

「あ」

周泰安は重大な見落としに初めて気がついたように、口をあけたまま、不安な面持ちで謝霊輝を見た。しかし謝霊輝はもうそんなことはどうでもいいのだと言わぬばかりに、ぶつぶつと独り言を言いはじめている。

「なるほど。あそこは普通の道士たちが行けない場所だったのか。だが、おかしいぞ。そうだとすれば老律堂の靴にはどういう意味があると言うのだ……」

私、王敦が慌ただしく、二人のいる部屋に入って来たのはまさにこの時だったのである。実はこの瞬間までは私は綺華の仕事を見届けるために牢の方に行っていたのだ。だから先生と周知府事のこれまでの会話は後からの伝聞を纏めたものである。しかしそれも悪くはないだろう。歴史というものは全て伝聞か捏造《ねつぞう》かあるいは創造以外の何ものでもないのだからである。

「逃げたか、享牧」

謝霊輝は私の顔を見るなり、そう言った。

「はい、先生。綺華さんが上手にやってくれました」

私は激しい息遣いのまま、喘《あえ》ぐように報告した。

「それで綺華は例のことを言ってくれたのだろうか」

心配そうな謝霊輝の眼差しに対する答えは私の背後からの明るい朗らかな声だった。

「はい。謝先生、仰せの通り致しました」

そこには男装した姿の綺華がいつの間にか立っていた。謝霊輝は急に顔を綻《ほころ》ばし、にこにこした表情で私たちを犒《ねぎら》った。

「二人ともご苦労だった。これから先はここの間諜の仕事だ。さてところで、どんな具合に巧くやったのが、ひとつ話してもらえないかね」

綺華が答える。

「はい。――わたくしは先生に言われた通り、白道士の閉じこめられている牢に近づき、そこで警護している吏《り》に当て身を食わせて倒し、それから鍵を奪いました」

「やれやれ、警護の者には恨まれそうな話じゃ。あとから何か褒美でも与えておこう」

と知府事がぼやく。綺華は小さくなって、

「申し訳ございません。――でもずいぶんと手加減をいたしましたが」

とそれこそ恥じ入るような声になった。

「なあに、かまうものか。敵を欺《あざむ》くにはまず味方からさ。で、それからどうした」

と謝霊輝が綺華を庇《かば》う。

綺華は話しだした。

――見張りの役人は声もたてずに倒れました。わたしとしては少しくらい騒いでくれたほうが疑われなくてすむのに、とも思いましたが殺したわけではありませんので、目を覚ます前に急いで白道士のいる牢を開けなければなりませんでした。

道士は寝ているようでしたが、足音で気づいたのでしょうか、わたしが近づいた時にはすでに起きあがっておりました。

「お前は?」

と道士が尋ねました。が、わたしは言いつけをまもって、それには答えず無言のまま牢の戸を開けました。やはり謝先生のお見通しの通りでした。白道士は牢から出ようとしないのです。それどころか、奥の方に後退《ずさ》りさえしたのです。そこでわたしは、この時のために先生から前もって教えられていた例の言葉をゆっくりと口に出しました。すると、白道士は本当に驚いた顔でわたしをまじまじと見つめました。

「――なぜ、お前は、その言葉を……」

わたしは慌てずに答えました。

「わたしは味方です。早く逃げてください」

今度は白道士は軽く頷きました。そして先程とは打って変わったように、あわてて牢の外へ出て来たのです。

「わたしは味方だというのは上出来だ。さてこれであとは間諜の報せを待つだけだな」

謝霊輝は満足げにそう言った。

「先生。白道士は本当に『大夢園』に向かうんでしょうか」

私は急に心配になった。

「きっとそうする」

謝霊輝はきっぱりと言った。

「だが、もしも、行かなかったならば……」

知府事が不安になったのか、いらいらした声で尋ねてきた。すると謝霊輝は、なるほど、その可能性は否定できないが、しかしそのための間諜なのだから、いずれにしても行き先ははっきりするだろう。と明るく笑ったのだった。

数刻後。

戻ってきた間諜の報告は予想通り、満足すべきものだった。しかしそのすぐ後に、まさか事態がこのようになろうとは誰も思いもつかなかったはずだ。

謝霊輝の顔は苦渋に満ちていた。私はこんなに苦しそうな先生の顔を見るのは初めてだ。いやそれは先生だけではなかった。周知府事はそれ以上に、それはほとんど苦痛といってもおかしくないほど悲惨な形相に変わっていた。そして綺華は泣き出すのを必死になってこらえていた。かくいう私は、と言えば、もうどうしてよいのか皆目わからず、ただただ先生の顔色をおろおろと窺《うかが》うだけという情ない姿だったのだ。

たしかに白道士は『大夢園』に逃げこんだのだった。ここまでは謝霊輝の読みの通りだった。

（――してやったり）

とばかりに謝霊輝と周泰安は互いに笑みを浮かべ、さあそれでは次なる手を打ち、いよいよこの奇妙な事件の幕引きを始めよう、と眼と眼が語りあっているその最中に、まさにその最中に、奥の方からそれこそ絹を裂くような悲鳴が聞こえてきたのである。私たちが慌てて声のした場所に駆けよってみると、夫人の部屋の窓が荒々しく開け放されていた。一目瞭然、奥方の姜清瑛が何者かに拉致されたのであった。

「まさか、こんなことが――間違いない。これは敵の仕業だ。いいか、これが何を意味するのか分かるか」

興奮して早口に喋る謝霊輝にだれもが呆気《あっけ》にとられた。先生がこんなに狼狽《うろた》えるなんて――想像も出来ないことだ。

「享牧、どうなんだ！」

叱責の声に私はしどろもどろに答えた。

「わ、わかりません」

謝霊輝は当然だとばかりに頷いた。そして、

「白道士の行動に眼を凝《こ》らしている者が我々以外にもいるということだ。だがそうだとすれば」

と言うと口ごもった。

「そうだとすれば」

周泰安が続きを促す。

「広仲、夫人が誘拐されたのだよ。しかもこの時期にだ。これは相手が我々の動きを完全に知っているということになる」

苛々《いらいら》した声で謝霊輝が続けた。その言い方がいかにも棘々《とげとげ》しいので、詰《なじ》るように周知府事が反論した。

「ふん。お主の口振りでは、何かね、この中に敵と通じている奴がいるとでも言いたげだな」

「じゃあ君にはこれが偶然だとでも言うのかね」

と今度は謝霊輝が怒った。しかしその言葉が終わるか終わらないかのうちに知府事が怒鳴った。

「馬鹿なことを言うな、昉烝。いつものお主の冷静さはどうしたのだ。――それじゃ聞こう。その間諜の役は誰かね。この私か、それとも享牧かね」

そう言ったあと、周泰安はまるで恐ろしいものを発見したように目を瞠《みは》った。

「――まさか、昉烝、お主――いや、それは違うぞ」

謝霊輝はもう鋭い眼付きで綺華を睨んでいる。

「先生、やめてください。綺華さんに限って、そんな」

私は必死に叫んだ。

「謝先生、私ではありません」

泣き叫ぶように綺華が訴えた。しかし謝霊輝は恐ろしいほど落ち着いた声で一喝した。

「黙れ！――私にこれ以上何も言わせるな。初めて朱子を訪問した時からどうも様子がおかしいとは思っていたのだ。あの雨の中でどうして賊どもが私たちが通る道を知っていたと言うのだ。これが第一の疑問だ。そしてどうしてお前が途中から姿を隠したのだ。これが二つの疑問だ。さらに言えば、賊が逃げるやその後からすぐにお前が現れるなんて、今から考えればおかしなことばかりじゃないか」

綺華は息をのんだ。何かを言おうとして唇が動いたその瞬間、謝霊輝はその口を塞がんばかりに大きな声で、

「言うな！」

と叫んだ。綺華は黙った。それから謝霊輝は急に優しい口調になった。

「私の気持ちはわかっているね。夫人がいなくなったのだ。お前にここにいてもらったら困る。さあ、綺華、玉山のお祖父さんの所へでも戻るがよい」

「先生、綺華さんじゃありません！」

私は自分の体を綺華の前に出し、先生を睨みつけた。謝霊輝は今まで見せたことのない怒りを顔にあらわして私を怒鳴りつけた。

「この馬鹿！　お前は師である私に逆らおうというのか」

「い、いえ……でも、これじゃ綺華さんがあんまりです」

私はどうしていいのかわからなくなり、あまりの悲しさに思わず涙がはらはらと流れ落ちた。先生はそんな私に対して厳しい口調で、

「享牧。泣くんじゃない。今はそんなことをしている暇もないんだ。この先、敵がどういう考えで行動するのかを見極めることが大事なのだ。なにしろ相手は私たちがどう考えるかを熟知しているのだから……」

と言った。その声にはもう怒りの感情は感じられなかった。しかし私の頭は混乱していた。その時

だった。綺華がきっぱりと言いきったのは。

「わかりました。謝先生。私は疑われてまでこの屋敷にいようとは思いません。でも、出ていく前にこれだけは教えて下さいな。敵は奥様を拉致してどうするつもりなのでしょうか、まさか殺すなどとは……」

綺華の問いに謝霊輝は自信をもって断言した。

「殺しはしない。理由がないからだ。おそらくは白道士の身柄がほしいのだろう。——そう、そう、玉山のお祖父《じい》さまにはどうして屋敷を出たのかをはっきりと話しておきなさい。わかったかね、綺華」

先生は妙に親切な物言いだった。そう言うと謝霊輝は出ていこうとする綺華の前でくるりと背を向けた。綺華は立ち止まって、何かを訴えるかのような眼差しで先生の背中を見つめた。それは憎しみの眼ではなく、また憐愍《れんびん》を請うような瞳でもなかった。そう、敢えて言えば、恋する乙女のような、そういう眼差しだった。

「ば、馬鹿な……綺華、行くな。昉烝は疲れているのだ。お前がいなくなれば、儂《わし》は妻に何と言えばよいのだ」

周知府事が大声で叫んだ。だが綺華はそれさえも聞こえぬかのように、今度はいかにも怒った素振りでさっさと部屋から立ち去ってしまったのだ。

(綺華がいなくなった……)

私はこの時ほど謝霊輝先生を恨めしく感じたことはなかった。

【第十回】

周泰安は賊書を得るや懐《ふところ》を傷《いた》め、謝霊輝は単《ひと》り憂《うれ》いを解く。

――三日経《た》った。

知府事のもとに、姜夫人を攫《さら》った賊からの投文《なげぶみ》があった。

「遅い。――やっと来た。あいつら、今まで昼寝でもしていたのじゃないだろうな」

周泰安《しゅうたいあん》はもどかしげに包み紙を開き、すぐに中にある手紙を読んだ。そしてすばやく読み了《お》えると、忌《い》ま忌ましそうにちっと舌打ちをした。謝霊輝《しゃれいき》は投げ渡された手紙をゆっくりと読んでいたが、やはり……。と軽く頷いただけであった。気のせいか、私はこの横顔からいつもとは違った寂しげな印象を受けとったのでなんだか妙な気分になった。いつもの先生ならば困難に出会えば出会うほどその顔は炎のように輝くのだが。

「ということは、……先生、やはり奥様と白道士の交換ということでしょうか」

この私の質問に答えたのは知府事の方だった。

「まったくその通り。ほれ、享牧君も読んでみるがいい」

私は無雑作に投げ出された手紙をおそるおそる拾いあげるとその文面に恐々《こわごわ》、目をおとした。手紙には、

——夫人は無事である。我々は夫人の命を奪おうなどとは毛頭考えていない。ただ拠《よ》ん所《どころ》無《な》い事情が出来《しゅったい》し、どうしても白道士の身柄が必要となった次第《しだい》につき、何とか知府事閣下の特別のご配慮をお願いしたい。白道士が当方の支配下になり次第、すみやかに夫人をお送りする所存である。なお、夫人には下女二人をつけ身の回りの世話をさせるなど最高の敬意を払っているが、不幸にも官軍が当方の住まいする所を攻撃するようなことでもあれば応戦中の夫人の命は保障しかねる。宜《よろ》しくご叡慮《えいりょ》を給《たま》わらんことを。

休

知府事閣下侍史

という内容の文が丁寧な書体で書いてあった。しかし私の眼は最後にある「休」という文字に釘づけになったことは言うまでもない。

「せ、先生。この〈休〉というのは、あの、血文字の」

私は興奮して叫んだ。

「落ち着け、享牧《きょうぼく》。お前は結論を急ぎすぎるようだな。これが何もあれと同じとは限るまいに……」

謝霊輝は不思議に落ち着いている。

「いや、昉烝《ほうじょう》。紛れもない。これは殺された張道士が今際《いまわ》の際《きわ》に書き残していった、あの謎の人名に違いあるまい。やはり、休なにがしという奴がこの事件の犯人だったのだ」

周泰安は断言するように言った。私も、わが意を得たりと知府事にこう言った。

「そうですとも、閣下。――さっそくその男を捕まえに行きましょう」

「おお、よく言った、享牧。知府事の名において、私が必ずこの手で休なにがしの首を締めてやる」

ますます興奮してくる周泰安に、なぜかのんびりと間延びした顔の謝霊輝が、気の抜けたような声で、

「ほう……さすがに名知府事だなあ。夫人の命よりも犯人逮捕が先なんだから」

と他人事《ひとごと》のように言う。周泰安はこれを聞くと、突然、我に返ったらしく、ふうっと大きな溜息をついた。それから照れくさそうに苦笑いを浮かべた。

「痛いところを言う奴だ。――なあ、昉烝。どうしたらいいものだろう?」

と今にも泣きそうな表情になったので、先生も苦笑してしまった。

「安心しろ、広仲。夫人が無事だとわかっただけでも儲け物だ。あとは白道士に事情を打ち明けて、身柄交換にいやでも協力してもらうより手があるまい。もっとも、賢明な君のことだ。この賊と白道士とがそもそもどういう関係にあるのかを聞きだしているとは思うが……」

この言葉に知府事は、はっとなって、

「おお。そうだったわい。私としたことがそいつを忘れていたとは――」

そう言うと慌ただしく部屋から出て、いきなり公庁の方に向かって、大声で叫んだ。

「おおい、誰かいないか――命令だ。兵を率いて『大夢園』に隠れている白道士をひっ捕まえてこい！」

これを聞いた謝霊輝は悲しそうな眼で私をみた。それから苦虫でも噛《か》み潰《つぶ》したように何度も何度も首を横に振った。私にはそれが、いまさら行ったところで……という意味だとわかった。

報告はすぐに来た。

案の定、白道士の姿はどこにも発見できなかったということだった。

報告を聞いた周知府事はそのことを伝えに来た部下を危うく怒鳴りちらすところだった。が、政庁の責任者としての長年の訓練と、学問によって鍛えあげられた精神の強さが、辛うじて感情の爆発を抑えたのだった。しかし、その顔には落胆の色がありありと浮かび、もはや力という力が全て抜けきってしまったかのように蒼白になったまま、無言で足取り重く自分の部屋に入っていった。

閣下……と私が声をかけようとしたのを謝霊輝が目で制止した。

「そっとしておこう……」

私は頷くだけしかなかった。

その夜遅く、珍しくも朱子からの使いの者がやって来て、先生に一通の書状を手渡した。

「享牧。朱先生もお健《すこ》やからしい。何やらお見せしたいものが手に入ったとのことだ。お前と一緒に来てほしいとのことだが、どうするかね」

書状を読み了《お》えた謝霊輝はなぜか悪戯《いたずら》っぽい笑みを浮かべてそう私に尋ねた。私にどうして異存があろう。それにこれは私だけしか知らないことだが、これまでどんな事があろうとも、この笑みが先生の顔に浮かんだ時にはたいていはもう困難な出来事が解決している時なのだ。だから今度もきっと何かが分かったに違いない……。

「私が白道士だったとしても――」

と馬の揺らすままに身を任せながら謝霊輝が語りだしたのは、あの豪雨の日に襲われた同じ場所を、翌朝、ちょうど通りすぎた頃だった。もしかしたら先生は私がその場所に近づくにつれ何だか心臓が苦しくなってくるのに気がついていて、それで気を紛らそうとこんな話をもちだしたのかもしれない。

「いつまでも『大夢園』なんかにいるものかね。誰かが付けて来る、と考えるのが理というものさ」

「でも、先生。それじゃあ白道士は一体どこに行ったと――『大夢園』には知府事閣下直属の間諜が四六時中見張っていたのですよ。そこから逃げるなんて」

私が向《む》きになって言ったものだから先生は苦笑を抑えきれず、

「どうもお前は……」

と呆れたような顔で、

「――結論を急ぎすぎる」

と言った。それからにったりとした眼で、

「よいか。今回の事件の鍵は何といっても、やはり〈尸解《しかい》〉にあるのだ。霊渓《れいけい》道観というさほど有名でもない道院で、いいかね、前代未聞の尸解だ。これだけならばあの連中の言うように慶事、おめでたいことなんだが、ところが知府事にしてみれば、夫人がその道観で天女に出会ったという不思議な体験を聞いている。無知の愚夫ならばともかく、周泰安広仲《しゅうたいあんこうちゅう》は陸象山《りくしょうざん》門下の俊逸《しゅんいつ》だ。そんなたわけた話を信じるはずがない。そこで彼はこの話には何か裏があると感じたのだ」

ぶつぶつと謝霊輝は独り言のように言う。

「はい。知府事はそこで霊渓道観における阿片《アヘン》の存在に気がついて、と。この前の話ではそう仰しゃってましたが」

いつものように私も相槌を打つ。こうすれば謝霊輝が話しやすくなるのだ。

「うむ。それで知府事は、すぐにこの〈尸解〉が阿片に関係したものであろうと考えたというわけだ。だが、もともと阿片について知る術《すべ》もない知府事に、そもそも誰がその害を教えたと思うかね」

「さあ。よく分かりません」

私が何気なく答えると、謝霊輝はいとも簡単に、

「それは朱子だよ、間違いなく」

と断言したので、私はびっくりした。

「えっ。朱先生が――でも、どうして、朱先生はそんなことまでご存知なのですか」

どうやら私は何も知らない弟子らしい。先生は思い出すように語りはじめた。

「うむ。以前に象山先生から伺《うかが》った話で、その時には私も若かったせいか、その内容をさほど気にもしなかったのだが、朱子は自分の学説である『理気説』を確立するに際し、いわゆる〈気〉の性質が今ひとつ把握できずに苦心惨憺《さんたん》したそうだ。そして人体にある〈気〉を解明しようとわざわざ医学にまで手を染めたという。まことにあの方は恐れを知らぬ知の探究者だと言えよう。もう一つの根拠は

朱子のところにあった女真《ジュルチン》文字の道書だ。あれを見れば朱先生が道教の研究と金国の情勢について一《ひと》方《かた》ならぬ興味を持たれていたことがわかるはずだ」

この時、私の脳裏にある疑問がふっと浮かんだ。

「そういえば、どうして朱先生のところにあんな女真の書物があったんだろう……」

「おや、享牧――」

と、この時、謝霊輝がいつになく真面目な顔つきで私を見た。

「お前もやっとそういうところに目がいくようになったんだねえ。――そうなのだ。そうやって原因と結果をたえず考える習慣を身につければ、やがては現象の背後に隠された物事の本質が見抜けるようになれるのだよ」

こう言うと、本当に嬉しそうに目が笑った。私はすっかり恥ずかしくなった。先生は言葉を続けた。

「正にその通り。私もそこに目をつけたのだ。だから、羅祝林《らしゅくりん》から誘いが来た時にも、その背後に朱子の影を感じたのだ」

この一言も私を驚かせた。

「ええっ。それではあれも朱先生がお膳立てをしたと……」

謝霊輝は淡々と説明しだした。先生にとってこんな推理はきっと児戯にも等しいのだろう。

「勿論そうさ。もともと羅大人は有名な義人だ。韓侂冑《かんたくちゅう》のような人間を反吐《へど》がでるほど嫌っていいはずだ。ところが皮肉にことに、韓侂冑一派はこの『信州の御大尽』をたんなる金の亡者とでも思ったらしい。儲け話のつもりで罌粟《けし》の秘密栽培を持ちかけてきた。どうだね、羅祝林の怒りが目に見えるようじゃないか——しかし、そこが大人《たいじん》と言われるほどの人物だ。決して自分の裡《うち》など見せやしないさ。はいはいと、いとも気やすく返事をしたことだろう。断ればすぐにも奴らに殺されることぐらいは百も承知だ。自分に逆らう者、自分の意のままにならぬ者は容赦なく弾圧すると言うのが小人の常態だからな。何といっても相手が相手だ。そこで困った羅祝林が、この時、相談した人物が朱子だとは、どうだ享牧、お前には想像できるか」

私は、「はあ……」と言ったきり黙ってしまった。謝霊輝は苦笑した。

「まあよい。——いいかね、朱先生がこの地にやってこられたのがほぼ一年前だ。事情を呑みこまれた朱先生は、しかたなく羅祝林に『大夢園』を花園にするように教えたのさ。罌粟《けし》の花をほかの花の中に埋もれさせて誰にもわからぬように栽培させるため、だった。いや、分かったところでどうと言うこともなかったろうが、事情を知った朱子と羅大尽のせめてもの良心だったと言えよう」

「良心——ですか」

と私は尋ねた。

「そうとも。誰だって毒の花なぞ見たくもあるまい。さて、そこでだ。栽培された罌粟は阿片にするために霊渓道観に運ばれたという筋書きになることは誰にでもわかるだろう。道教の経典には不老不死の秘薬を作る方法が山ほど載っているし、そのための道具も揃っているからな。ところで、『大夢園』から道観まで誰がその罌粟を運んだと思う」

「誰がって……まさか羅大尽が運ぶわけもないし」

と私が口ごもると、謝霊輝はきっぱりと言った。

「陶平《とうへい》だ。半年前から姿を晦《くら》まし、羅祝林が必死になって探している男だ。そしてその時の受け取り手が、おそらく尸解した李監定《りかんてい》、鄭《てい》道士、張道士の三人――白道士もその中に入るかもしれないが、ともかくこれで『大夢園』と白道士の繋《つな》がりはわかるだろう」

「でも、朱先生のところにあった女真《ジュルチン》文字の書物とそれがどういう関係にあると仰しゃるのです?」

「ふむ」と謝霊輝は腕を組んだ。その表情には明らかにまだ先が読めていない私への憐れみが感じとれた。実際、先生は私への説明にどう言ったらよいものかと思案されていたようだった。

「――出来上がった阿片を何に使うかだ。恐らく阿片は道教の方士らの手によって道教の秘薬という名目で金国に運ばれたに違いない。そういう遣《や》り取りの中で、金の文字、すなわち女真文字の書物が羅祝林の手に入ってきたと考えてもおかしくはあるまい。羅祝林がその書物を朱子に献呈するのは、まあ至極当然のなりゆきだろうよ」

「は、はあ……」

私は先生の謎解きを、ただただ恐れ入って聞き入るばかりだ。ところが謝霊輝はそんな私の思惑などおかまいなしに、話を続ける。

「ところが朱先生も羅祝林も韓侂冑の言いなりになんかなりたくもない。阿片の害も、少なくとも朱子は熟知している。なんとかして罌粟栽培を中止したいと思っていたのだ。そんな折に、例の〈尸解事件〉が持ち上がった――朱子と羅祝林はぞっとしたことだろうよ」

「へえ、どうしてです?」

「いいかね。私たちが朱子を最初に訪問した時、先生は霊渓道観の事件をすでにご存知だった」

「ええ、覚えております。たしか不老不死は迷信だと……」

「そう。はっきりと仰しゃられた。――朱先生はお若い頃に禅に傾倒されたことはあっても道教についてはさほどお詳しくはないと伺っている。その先生がなぜああもはっきりと否定されたのだろう。答えは明瞭だ。あれが〈尸解〉などではないと、ご存知だったからだよ」

私は固唾《かたず》をのんだ。それから早口で尋ねた。

「せ、先生。それでは――」

謝霊輝はもうすでに合点《がてん》がいったらしい。

「うむ。どうやらこの事件は知府事、朱先生、羅祝林の三人が、三人とも何が原因でこうなったのかを知っていながら途方に暮れていたというのが真相だろうな」

「そんな……。知府事は先生に事件の解決を依頼したのですよ」

私は愚かなので、先生とは違って合点がいかない。謝霊輝は静かに笑った。

「ははは。それはな享牧、分かっていても三人ともどうにも動けない立場だったんだよ。――おっと、無駄話もいいものだ。ほれっ、もう朱先生の庵が見えてきたわい」


卓を囲んで三人の男が立っている。

朱子と謝霊輝、そして私の三人である。

謝霊輝は先ほど私に話した内容をここでさらに丁寧に、朱子に説明した。

「――どうでしょう、朱先生。私の述べたことに何か疑点がございますか」

朱子は人懐《なつ》っこい目をいっそう細くしながら、うんうんと納得するように頷いた。

「よくぞそこまで謎解きをなさいましたなあ。実は、初めてここにいらした時にそのことが、ははは、喉《のど》まで出かかったのですがな、ほれ、壁に耳ありとか――。それに……」

と今度は朱子がにやりと笑う。謝霊輝が気になって、思わず聞き返した。

「それに?」

私はごくりと唾《つば》を呑《の》む。朱子が言う。

「なあに、正真正銘の陸子の弟子ならば、このくらいの謎は解けるだろうと最初から信じておりましたわい。ほれ、陸子もこう言っておりますぞ。『人情物理上ニ工夫《くふう》ヲ做《な》ス』と」

「わははは」

と謝霊輝は突然、声をたてて笑った。

「こいつは一本参りました。朱先生もお人が悪い」

「ははは。悪いついでにもう一つ謎かけをしてしんぜよう」

楽しそうに朱子が言う。謝霊輝は笑い声をとめて、

「はて、何でしょう」

と真剣な表情になった。

「ほれ、例の、血文字の〈休〉のことですよ。謝君はあれをどう解釈しましたかな」

――今でも思い出すのだが、朱子の口からこの話が出た時ほど私が驚いたことはない。朱子はどうしてこんなことまで知っているのだろうか、と言うのが、当時の私の、偽らざる心境であった。とこ

ろで先生の方はその問いかけを当然のように受けとめて、こう答えたのだった。

「はい。朱先生、あれには私も悩みました。殺された張道士が書き残そうとしたものは、間違いなく人の名前です。それも誰かに伝えるために、おそらくは最期の力を振り絞って書いたものに相違ありません。もしそうだとすれば、それは鄭《てい》道士を殺した犯人と同じ人物を示しているはずです。少なくともそれは道観内の人物でしょう」

朱子は頷いた。謝霊輝は続けた。

「私は、――張道士がその名を伝えようとした相手こそ白道士だったと思います。なぜなら自分が息をひきとる前に、その死体を発見できる人物は鍵を身につけている白道士しかいないということをわかっていたはずですからね」

「でも、先生――」

とこの時、私は恐る恐る尋ねた。

「鍵を持っているのが白道士だとすれば、犯人はやはり白道士ではありませんか」

「それはちと性急すぎますな」

そう答えたのは朱子だった。

「考えてごらんなさい。もう一人、どこにでも入れる人物がいるはずですから」

「そんな人物……」

と私が思いあぐねていると、

「そうなのです」

と謝霊輝が言った。

「いるとすれば、一人しかおりません。霊渓道観の知観提点《ちかんていてん》——つまり〈尸解〉した管長しかいないのです」

「それじゃあ、先生。李道士は〈尸解〉して、本当にまた人間として現れてきたと言うわけですね」

素っ頓狂な声の私に、謝霊輝は笑った。そしてこう言ったのだった。

「ははは。何を馬鹿なことを——。李道士が〈尸解〉などしていないということになるじゃないか！道士はまだ生きているというわけだ」

私は急に薄気味の悪い気分に襲われた。それで先生の言葉を否定するように向きになった。

「それではあの——あの〈尸解〉したもの、あの気味の悪い死体は、いったい誰なのでしょうか」

謝霊輝はきっぱりと言った。

「おそらくは行方不明になっている淘平《とうへい》のはず。それしか考えられない」

なるほど……しかし、まだどうにも分からない。それでもう一度だけ尋ねてみた。

「そんな……でも、あの内洞《ないどう》の錆《さび》だらけの扉は誰も入っていないということになりませんか。〈尸解〉した仙人ならば別ですが」

どうやらこの疑問は先生にとってはどうでもいいような問題らしい。

「簡単なことだ。誰かが入ったから逆にそれを誤魔化すためわざと水を撒《ま》いて錆《さび》つくようにしたのだろう。単純すぎる偽計だ」

鰾膠《にべ》も無い返事に私はふうっと大きな溜息をついた。謝霊輝は私なぞもう全く眼中にないようだ。

「朱先生、ここなんですよ。ここで血文字の〈休〉が気になってくるのです。もしかしたらあれは——いや、止めときましょう。もしも私の推理が当たっていれば、わが友周泰安は……」

謝霊輝は舌を硬張《こわば》らせた。

「謝君。私も陸子も、真実の前には勇気を奮い起こしたものだよ」

朱子が励ますように言う。

「——そうでした。お恥ずかしい限りです。それでは私の話を続けましょう」

私はごくんと唾《つば》を呑みこんだ。先生はゆっくりと語りだした。

「朱先生、あの〈休〉という字は、わが国の文字ではなく、もしかしたら女真《ジュルチン》の文字ではありませんか」

急に朱子の顔が輝いた。

「私もそれを言おうと思っていたのだよ。女真文字だとすれば〈休〉は〈リー〉と発音する」

私はびっくりした。そんな……。朱先生と謝霊輝は何でもわかっているようだ。

「先生——あ、いえ、うちの先生の方です。それでは張道士は女真文字で〈リー〉と書き残した、と……」

謝霊輝はそうだと頷いて、こう言った。

「お前にもわかるはずだ。それが管長の李監定《りかんてい》のことを指していることは……」

そんなこと——そんな馬鹿な。謝先生は肝心な点を見逃しておられる。それに朱子もそうだ。二人ともどうかしているのだ。あ、いや、どうかしておられるのだ。よし、この私がいかに洞察力のある人物かをこの際だ、大学者の前に披露しておくのも悪くはあるまい。私は軽い咳払いをして、二人の前を考えごとでもしているかのように出来るだけゆっくりと歩き回った。それからこう言ったのだった。

「先生方、不思議だとお思いになりませんか。張道士は殺されたのですよ。殺されて死んでいく人間が、息も絶え絶えの中でどうして外夷の文字を書き残す必要がありますか。〈休〉が女真文字かどうかはそれは浅学菲才《せんがくひさい》の私には判断できかねますが、でもこれだけは絶対に断言できますよ。普通だったら死ぬ間際に意味のない異国文字など書き残すわけがない、と」

うむわれながら上出来ではないか。特に「浅学菲才」はよかった。一度ああいう熟語を会話の中でかっこよく使いたかったのだ。朱子は私の話を聞いて口元をくすりと動かした。何か言いたそうだったが、目で謝霊輝に説明を促した。謝霊輝は左の親指と人差指《ひとさしゆび》で自分の額を挟むような格好で私をじろりと見た。どうも様子が変だ。何か拙いことを言ったのかな……いや、そんなことはあるまい。きっと先生は私の意見を聞いてご自分の推理が崩れたものだから困ってみえるのだ。そうだとすると弟子として申し訳ないことをしたことになる。朱子の前で恥をかかせたことになるではないか。私は得意になって喋りすぎたのかもしれない。つい自分の才能に溺れてしまったようだ。だから先生は日頃から私の性急ぶりを窘《たしな》めておられたのだ。

「お前の言う通りだ……」

と謝霊輝が沈黙を破った。そうでしょう。そうでしょうとも。

「死ぬ間際の人間が意味のない異国の文字を書き残すわけがない……」

謝霊輝は私にというよりもまるで自問自答するかのように呟いた。先生、そんなにご自分を責めないでください。なあに、私の推理があたるなんてまぐれですから。

謝霊輝は顔を紅潮させると急に大きな声で言った。

「その通りだ。死ぬ間際だったからこそ自国の文字を使ったのだ！」

先生、そんな大きな声を出さずとも——先生方にこの私の賢さがわかってもらえたらそれでもう十分なんですから。謝霊輝が叫んだ。

「だから張道士は金国人、つまり女真人だということがわかるじゃないか！」

「は？」

「享牧、お前というやつは——そこまで考えていながらどうしてもっと洞察力がないのだ。どうもお前にはまだ『格物《かくぶつ》』ということがわかっていないようだな」

「せ、先生。それでは私の推理は間違いだと……」

謝霊輝は言葉を続けた。

「張道士ばかりではない。おそらくは鄭《てい》道士も白道士も女真人に相違あるまい」

驚いたのは、この時だった。「その通りです」と隣の部屋からどこかで聞いた声がしたからである。私はあわてて声のした方に顔を向けた。そこには行方を晦《くら》ましていた白道士が立っていた。

「これは、これは——なるほど、朱先生。お見せしたいと言うのは、こういうことだったわけですか」

謝霊輝はにこにこした顔でそう言った。しかし私は先生以上に嬉しかった。それは白道士のすぐ後ろからにこやかな表情をした綺華が現れたからだった。

「謝先生、お言いつけどおり、『大夢園《だいむえん》』からここまで白道士をお連れいたしました」

綺華の言葉に、謝霊輝はうむと頷いて、

「あなただからこそ出来たのですよ。ずいぶんと危険な思いをさせましたね。許してくださいな」

と優しく声をかけた。綺華は軽く頭《かぶり》を振ると、

「——間諜の目を誤魔化すために、わたし、羅の若旦那と恋人の真似までしましたの」

と軽い調子で言った。この言葉に謝霊輝はびっくりして目をしばたいた。

「私と羅の若旦那が闇夜に連れ添って歩き、その後ろを提灯《ちょうちん》を持った白道士が爺《じい》やに扮《ふん》し、いちゃつく若い二人を見ないふりしてのんびりと追いかけてくる——という趣向で、あそこから出て参りましたの。遊び好きの羅の若さまが役に立ちましたわ」

それはまた大胆な……。謝霊輝はなかば呆《あき》れたように笑った。私は綺華が羅の若旦那との恋人ぶりを得意そうに話しているうちに、何故だかわからないが無性に腹立たしくなってきた。次第に綺華と先生との話す声が遠ざかり、暗闇の小道でお互いの体を寄り添うように歩いている二人の男女の艶《なまめ》かしい姿が現れてきた。綺華は、羅の若旦那に時々甘えるような嬌声をたて、そのたびにふざけあい、二つの影は縺《もつ》れあった。綺華の姿がだんだん大きくなってついに私の頭の外にでていこうとした時、

——ははは、よく見つからなかったもんだ。はっきりと謝霊輝の声がした。

私は、我に返った。

「ええ。怪しいと思われないように、思いきりいちゃつきましたもの。見張りの間諜もきっと驚いてよ」

今度は明るい綺華の声がした。

「ふん！」

急に私は話を遮《さえぎ》った。

「そんな話なんか聞きたくもないね。どだい、先生からお叱りを受けた君がどうしてここにいるんだい？」

ごめんなさい。つい調子にのって、と綺華は顔を伏せた。それからほとんど消えいるような声でこう言った。

「でも、これは謝先生のご命令でしたの」

「え！　先生が……」

私はよくわからなかった。すると突然、

「ははは、若い者はいつだってこうだ」

と朱子が笑いながら、謝霊輝に話しかけた。

「どうだね。ぼちぼち種明かしをしてやったら」

「そういたしますかな」

と先生が悪戯《いたずら》っぽく笑う。先生のこの笑いは要注意だ。

「実はな、享牧」

私は身構えた。何がおきても驚くまいぞ。どうせ綺華と若旦那は本当の恋人なんだ、とか、実は兄妹《きょうだい》なんだとか、きっとそういうことに決まっている。

「──綺華は朱先生のお孫さんだ」

私がいかに驚いたか想像できるだろうか。少なくともこの瞬間に私の頭が真っ白になったことだけは告白しておこう。

「でも──たしか綺華さんは、知府事夫人の実家の、……」

私はやっとのことでこれだけ言った。先生は微笑みながら、

「それはその通りだ。夫人の実家である姜《きょう》家は、実は朱先生の郷里新安《しんあん》にある名家なのだ。朱先生のお命が狙われているという噂が新安の朱一族に伝わった時、姜家に頼んで一芝居打ってもらったのさ」

と説明してくれた。私はその説明を否定したいかのように反論した。

「でも、それならむしろ男の方が、……どうして綺華さんが──」

「そこが朱一族の只者でないところだ。女だからこそいいのだ。それに綺華の腕だったら、そこいらの男よりもはるかに頼りになるじゃないか。ははは」

はあ……。それはその通りだ。たしかに私よりは腕がたつ。私は謝霊輝の笑いを聞きながらそう思わざるを得なかった。

【第十一回】

白道士、身を挺《てい》して虎穴に入り、
武夷《ぶい》の絶壁、千仞《せんじん》を以て両人を阻《はば》む。

賊は、拉致した姜《きょう》夫人と白道士との交換場所に武夷山《ぶいさん》の奥にある洞窟を指定してきた。

官軍が動けば夫人の命はない、と言う。

「知府事閣下の権威もあったものか」

と周 泰安《しゅうたいあん》はぼやいた。

「権威だろうと権力だろうと」

と謝霊輝《しゃれいき》が言う。

「所詮は軍隊という力に支えられているのさ。ま、ここは私に任せなさい」

それが賢明でしょうな。と朱子も言葉を添えた。私も、そうですとも、謝先生ならば大丈夫ですよ。

と断言した。

「おやおや、享牧《きょうぼく》。お前は……」

にやりと先生が笑う。

「何かひどく勘違いしているね。お前と綺華とで白道士を連れていくのだよ」

さよう。結局、私と綺華の二人だけで白道士を賊の命じた場所へ連れていかねばならなくなったのである。ところが困ったことに、綺華も私も武夷山への道など全く知りようもなかったし、ましてや、山の中にある洞窟までどうやって往くのか、それこそ右も左も分からなかった。たった一つの救いが、白道士である。白道士だけがその場所を知っていたのだ。そこでおかしな話になった。白道士を連れていくはずの私たちが、白道士のお供となって目的の洞窟まで歩いていくことになったのであった。

——私たちはすっかり濃くなった緑の中を黙々と歩いた。

歩くにつれて、私の脚《あし》と頭とはそれぞれが勝手な動きをするようになった。脚は前へ前へとひたすら進んでいくのに、頭の中では逆に過去へ過去へと遡《さかのぼ》っていくのだった。

私はいろいろなことが記憶の芯《しん》からじわっと滲《し》み出てくるのを覚えた。そしてそれらが一つにまとまると、謝霊輝と朱子の声と、それから私たちが出掛《でか》ける直前まで、二人が熱心に話しあっていた姿が彷彿《ほうふつ》として浮かびあがってきた……。

——武夷山、ですと?

——はい。朱先生、賊はそこで夫人と白道士を交換するとか。それが何か……。

——あそこは、
と朱子が言った。

「淳熙《じゅんき》十年の頃だと思う。私が武夷精舎《ぶいせいしゃ》という私塾を建てた場所でしてな。あの頃も、ちょうど今ここにいる享牧君のような優秀な青年が全国から集まってきまして、やれ学がどうの、道がどうの、とそれこそ日の暮れるのも忘れて討論しておったことを思い出しましたよ」

「ええ。お話には伺っております。随分と楽しかったことでしょうなあ。私も陸象山《りくしょうざん》先生のもとでは同じような経験をしたことがございますので、そのような楽しみはよくわかります」

謝霊輝が昔を懐かしむように言うと、朱子もそれに同意した。

「ははは。楽しみは学問に過ぎるものはないからな。それはともかく、実はその時に武夷山の伝説が本当かどうか調査したことがありましてな……」

「武夷山の伝説?」

怪訝な顔の謝霊輝に、朱子は、

「おや、ご存知ないとは——あそこには昔から《仙人の葬処《そうしょ》》と言われる場所があり、そこでは仙人が葬られているという話が伝わっていましてね。それが本当かどうかを確かめにいったのです」

と言った。謝霊輝はすっかり興味をもったらしく、

「ほう。先生、それで——その結果はどうだったのでしょうか」

と急《せ》くように聞いた。

朱子は落ち着いた態度で、

「いやいや、ありましたよ。ちゃんと。——その時の記憶は『武夷山図序』と名づけた記録に詳しく残しておきました。要するにこういうことなのです」

謝霊輝は膝を寄せた。朱子は続けて、

「断崖絶壁の洞窟の中に、なんと船の形をした棺が置いてありましてね、しかもその周りに——おそらくは日常の生活に使ったのでしょうが——ちゃんと茶碗や皿などの陶器が並べてあったのです」

と答えた。謝霊輝はひどくびっくりした様子で尋ねた。

「すると本当に——仙人が！」

朱子は学者の、生真面目《きまじめ》な顔にかわった。

「うむ。そこなのです。そうだ、ちょっとお待ちなさい」

そう言うと朱子は急にとことこ、奥の部屋に入ってしまった。私は謝霊輝の耳元で小声で話しかけた。

「先生。朱先生って——何でもご存知なんですね」

謝霊輝もこの時ばかりは私と同じ意見だった。

「まったく。それにしても、あのお歳でどうだ、知に対する飽くなき姿勢は。お側にいるだけで身が縮《ちぢ》こまる思いがするよ。『少年老《お》イ易《やす》ク学《がく》成《な》リ難《がた》シ』という有名な詩は先生ご自身の自戒の詩だったのだなあ……。享牧、我々もぼやぼやしてはおれないぞ。人生は短し、学問は長し、だ」

「はい！」

本当にそうだと思って、気持ちがにわかに引き締まった。その時、朱子が巻子本《かんすぼん》を持って嬉《うれ》しそうに現れた。

「昉烝《ほうじょう》君。これこれ、これですよ。まあ、一度読んでごらんなさい」

「それでは拝見させていただきます」

謝霊輝は巻子本を両手で受けとると、そのまま恭しく額の上にあげ、それから大切な物を扱うように少しずつ卓の上に拡げていった。静かに椅子に座し、深呼吸をする。それから声をだして読み始めたのだった——。

「——王学士」

前を歩いていた白道士が振り返って私を呼んだ。急に呼ばれた私は、我にかえり、その瞬間に朱子と謝霊輝の魅力的な対話は霧消した。すると背中に負っている荷物の重みが肩に喰込《くいこ》んできた。

「あんたは武夷山がどういう山かご存知ですかな」

「朱先生のお話では、仙人のお墓があるとか」

「よくご存知じゃ。だがのう、実はお墓ではのうて、正確には棺槨《かんかく》があるだけだが」

「え！　仙人の棺《ひつぎ》が——あるのですか」

聞き返したのは綺華だった。白道士はこの若い娘に得意気に答えた。

「そうですとも。いいかね、この山はわれわれ道士にとっては修行の場である以上に、いわば聖域なのじゃよ。まあ、言うてみれば、ここでの苦行を終えた者のみが晴れて蛻骨《ぜいこつ》を残す資格があるという訳だ」

「蛻骨？」

「尸解したあとの骨のことを蛻骨と言うておる」

そう言うと白道士は若い弟子にでも語るような口調で、続けた。

「よろしいかな。仙人たる者、臨終の時には端座《たんざ》して逝《ゆ》く。あとには蛻骨のみが残るのじゃ。武夷九曲と呼ばれる幾重《いくえ》にも折れ曲がったこの渓谷の、その一曲目にある大王峰の南壁をなにゆえに『張仙《ちょうせん》岩《がん》』と称するのか。これこそ漢代の仙人、張仙老師が見事に坐化《ざか》したことに由来しておるのじゃ」

「本当ですか」

初めて聞く話に私は興奮した。

「本当だとも。もっともこの山の伝説にもいろいろと話が多くてな。たとえば、ある話では、殷《いん》の彭《ほう》祖《そ》がこの山に隠棲して七百七十七歳まで生きていた、と言うし、その彭祖に二人の息子がいて、一人を武《ぶ》、もう一人を夷《い》といって、この二人の名がそのまま武夷山の名になったとも言っている。また別の伝説ではな、武夷君《ぶいくん》という仙人が上帝の命を奉じてこの山に到り、諸々《もろもろ》の仙人を統率したことに由来しているとも言っておる。そうかと思えばまた別の話では……」

白道士は一人で喋りながら、密集した灌木《かんぼく》の板を押し分け押し分け、ほとんど歩けないような所を前へ前へと進んでいった。目の前の灌木の葉が遮《さえぎ》って、ともすれば道士の姿を見失いがちになったが、話し声がどこにいるかを教えてくれた。あるいは白道士はそのためにわざわざ愚にもつかぬ山名の由来について話し続けてくれたのかもしれない。

突然、葉の壁がなくなった。

「見て!」

綺華が叫んだ。

足元のはるか下の方に急流が流れている。足の向かい側、対岸は絶壁だ。この絶壁の中ほどから上にかけて洞窟らしき口がのぞいている。

「ふうむ……どうやらここは二曲らしい。さて、そうなるともう少し北の方になるが」

「ねえ、どうしてここはこんなに岩が紅《あか》いの？」

周りの景色に圧倒されていた綺華が堪《たま》りかねて誰に言うともなく尋ねた。白道士が笑って答えた。

「ほっほっほ。——武夷山はな、別名〈丹山《たんざん》〉とも呼ばれていてな、それ、この色がその由来なのじゃよ。岩壁の紅色とその下にある水の碧《あお》さを称して詩人は『碧水丹山《へきすいたんざん》』と賞しておるくらいだ」

たしかに、砂や小石からできているはずの岩石の帯の中には、まるで無数の暴れ馬が走り去ったあとに湧きおこる蒙々《もうもう》たる砂埃《すなぼこり》の渦巻《うずまき》が見られるかと思えば、別の所では今度はその岩石からなる帯そのものが荒々しい波に変じていて、それらがこの岩壁に打ち寄せて来ている錯覚さえも与えた。

岩肌全体がそんな模様でいっぱいだった。

「——奇岩ですね」

私は感嘆した。しかし道士はふんと鼻をならすと、なにをこんなものは厭《いや》になるほど見ていてもう十分だと言わぬばかりに、

「さよう——さて、賊の指定した場所はこの先になるはず……」

と素っ気なく言った。

私たちは再び歩きだした。

歩くにつれて、またぞろ朱子の庵で朗読する謝霊輝の声が耳の奥からよみがえってきた。

……武夷君《ぶいくん》ノ名ハ、漢《かん》ノ世《よ》ヨリ著《あらわ》レ、干魚《ひぎょ》ヲ以《もっ》テ祀《まつ》リ、果《は》タシテ何《なん》ノ神《かみ》カヲ知《し》ラザル也《なり》。今《いま》、崇安《すうあん》

ニ山名《さんめい》ノ武夷《ぶい》アリ、相伝《あいつた》フルニ即《すなは》チ神《かみ》ノ宅《たく》スル所《ところ》ナリ——。

「むむっ、……頗《すこぶ》ル前《まへ》ノ世《よ》ヲ疑《うたが》フニ、道阻《みちけは》シクテ未《いま》ダ通《とほ》ラズ、川壅《かわふさ》ガリテ未《いま》ダ決《けつ》セザル時《とき》、夷落《いらく》ノ居《きょ》スル所《ところ》ニシテ、漢《かん》ノ祀《まつ》ルトコロノ者《もの》ハ即《すなは》チソノ君長《くんちゃう》ナリ。蓋《けだ》シ、マタ世《よ》ヲ避《さ》クルノ士《し》、衆《しふ》ニ臣服《しんぷく》サセル所《ところ》トシテ伝《つた》フルニ以《もっ》テ仙《せん》ト為《な》スナリ。——ふうむ、朱先生。これは卓見ですな」

感服したように謝霊輝が言うと、朱子は満足気に頷いた。

「本当にそう思うでしょう？　確かにあんなに険しい場所だ。そこに棺《ひつぎ》が置いてあれば、誰だって仙人だと思いたくなるのもわかりますがね。でも実際には、あの辺りにいた化外《かがい》の民の葬所《そうしょ》だったのだろう、と私は確信しております。——だが、謝君。如何《いかん》せん、今の私にはもうそれを立証する時間がないのです」

朱子の眼には悔しさがあらわれている。謝霊輝は同情して言った。

「その無念さはお察し致します。これも韓侂冑《かんたくちゅう》のやつが——いや、そんなことよりも、朱先生、こうしてみると、賊の狙いはその険《けわ》しさと見るべきでしょうか。奴《やつ》らは万が一にも官軍が襲って来《こ》れないように」

「でも、先生——」

私は先刻から気になっていたことを尋ねた。

「どうして賊には白道士が必要なんでしょうか」

謝霊輝は私の方を見た。

「ふむ。もっともな質問だが、いまその理由を説明している暇はない。ただしお前にもこのくらいは分かるだろうが、まず一つは、殺された二人の道士がいずれも李道士の尸解に関係していたということ。二つ目は霊渓道観に阿片が絡んでいるらしいこと、そしてその両方に白道士が関《かか》わっているという事実。さてそうなると考えられることは、尸解と阿片とがどこかで結びついているかもしれないということになるじゃないか。おそらく、夫人を拉致した賊は白道士が知っている何らかの事情を知りたがっているに違いない」

私はこの説明に興奮を覚えた。

「では先生は、いよいよ白道士をその場所へ連れて行くおつもりなのですね」

と私は無邪気な気持ちでこう言った。この言葉には幾分なりとも気を効《き》かした思いがこめられていた。先生は私にとっては知といい武といい、まさに神のような存在だったからだ。

ところが先生からの返答は意外だった。

「私が？——いやいや、その仕事は、享牧、お前の役目だ」

先生は事もなげに冷やかにそう告げた。

驚いたのはこっちだ。つい思わず、

「え！　そんな——私がですか」

と叫ぶと、今度は先生の方が目を丸くした。

「何をそんなに驚いているのだ。すでに朱先生とも相談済みのことのだ。私にはまだまだ調べあげなければならないことが山ほどあるのだ。何だね、その顔は——虎を山に連れていけと言っているわけではないぞ。白道士だってそう悪い人物ではなさそうだ」

「でも少しは悪いんでしょう？」

　そう言うと、謝霊輝はとうとう癇癪《かんしゃく》を起こしてしまった。

「誰だって少しくらいは悪いものだ。あの悠々《ゆうゆう》たる長江ですら何カ所かは曲がっているではないか。それともお前には虎の方が人間よりもいいというのか」

私はなんだか不安になった。

「でも先生……もし白道士が途中で襲ってきたら、私はどうしたらよいのでしょうか」

すると謝霊輝はとんでもないことを言いだした。

「疑り深いやつだ。大丈夫。ちゃんと綺華もついて行くよ」

「せ、先生。それこそ惨めじゃありませんか。綺華さんに助けてくれなんて、いくら何でも……私はこれでも男なんですよ」

ところがこれがどうにも拙かったようだ。謝霊輝はますます怒ったように早口で私にこう言ったのだった。

「お前は何という奴だ。よいか享牧、男だろうと女だろうと、強い者は強いのだ。お前と言うやつは、疑り深いだけではなく、見栄っぱりでもあるのだな、ようし、わかった。弟子の恥は師である私の責任だ。お前のその性格の枉屈《おうくつ》さを急に直そうとは思うまい。今度だけは万一の場合、お前が黙っていてもちゃんと助けてくれるように綺華に頼んでおいてやろう。これでいいだろう?」

そ、そういう問題ではないんですが……と喉《のど》まで出かかった声をぐっと呑みこんで、私はただ、「はあ」と言った。一人で行くよりも二人の方がまだしも心強いと思ったからだ。

「享牧さん、あれ、ほらあそこ、――あれは何かしら？」

私は大急ぎで綺華の指差すほうを見た。絶壁の途中に見える洞窟から木の枝のようなものが突き出ていて、その先に青い小さな布切れがはためいていた。

「どうやら、あそこらしいな」

見上げながらそう呟いた白道士は、私たちを振り返ってにたりと笑った。

「ここまでくればもうあなた方の役目も終わったようなものだ。あとは私が責任をもって夫人を帰させるから、ここから引き返したらどうじゃ」

そう言うと、道士はうむを言わせぬ目付きで私たちを礑《はた》と睨《にら》みつけた。私は身震いを圧《お》し殺して答えた。

「い、いや。そうはいきません。私は謝先生と朱先生より、夫人を連れて戻ってくるようにと言い付けられました。しかし――」

「しかし？」

と一瞬、白道士の目から光が消えた。私は落ち着きを取りもどし、綺華の方を向いて訴えるように言った。

「綺華さん。あなたは女性です。とてもあの絶壁を登れるとは思えません。どうぞここからお帰りください」

綺華はいつになく真剣な面持ちで話す私を、呆《あき》れるような顔つきで見つめていたが、私が言いおわるや否《いな》や、おほほほ、と突然笑いだした。

「ご親切さま。——けれども、わたくしも両先生から享牧さんの身を護るようにきつく言いわたされておりますの。悪しからず」

「なに？　女人のあなたが王学士を——」

間違いではないか、と白道士が聞き返した。私は慌てて、

「あ。いや。何でもありません」

と早口で否定した。こうなるのではないかと心配していたのに……と、この時ばかりは謝霊輝の無遠慮な親切心を恨みたくなった。

——結局、三人で登ることになった。

だがこの絶壁をどうやって登れというのだろう。崖はほとんど垂直に聳《そび》えたっていて、足場を見つけることさえ難しいのだ。荷物を下ろして、放心したようにその岩壁を見上げたままの私たち二人を尻目に、白道士は自分の荷を開いて、中から長めの縄——というよりも黒っぽい鞭《むち》のようだったが——を取り出した。

「ふん。そんな縄で登れるものですか」

白道士の仕草をすぐ側で見ていた綺華が冷やかすように言うと、道士はふふんと鼻で笑って、

「これで登ると誰が言ったかね」

と答えた。

その瞬間だった。

急に道士の身体が横に倒れた。

白道士は片足を軸にすると残ったもう一方の足を素早く回転させ、綺華の両足を払い上げた。とっさに綺華は空中に跳び上がろうとしたが、それよりも早く白道士の手から伸びてきた黒い縄が生きているもののように綺華の体に纏《まと》いついた。綺華はそのまま地面にどうと落とされてしまった。同時に、道士のもう片方の手が私に向かって荷物を投げつけていたので、私の目の前は真暗になった。

薄《うす》れていく意識の彼方《かなた》から、やれやれ手間のかかる連中だわい……という白道士の声が微かに聞こえていたが、それも遠くなって次第に消えていった――。


私が気がついたのは額に何かひやりとした冷たいものが触れた時だった。

それは上からやってきた。

どうやら雨が降り始めたらしい。体全体が妙に強《こわ》ばっている。手をのばそうと思った。――しかしその手が動かないのだ。

やっと、白道士に打ちのめされた後で縛られた、ということがわかった。その途端に、私にはぞくりとする戦慄が走った。

(綺華?……綺華は――)

私は芋虫のようになった状態からなんとか体を起こすと、辺りを見回した。綺華も縛られていた。しかもまだ横になったままだ。ぞっとした私はもう夢中で手足を動かした。どうやら私の縄はさほどきつくはなかったらしい。解《ほど》けた。自由になった私はすぐに綺華の傍に行った。白道士は綺華のほうを相当強く縛ったようだ。足を掬《すく》った時、跳び上がった綺華の動きが道士に警戒感を与えたのかもしれない。縄が体に食い込んで肉が丸味をおびている。こんなにきつくてはきっと痣《あざ》になっているに違いない。私はともかくも縄を解いた。それから気づかせようとその体をゆすってみた。あまり激しく揺すったので着衣の胸元が乱れ、内《なか》から豊かな白い膨《ふく》らみが覗《のぞ》いた。私は見てはならないものを見たと思い、あわてて目をつぶろうとした。が、その時にはもう遅かった。私の飽くなき探究心の衝動が無理にも瞼《まぶた》を開けさせようとするのだ。それでもっと詳しく見たいと胸のほうに顔を近づけた時に、綺華の両目がうっすらと開いた。それからその目が驚いたように大きくなった。同時に私の頬から耳にかけて雷鳴と稲妻が走った。

再び私は暗闇の世界へとつれ戻されたのであった……。

——ぼんやりと灯りが見えてきた。

私は謝霊輝の側にいて、あれは何の祭りでしょうかと尋ねていた。祭りだと？　と、謝霊輝は答えた……。

やがてその灯りは目の前でちらちらと燃えている炎だとわかった。その時、私は綺華を起こそうとして逆に張り倒されたことをはっきりと思い出した。ところが同時に、

「——どうしてそう性急なんだ」

という謝霊輝の声がしたので、これはまだ夢の中なのではないのかと疑った。

「——助けようとした享牧を殴り倒すなんて」

いや、間違いなく先生だ。

「——すみません。てっきり白道士だと勘違いしまして……」

消えいりそうな綺華の声がする。続いて先生の呆《あき》れたような声。

「どうしてまた、享牧を白道士と——」

「——わかりません。何となく……自分が襲われるのでは、という気配がしたものですから」

綺華の声は今にも泣きそうな、べそをかいたようだった。そこで謝霊輝が慰めるように、

「しようのない奴だ。ま、もっとも、私の来るのが遅かったのも一因だ。叱るわけにはいくまい……それにしても、さすがは女真《ジュルチン》の強者《つわもの》だなあ。お前たち二人をあっという間に倒すんだものなあ。享牧はともかく、綺華をここまで痛めつけるとは——こいつは私の誤算だったわい」

と言ったので、私は思わず起きあがり、

「せ、先生！　白道士って——一体、何者なんです」

と大声で尋ねた。謝霊輝も綺華も一瞬あっけにとられたが、突然、歓びの声をあげた。綺華は、享牧さぁんと叫んで私に抱きついてきた。綺華の胸のやわらかい山が私の顔を圧《お》した。私はあわてた。息ができない。逃れるように顔を外して、

「——綺華さん。まさかまた私を倒そうと」

と喚《わめ》くと、綺華は顔を真っ赤にして、しらない、と横を向いた。しかしその口元には微笑《ほほえ》みが浮かんでいた。

「なんだ、享牧。目が覚めていたのか」

「先生、ここは?」

謝霊輝に心配をかけては申し訳ないと、私は無理にも元気を出した。

「——うむ。お前たちが倒されていた場所にさほど遠くない洞穴《ほらあな》だ。なにしろ外はひどい雨だからな。それに間の悪いことに、ぼちぼち日も暮れかけている」

私は顔に冷たいものを感じて気がついたことを思いだした。あれは雨だったのだ。

「……あっ、思い出した。先生、さっきの、享牧はともかくって言うのは、絶対に言い過ぎですよ」

謝霊輝の顔が崩れた。

「おやおや、聞こえていたのか。ははは、許せ、許せ。——ともかく無事でよかった」

綺華が改まった口調で、

「先生。それよりも白道士を逃がしてしまいました。申し訳ありません」

と言うと、謝霊輝は首を振った。

「むしろ白道士の好意だろう。逃げるつもりならばもっと早く逃げられたからな。思うに、若い二人を危険な目に遭わせたくなかったのではないかな」

そんな……と私が口を尖《とが》らせた。

「だって——縄でしばっていきましたよ」

「すぐ解けただろう?」

謝霊輝はそんなことくらいどうってことはない、と言わぬばかりに私を見る。不貞腐《ふてくさ》れている私に代わって、

「でも、謝先生。白道士はどうやってあの絶壁を登っていったのでしょう?」

と綺華が不思議そうに訊《き》いた。そう、それは私の疑問でもあったのだ。

「ははは。あの男は仙人の修行をしてきた人間だ。そのくらいのこと――」

私は猛然と反対した。

「そんな。――先生ともあろうお方がそのような言いかたをされるとは……それじゃあ何ですか、白道士は雲にでも乗って絶壁の上まで昇ったと」

綺華も私に賛成した。

「そうですとも。そんなこと……」

謝霊輝は私たち二人の反撃に面食らった表情をした。

「おいおい。二人ともどうしたというんだい。誰が雲に乗るって? だからお前たちは性急すぎると言うのだ」

「だって今、仙人の修行と――」

と今度は綺華が口を尖《とが》らせる。

「そうだよ。仙人の修行をあの山でしてきた人間だもの、裏道くらいは知ってるさ」

しかしこれには私が納得できなかった。

「でも……それでは何のために私たちをあんな絶壁のところまで連れて行ったのですか」

謝霊輝は落ち着いた声で答えた。

「それは体験済みのはずだ。お前たちの注意をあの絶壁に向けさせ、倒す隙《すき》をつくっていたのさ。ふふふ、何と言っても享牧は槍の名人、綺華は拳法の達人らしいからな」

「冷やかしてはいやですよ――あ、もしかして先生はそんなことをとっくにご存知で私たちをここまで……」

私が疑いの口調で言うと、さすがに謝霊輝は苦笑いをした。

「そこまで私を悪人にしなくてもよかろう。山というものには裏道や抜け道があるものなのだ。お前たちが出発したあと、地図を頼りにあちこちうろつき回っていたのだよ。白道士が一人でやってきたのを見た時には驚いたが、その時、お前たち二人に異変があったと直感したのさ。慌てて探しに行ったら、幸い、享牧が綺華を助け起こしていたじゃないか。ああ、やっぱり、と思ったのも束《つか》の間《ま》、綺華が突然享牧を張り倒したものだから、ははは、二度びっくりという奴だ」

私はあの時の自分の心境を思い返すと忸怩《じくじ》たるものがあった。

「――でも、どうして謝先生は裏道の存在にお気づきになられたんですか」

と綺華が素朴に尋ねた。謝霊輝は何のためらいもなく答える。

「原因と結果だ。夫人が拉致《らち》され、武夷《ぶい》山の洞窟にいるとすれば、どうやって夫人をそこまで運んだかを考えるのは当然ではないかね。断崖絶壁を拉致して攀《よ》じ登るなんて、考えられないだろう？　そうなれば当然、ほかに道があるはずだと、こうなるではないか」

なるほど……と私と綺華は顔を見合わせた。

「そうそう、大事なことを言い忘れてた。殺された李道士だが――実は金国の皇族だということだ。朱先生が女真文字の系図を調べているうちに見つけたのだが、どうだ、驚いたろう？」

【第十二回】

三者、夫人を救《たす》けんと雲門《うんもん》より入り、
白道士、却《かえ》って夫人の命を狙《ねら》う。

雨はひとしきり降ると次第に音を弱め、雲の間からはいつのまにか皓々《こうこう》とした月が姿をあらわしている。

「享牧《きょうぼく》。綺華《きか》。——覚悟はいいか」

いつになく厳しい顔つきで、謝霊輝《しゃれいき》は私たち二人を交互に見渡した。

「はい。先生」

私も綺華もとっくに覚悟はしている。

「よし」

きっぱりと言いきった先生の顔はもういつもの笑顔だった。

「この地図によれば、賊の指定した洞窟に到《つ》くには、尾根に沿って歩き、途中、瘤《こぶ》状の丘らしき地形を見つけてそこの腹の所に入口があるとか——自然石に〈雲門〉と彫ってあると書いてあるが、さて行かねばわかるまい」

こうして、私たちはただ月の光だけを頼りに暗い山道を歩くことになった。灯りを点《とも》せばどうなるか、誰にも分かっていたからだ。

それにしても、あの時ほど月の光が明るく感じられたこともなかった。なにしろ、月の光が当たっている場所とそうでない場所の差があまりにも違いすぎるのだ。暗い場所を歩く時の私たちときたら、もうこれ以上はないという惨めさだった。自分の手を顔の前にもって来ても指一本見えはしないのだ。

とうとう堪《たま》りかねた謝霊輝が火打ちを出し、提灯の蠟燭に火を点《とも》した。

足元が急に明るくなった。それからまた無言のまま歩き続けた。

あまりに長く歩くので、私はだんだん不安になってきた。きっとどこからか賊は私たちを見張っているのだ――臆病な私の思いをよそに謝霊輝も綺華もさっさと脚《あし》を進めている。

謝霊輝の足がぴたりと止まった。

「この辺りのはずだが――」

見れば、何匹かの龍がお互いの身体《からだ》を寄せあうようにして踞《うずくま》っているような形をした巨大な岩石が月明かりの下に異様な影をおとしている。

私はすぐにその岩に近づいた。前の方を見渡したが何もない。私は叫んだ。

「字がありません」

後ろへまわれ、と謝霊輝が言った。私はすかさず後ろへ回った。そこには〈雲門〉と大きく彫られた文字が、月明かりにはっきりと読みとられた。

「あった！――ありました、先生！」

「しーっ。あまり騒ぐな。この灯りでさえもう十分に気づかれているのに、これ以上騒ぐとどんな大歓迎が待っているやら」

そう言って私を制したあと、謝霊輝はその巨石の周りを探し物でもするかのように、提灯をかざしたまま、ゆっくりと歩きはじめた。

「先生、何か……」

「入口だ。享牧、入口はどこだ」

「この大きな岩の下では——」

いや、と謝霊輝が頭《かぶり》を振った。

「もしそうだとすれば、中に入る者は誰でもこの大きなやつを動かさなければなるまい。こいつは手軽には動かせまい……」

それから謝霊輝は綺華を呼んだ。

「綺華——これを持っておくれ。そいつでちょいとこの〈雲門〉の字の、そうそう、そのあたりを照らしておいてくれ」

はい、先生。灯りを受けとった綺華が石の表を照らした。謝霊輝は両手でその表面を擦《さす》っていたが、やがて、

「ああ、やっぱりだ。——〈雲門〉という大きな文字の下に、ほれ、字形が磨《す》り減っていて見えにくいが、小さく、甲乙丙丁……と彫ってあるが、わかるか、享牧？」

「はい、そうです。——あ、でも庚辛《こうしん》がなくてすぐに壬癸《じんき》になっていますよ」

そう私が答えると、謝霊輝はためらうことなくこう答えた。

「ふん。そんなものは子供騙《だま》しの謎言葉さ。道教の風水術では甲乙丙丁などの十干《かん》を使って方位を表すから、甲乙《こうおつ》が東、丙丁《へいてい》が南、庚辛《こうしん》が西、壬癸《じんき》が北となる。――庚辛《こうしん》がないのは西を探せということだろう」

それから綺華に、その灯りを持ってこの岩の西の方に入口らしきものがないか調べてくれないかと頼んだ。綺華は言われるままに提灯を片手に辺りをごそごそと探し始めた。

やがて――

「謝先生！　ここに――小さな横穴のようなものが」

と嬉しそうに叫んだ。

「あったか！」

謝霊輝と私は急いでその場所へ行った。

「でも小さな穴ですから、もしかしたら何かの獣の巣かもしれませんよ」

自信なく答える綺華に、謝霊輝は屈託なく、

「獣の巣？　ふむ、あるいはそうかもしれんな。だが予想したところに予想したものが見つかったのだ。これが学問の成果でないとしたら何が学問というのかね」

そう言うと、綺華から灯りを取り腹這《ば》いになるとそのまま穴の中に消えていった。

「先生――大丈夫ですかぁ」

私は穴の奥に消えた先生に声をかけた。

しばらくして、

「大丈夫。――中はずいぶん広い。お前たちも入ってきなさい」

という謝霊輝の声が返ってきた。そう言われても、と私は綺華と顔を見つめあった。無理だよな……。

ところが綺華は暗闇のせいで勘違いしたらしく、私に対してこくんと頷くと、急に穴の入口のところで先生と同じように這いつくばった。そして大声で叫んだ。

「謝先生。まず私が参ります」

謝霊輝が何か答えた。その時には綺華の体はもう穴の中に半分ほど入っていた。私もあわててその後に続いた。こんなところに一人で残るなんて……考えただけでも真《ま》っ平《ぴら》だ。

――が、これは大失敗だった。

穴の奥から届いていた謝霊輝からの灯りが綺華の体で遮断されてしまったので、私は真っ暗闇の中を這いつくばって進まねばならない羽目になったのだ。それだけではない。綺華が腹這《はらば》いで奥に進むたびに、両足で土を後ろに掻《か》いだし、それが全部私の顔にかかってきたのである。

「広い――」

どうやら綺華は穴を出て、洞窟の内に入ったらしい。私もどうにか体をだしたが、顔にかかった土のため目も口も開けられない。

「おいおい、享牧。その顔はどうしたというのだ。お前、土の中を潜ってきたんじゃないだろうな」

謝霊輝は笑ってそう聞いたが、私に返事ができようか。

「――綺華、早く顔の土を」

綺華が「はい」と返事をし、急いで手拭きのようなもので私の顔からごしごしと土を取った。私はおそるおそる両眼をあけた。

その中は周囲が岩の壁に囲まれた通路のようだった。天井までの高さは私の背丈の二倍はある。幅もほぼそれくらいで、全体は丸というよりは方形に近い。通路の奥は暗くてよくわからないが、多分同じようになっているのだろう。

「いいか、二人ともよく聞くんだ。私は蠟燭をたくさん持ってきた。進みながらこれに明かりを点《つ》けるそいつを一本ずつ壁の適当な所に置いていくのだ。わかっているだろうが、ここが最後の逃げ道になるのだ。いや、もしかしたら三人揃《そろ》ってここまで戻って来れないかもしれぬ。その時には――よいか、たとえここが暗闇になっていようとも、今入ってきた穴の場所をしっかりと覚えておくのだぞ」

謝霊輝は自ら先頭に立った。その後ろに綺華、それから私と続いた。真っ暗い迷路の洞窟の中を歩くことなど生涯のなかで一度きりにしたいものだが、それでもその時、謝霊輝は何かに取り憑《つ》かれたように、前へ前へと進んでいった。

何度目かの曲がり角を過ぎた時、不思議にも前方がうっすらと明るくなってきた。それは岩間から漏れてくる月の光のせいだった。

「……どうやら絶壁の途中にある洞窟らしい」

という謝霊輝の独り言が聞こえた時だった。鋭い、風を切るような音がした。何か、虫のようなものが確かに私の耳元をかすめた。それはすぐ傍の岩にあたって、カンといかにも軽い金属音をたてた。

「伏せろ！」

謝霊輝の体はその時にはもう右手の岩陰に跳んでいた。ほとんど同時に綺華もすぐ後ろの岩に身を隠した。残された私だけが通路の真ん中でへなへなと座りこんだ。小さな風切り音だけが何度も耳の近くに聞こえた。

「伏せるんだ！　享牧。腹這《ば》いになれ！」

私は両手で頭を抱えたまま、慌てて腹這いになった。

カン、カン、……という金属音だけが谺《こだま》する。

「せ、先生――」

堪らなくなって、思わず頭をあげた途端、私の頭巾をそいつが貫いたので吃驚《びっくり》してまた頭を伏せた。文字通り、毛一筋の差で命拾いをしたわけだ。

「そこだ！」

謝霊輝の手から石のようなものが飛んだ。

圧《お》し殺したような短い悲鳴とともに、黒い塊《かたまり》が通路に倒れた。すかさず綺華がその上に襲いかかると思いきり腕を締めあげた。私は謝霊輝にひき起こされるようにして立ち上がると、その塊まで急いだ。

綺華が感極まるように言った。

「謝先生。お見事でございます――鵝卵石《がらんせき》の妙技。初めて拝見させていただきました」

黒い塊は男だった。

「うむ。鵝卵石をいつも懐《ふところ》にしのばせていたのが役にたったわい」

「──本当に、鶉卵石というのは外側の蠟《ろう》がうまく砕けて、中に仕組んである刃が出てくるのですね」

どうやら綺華はこの変な石──鶉卵石というものを知っているらしい。しかし本物を見るのは初めてなのだろう。

「享牧、この男に見覚えがないか」

謝霊輝は蠟燭の炎を男の顔に近づけた。炎に照らしだされた男の顔には、顎《あご》から喉《のど》にかけてまだ血が出ていた。謝霊輝の鶉卵石がもう少し下にあたっていたら、この男の喉《のど》はそれこそ掻《か》き斬《き》られていたはずだ。

「はあ……」

私が曖昧な返事をすると、

「ほれ、あの雨の日の男だ！」

と苛々《いらいら》した声で謝霊輝が答えた。

そう。間違いなくあの時の男だ。

「お前は何者だ！　誰に頼まれたのだ、言え！」

謝霊輝が剣を抜いた時、男の体がぴくっと動いた。

しまった。──見れば男の胸には小さな矢が突き刺さっていた。

「これは……袖箭筒《しゅうせんとう》の矢」

驚いたように綺華が呟く。が、私たちにそんなことを詮索する暇はない。誰かが走り去っていく音がしたからだ。

「追うんだ、享牧」

言われるまでもなく、私たちは逃げていく影を猟犬のように追った。影は横穴になっている別の洞窟に逃げ込んでいった。しばらく暗闇の中を行くと、灯りが岩の角から洩れてきた。

「おう。これは――」

そこは行き止まりになっていた。全体が半球状の部屋である。半球になっている壁のあちこちの、岩の一部が四角に切り取られ、そこが燭台になっていた。ここはかなり明るい。岩の燭台にある蠟燭《ろうそく》はどこからか風が入るのか微かに炎を揺らしている。

だが、私たちの目を瞠《みは》らしたのは、そんなことではなかった。

部屋の床に長さ二丈ばかりの船の形をした棺槨《かんかく》が十二艇《てい》あり、これらが、あるものは舟型のそれぞれの台座に載せられていたり、あるいはその台座からさらに取り付けられている数本の腕木に太い綱で吊り下げられ宙に浮いていた。

「これが……懸棺《けんかん》……」

謝霊輝が呟く。

「ええっ――。すると朱先生が調査されたという」

思わず私は前に進んで触ろうとした。謝霊輝の剣がその行手を阻んだ。

「享牧。いい子だから軽率な真似をするな。敵がまだこの中にいるのだぞ」

先生、そこです！　叫んだのは綺華だった。瞬間、綺華の体はひらりと宙に舞った。それから身を曲《くね》らせるや奥に向かって鳥の形をした鉄製の飛び道具を投げつけた。鉄鴛鴦《てつえんおう》と呼ばれるその武器は一番奥の懸棺の縁《ふち》にあたると震えるような音を出して壁に跳《は》ね返った。その直後。懸棺の背後から黒い影が立ち上がり、謝霊輝に向かって大きく腕を振りおろした。袖から小さな矢が飛び出して来たが、謝霊輝は難なくこれを叩き落とした。

「おやめなさい、姜夫人！」

凛《りん》とした謝霊輝の声に黒い影の動きが止まった。それから観念したかのように顔を蔽《おお》っている黒い紗《しゃ》を、徐《おもむ》ろにとった。

「奥様！」

「姜夫人！」

綺華も私も叫んだのはほぼ同時だった。

いま私たちの前に立っている黒い紗をとった顔、それは疑いようもなく知府事閣下夫人の姜《きょう》清瑛《せいえい》だった。しかし夫人は拉致《らち》されたはずでは……。

「せ、先生――こ、これは一体」

「慌てるな、享牧。お前以上に私の謎解きを聞きたがっている人がいるよ。この夫人ともう一人、ほれ、さっきから外に出たくてうずうずしている白道士――ふふふ、白道士に違いないはずだ」

「ええっ、白道士ですって――」

私の驚きの声とともに、目の前にある懸棺の蓋《ふた》が鈍《にぶ》い音をたてた。やがて蓋は上に動き、次にその蓋を持ち上げている両の腕が現われ、蓋の落ちる大きな音がした時にはもう白道士の上半身が棺の中から起ちあがっていた。道士はまったく平然と地面に立った。

「ほうほう。さすがは謝先生。学士殿はどのようにして某《それがし》の隠身法《おんしん》を見抜かれましたかな？」

謝霊輝は笑いながら揶揄《からか》うように言った。

「隠身法？　はっはっは。そんな下手な隠れ方に法も何もないもんだ。そんなところに半日も隠れていれば息も苦しくなるだろうし、蓋も少しはずれてくるものだ。苦しくなったら船の底に新しい穴の一つでも開けたくもなるものでしょうよ」

私は棺の台座を見た。確かに、木の粉のようなものが散らばっている。

「たいした観察力じゃわい。――前もって穴を開けておいたのじゃがな、どうやら足りなかったようだ」

「さて、道士。私の謎解きが終わるまではそこから動いてはなりませんぞ。あなたは味方でもなし、さりとて敵でもない――」

謝霊輝の言葉に白道士は静かに腕をくみ、そのまま立ち竦《すく》んだ姿になった。

――これで三者の位置関係がはっきりした。

岩で囲まれたこの部屋の一番奥まった所に黒い影法師の格好をした姜夫人がいて、私たちを睨みつけたまま身動き一つせずに立っている。一方、謝霊輝はといえば、部屋の入口から少し中に入ったところで剣を持ち、夫人に対して構えている。綺華はそれより左横の後方で先生を護衛でもするかのように手には鉄鴛鴦《てつえんおう》を握りしめたままである。そして白道士は、姜夫人と謝霊輝の間の、どちらかといえば入口に近いところで、まるで言い付けを守る子供のようにただ立っているだけだった。それでも私よりはましだった。私はこの時、先生の背後で何が起きたのか理解できぬまま口をあけていただけなのだ。

「なぜわたくしだと？」

沈黙を破ったのは姜清瑛だった。

「あなたが拉致《らち》されたからですよ。拉致がなかったならば、私は広仲《こうちゅう》を疑っていたかもしれません」

姜清瑛は怪訝な表情を見せた。謝霊輝は言葉を続けた。

「――私は霊渓道観で起きた一連の殺人の裏には何か特別な薬草が絡《から》んでいるはずだと見当をつけておりました。それは尸解《しかい》を見た時の直感だったのです。あの尸解した人物、あれは行方不明の渹平だったのです。だがなぜ渹平があういう姿になったのか。これが謎でした。しかし今はもう全てがわかりました。その理由はここにいる白道士の方がよくご存知でしょうが、結論をいえば、渹平は道士たちの知識の犠牲になってしまったのです」

「知識の犠牲、ですと？」

白道士が聞き返した。

「そうです。霊渓道観では韓侂冑《かんたくちゅう》一派の命令で羅祝林《らしゅくりん》からの罌粟《けし》の実を受け取ったのですが、そのうちに道士の何人かがこっそりとこの実を服するようになったのです。極《ご》くわずかの罌粟の汁には下痢を止めたり痛みを和《やわ》らげたりする働きがあることは、たいていの道士ならば修行中に教えられることです。ところが常習していく道士の口から異常とも思える神秘的な体験が語られ始められた。管長の李監定《りかんてい》はこれを不審に思い、こっそりとこの汁の効果を確かめようとさまざまな試みをやり始めたのです。そう、これが悲劇の幕あけになったのだが、この時、手伝わされたのが亡くなった女真人道士たちだった」

「一つ聞こう。なぜ女真人だったのだ」

再び白道士が問いかけた。謝霊輝は声の方をちらと見て、続けた。

「秘密を守るためだ。そもそも罌粟《けし》の実は道教の観内では薬草として、痛み止めの秘薬としてごく僅かに作られてきたのだが、それが大量に外部から持ちこまれてきたことが原因だ。さらに宋と金《きん》との長きにわたる敵対関係が事件を複雑にした。宋人と同じく金人もまたほぼ五十年以上にわたる緊張のために心身ともに疲れはてていたのだ。朱先生によれば、そのことが心の苦しみを救う宗教として道教が全国全体に広がった理由だというが、その苦しみを救うために道士たちの中にはこの薬を使用して己《おのれ》の名声をあげるのに利用した者もいるのだろう。その結果、上は皇室から下は兵士、農民に至るまで阿片を密《ひそ》かに愛飲する者が増えてきた――それは姜夫人、あなたには分かるはずです。あなたもそうやって阿片の虜《とりこ》となられたのですから」

「えっ、奥様が……」

叫んだのは綺華だった。

「そうだとも、綺華。そうでなければどうして阿片など欲しがるものかね。この阿片というものはな、強い中毒症状があり、最後には阿片がなければ気も狂わんばかりの苦痛が襲いかかるという。もっともこれは朱先生からの受け売りだが――。さて、これからは私の憶測になる。金の皇族の中にも人物はいる。この事態を憂えて、なんとか国中から阿片を除去し、以前のように強靱な精神と肉体を兼ね備えた女真の国に戻そうとした人物がいたと考えてもおかしくはない。なにしろ独自の文字を創り、宋の書物を翻訳し、やがては文化的にも大宋を乗り越えようと企む民族だ。ところでその人物が自ら道士となったとしよう。道教に蔓延する阿片の害を取り除こうとするためだ。これが李監定という道士だ。十数年後、奇《く》しくも霊渓道観の管長となった時、運命の皮肉とでもいうべきか、なんと韓侂冑から羅祝林が栽培した罌粟《けし》の実を阿片に製造するように命じられたというわけだ。韓侂冑としてはただ単に歳幣《さいへい》の資金を調達する便法として房事の媚薬でも売りつけるつもりだったのだろうが、李監定にしてみればこれは苦しい選択だったはずだ」

白道士は大きく頷いた。

「なるほど……。しかし、それがどうして女真人の道士に阿片の効果を確かめる仕事を手伝わせた理由になるのかね？」

謝霊輝も感心したように言う。

「さよう、ここが李監定の偉いところだったといえよう。彼は宋人の間にはまだ阿片の害が出ていないことに気がついた。それでひとつにはこの秘密を金に持ちこみ、これを武器にして逆に宋を滅ぼそうと考えたとしよう。――それにはどうしても女真人の道士でなくては困るわけだ」

「先生、それでは淘平は――」

どうやら事件の経緯《いきさつ》が呑みこみ始めた私は、思わず声を発した。

「そう。阿片の効果を確かめるための犠牲になったのだ。狂い死にしていく淘平に彼らとて人間、おそらくは慈悲の気持ちを起こしたに違いない、いそいで光明砂《こうみょうさ》と呼ばれる丹砂《たんしゃ》（水銀）を飲ませたのだ。これは金属であるにもかかわらず液体のように流動するもので、道教ではこの光明砂が不老不死の仙薬として尊ばれてきた――そうだ、彼らの知識ではこれで淘平は治るはずだった。ところが結果は悲惨だった。たちまちにして淘平は死んでしまったのだ」

「不老不死の仙薬を飲んで――ですか」

私は奇妙に思った。

「『大洞錬真宝経《だいとうれんしんぽうきょう》』という道教の経典には、光明砂を七転ないし九転した状態で取り入れよ、と書いてはあるが……ま、ともかく、何らかの間違いが起きたことは確かだった。そこで淘平の遺体の処置に困った彼らはこれを管長の李道士が尸解《しかい》したと言い触らしたのだ。勿論、本当の李道士がその後、姿を消したことは言うまでもあるまい」

「でも、そのことと奥様がどうやって結びつくのです」

尋ねたのは綺華だった。しかし、実は私もそれを尋ねたかったのだ。

「実を言えば、それが一番の難点だった。最初は周府知事が関係しているのではないかとも考えた。私たちの動きがことごとく敵に筒抜けだったからな。享牧、あの雨の日に綺華だけが難に遭わずにすんだことを覚えているかね」

「勿論ですとも。ですから先生は綺華さんを敵の回し者だと……」

私が口を尖らすと、謝霊輝は笑った。

「ははは、享牧。――あれはお芝居だ」

「そうです。私もあの前に、謝先生からこっそりと私のことを朱おじいさんの孫だと言いあてられた時には驚きました」

綺華が思わず口に出した。謝霊輝が説明を加えた。

「ふふ、それは簡単だ。いやしくも朱子を訪ねて顔も見ずに帰るというのは誰が考えてもおかしいじゃないか。この辺りでは朱子は神様以上の存在なのだからな。そうすると、朱子の顔をすでに知っていて、しかも気軽に挨拶できる人物といえば、身内ということになる。だがそんなことはどうでもいい。問題はなぜあの時、綺華は襲われなかったのか、ということだ」

「何故です――」

私はごくんと唾をのんだ。

「うむ、私はこう考えた。綺華を一番可愛がっていた人物は誰か。もちろん朱先生を除いてだが――。そうするとどうしても周知府事夫人になってくるじゃないか。だから夫人が拉致《らち》された途端、これは狂言芝居で、本当は白道士の身柄が欲しいのだと気がついたわけだ」

「でも、どうしてなんです。どうして奥様が……」

泣きそうな顔で綺華が尋ねる。

「阿片だ。――姜《きょう》夫人は道観にお詣《まい》りに行くたびに阿片を嗅《か》がされたのだ。ところが例の事件のあと、霊渓道観から阿片がなくなっていた。ここにいる白道士が隠してしまったのだ。それでどうしても白道士が必要になってくる……」

と、ここまで謎解きをした時、それまで沈黙していた姜夫人が突然声をたてて笑った。

「ほっほほほ。さすがに謝昉烝《しゃほうじょう》様。でも、あなたは一つだけ間違っておいでですわ」

「間違っている?」

謝霊輝は姜夫人に問い返した。

「どこが――」

「ご推理の通りですわ。たしかに私は阿片の害を受けましたわ――でも、お信じにならなくても、主人も私もその害に気付きましたの。それであの事件の前からそれなりの治療を始めていたのです。武《ぶ》夷《い》の銘茶もそのための薬だった、と言えばどうかしら。あのような高級品を知府事風情《ふぜい》でどうして手に入れることが出来まして。すべては夫、周泰安の愛情がなせる業《わざ》でした。――ねえ、昉烝《ほうじょう》様、あなたさまには阿片がきれた時の苦しみがどれ程のものかはお分かりになります? ええ、それはもう、とても言葉では言い尽くせませんわ。それでもあなた方とお会いした時には、ずいぶん回復した後でしたのよ。だからもう私の体には阿片は必要なかったのです」

「それでは、なぜ白道士を……」

緊張した声で謝霊輝が尋ねる。

「それはお説の通りです。白道士が霊渓道観にあった大量の阿片を隠してしまったからです。私の体は阿片を必要としなかったのですが、私の主人のために必要でしたの」

「分からない。どういうことです?」

謝霊輝が驚いたように聞いた。夫人は心なしか悲しそうな顔つきに変わった。

「すべては韓侂冑《かんたくちゅう》が原因ですわ。あなた方のおっしゃる道学を朝廷が〈偽学〉と決め付けて以来、主人の地位はいつも脅《おびや》かされていたのです。主人が間諜を多用するようになりましたのも、もとはと言えば配下の者が韓侂冑一派のご機嫌をとろうと主人の粗捜《あらさが》しばかりをするようになったからでした。

それで私はたとえ一人になっても主人を守らなければならないと思うようになったのです」

この時、謝霊輝の顔が青ざめていくのがはっきりとわかった。

「夫人、あなたという人は……それでは韓侂冑に阿片を——」

姜夫人は目を釣り上げて叫んだ。

「そうよ！　私は主人を守るわ。そのために阿片を賄賂《わいろ》として贈るつもりよ」

謝霊輝は声にならない声で言った。

「馬鹿なことを——」

だが姜夫人はなおも声高に続けた。

「いいえ、殿方はすぐに女の浅知恵を蔑《さげす》まれますが、私にとっては一番大切なのは夫の周泰安だけ。——ねえ、昉烝様。学問があるために、本来ならば世の尊敬を受けるべき朱子も、夫も、いいえ、あなた様も命を狙われておりますわ。いったい、そのように人を不幸にするようなものが本当の学問と言えるのでしょうか」

謝霊輝は忌《い》ま忌《い》ましそうに答えた。

「何をおっしゃるのです。それこそ韓侂冑の思う壺ではありませんか。自らの欲望を抑える術を学んでいない人間が権力を持ったとき、まず行うのは自分を批判する者に対する粛正《しゅくせい》です。あなたのやろうとすることはこれまでの広仲《こうちゅう》の誇りを傷つけるだけだということがお分かりにならないのですか！」

姜夫人は冷たい微笑《ほほえ》みを浮かべると、こう言い放った。

「あなた方のように学問ばかりやっている人にどうして愛する女の苦しみがお分かりになりましょう。

——ともかく、昉烝様にはここで死んでいただきますわ」

そう言って姜清瑛《きょうせいえい》が腕を振ろうと身構えた時だった。白道士がこらえきれなくなったかのように、突然笑い声をあげた。

「はっはっは、うわっははは——」

私も、謝霊輝も、綺華も、そして姜夫人までもが思わず顔を見合わせた。静寂の中で、道士の笑い声だけが丸い天井に響いた。

「ははは、とんだ貞女ぶりだな、姜清瑛。周知府事を守るためだと？——笑わせるな。お前が阿片を吸ったときに玉皇殿の聖なる場所で何をしたのか、もう忘れてしまったのか。ええ、そんなことはあるまい？」

姜夫人の表情が変わった。

「——覚えているはずだ、貞女の賢夫人よ。いや、よしんばお前が覚えていなくてもお前のその体はしっかりと覚えているはずだ。阿片に毒されたお前が玉皇殿のあの壇上で一糸も纏《まと》わぬ姿となって次々とわが金国の道士たちを食い物にしたことをな。鄭甫《ていほ》のみならず張慶義《ちょうけいぎ》をもその色香で誘惑したばかりか、こともあろうに聖壇の上で淫欲をほしいままにしたではないか。いや、そればかりか、ついにはお前の供の者にもそれを勧め、さながらあの場所が淫乱の地獄絵となってしまったことを。いやいや、まだあるぞ。月に一度の参詣《さんけい》では物足りなくなったお前が、街はずれの酒房を待合にして張慶義《ちょうけいぎ》らと阿片を吸いあい、肉欲の虜《とりこ》と化していったことも、よもや嘘だと言い逃れはできまい。さらにお前は——ここにいるこの若い娘をも己の欲望の虜にしようと企てていたのだ。だから殺すわけにはいかなかったのさ」

「そんな――奥様、この道士は嘘つきですわ。嘘だと言ってください!」

綺華が泣き叫ぶように言った。

姜清瑛の顔は青ざめた。夫人は震える声で叫んだ。

「――お、お前は何者です」

綺華の嗚咽《おえつ》が部屋に漏《も》れた。

白道士はさらに続けた。

「ははは、さすがの謝先生もここまではご存じなかったようだが、しかし謝殿、それを知った私が、敢《あ》えて夫人の足跡をあの場所に残したわけがお分かりになりますかな」

謝霊輝は落ち着いた様子で、白道士に頷いて見せた。

「勿論、分かりましたとも。白道士。それに私は、あなたが金国の李監定《りかんてい》皇子であり、宋の女に迷った腹心の部下を二人、女真族の名誉にかけて誅殺《ちゅうさつ》したということも知っておりますぞ」

「ええ、李監定道士ですって!」

私は思わず声をあげて、白道士を見なおした。白道士はにやりと笑みを浮かべると、やにわに顔に手を伸ばし白い顎鬚《あごひげ》を思いきりひっぱった。たちまち、するりと白い鬚がとれ、次に白い眉毛を二つ取り除いた。それから頭に手をやって白髪を全部とった。あらわれたのは謝霊輝よりも少し若いと思われる三十代の容貌だった。

「鬘《かつら》……」

啞然《あぜん》とした私は思わず呟いた。

「そうだ。――白道士なんてもともとこの世にはいなかったんだ。この人は私たちに真実を教えようといろいろなところに罠《わな》を仕掛けていたのだよ」

白道士は、我が意を得たりとばかりに本当に嬉しそうに微笑《ほほえ》んだ。

「そうです。あなたはやはり私が思った通りのお人でした。しかし謝先生、すぐにここからお逃げなさい。私はこの女とともにここで死ぬつもりですから――」

「何を勝手なことを。それよりも阿片はどこにあるのです」

姜清瑛がきつい口調で質《ただ》した。

「どこにだと？　知りたいか。お前の目の前に並んでいる十二艘《そう》の船棺《せんかん》の中のどれかに隠してあるわい。ゆっくりと探して見ることだな。だがそんな時間があるかな？　これを見ろ！」

いまや李皇子となった〈白道士〉は、自分がこれまで隠れていた棺に手を伸ばすと、そこから松明《たいまつ》を取り出して、壁の蠟燭《ろうそく》から火を移した。松明の炎が李皇子の彫りの深い顔を浮きぼりにした。

「よく聞け！　ここには爆薬が敷きつめられている。これが爆発する前に探しださなければお前は粉々になるぞ。それが嫌ならあきらめて逃げるか、いっそ自刃でもすることだ」

言い終わると李皇子は棺から出ている導火線に火をつけて、大声で私たちに叫んだ。

「早く逃げろ！」

すかさず謝霊輝が私と綺華を突き放すように外におした。私たちが入り口の岩陰《かげ》に転《ころ》がっていると、今度は謝霊輝が李皇子に突き飛ばされてとんできた。続いた李皇子の体が宙から舞いおりてきた。それから私たちは何が何だか分からなくなったが、ひたすら洞窟の中を走って逃げた。来る時に点《つ》けておいた蠟燭はもうずいぶん小さくなっていて、なかにはすっかり消えてしまったのもあったが、ともかく私たちは走った。

鈍《にぶ》い爆発音がした。すぐに大きな爆発が数回続いた。その後、岩盤の崩れる音が洞窟内に轟《とどろ》いた。

灯りが消えた——。

【第十三回】

深更《しんこう》、四悪は謀議を巡《めぐ》らし　早朝、三善は賢者を追う。

留守中にやってきた使者が枢密都承旨《すうみつとしょうし》からの呼び出しだと聞いた李沐《りもく》は、

「ば、馬鹿者！　なぜそれを早く言わぬ」

と家中の者を怒鳴りつけた。

「そちたちはこの儂《わし》が朝廷にとっていかほど重要な人物であるのか分かっておるのか。いや、分かっているのならば都中を駆け回ってでも儂の居所を探したであろうに。儂が戻ったからよかったものの、儂を探せなんだがために万が一、お国に損失があればどうするつもりじゃ！　その時には、よいか、そのほうども全員が打ち首じゃ」

さんざん家来を震えあがらせてから、枢密都承旨である韓侂冑《かんたくちゅう》の屋敷に李沐が慌てて向かったのは夜もだいぶ更けてからのことだった。

案内された部屋に入るとそこにはすでに劉徳秀《りゅうとくしゅう》、何澹《かたん》らが心配そうな顔で額を寄せあい、何やら小声でひそひそと話をしていた。

「おお、兼済《けんさい》殿。遅うござったな。さ、さ、こちらへ参られよ」

李沐の姿をいち早く見つけた劉徳秀が青ざめた顔で呼んだ。兼済とは李沐の字《あざな》である。

「これは劉右正言《うせいげん》殿。それに御史中丞《ぎょしちゅうじょう》の何自然《かじねん》様も——。それがし、ちと急用がござって留守にいたしておりまして、あわてて参上いたしました次第」

「閣下がえらいご心痛じゃ」

何澹が溜息《ためいき》まじりに言った。

「はて、何事かござりましたか」

恍《とぼ》けた顔で李沐が問う。

「ほれ、そこもとが発案した例の歳幣《さいへい》のことじゃ」

と劉徳秀が代わりに答えた。

「阿片を金《きん》国へ媚薬として送りこみ、金の皇室を無気力にしてしまうという計画ですかな……」

怪訝な面持ちをする李沐に、

「さよう。その計画がどうやら頓挫《とんざ》したとの報せが参ってのう——」

と劉徳秀が困ったように言った。

「何ですと！」

今度は本当に驚いた声で李沐が叫んだ。その声が聞こえたのか、奥の方から韓侂冑の声で、

「——おお、その声は兼済ではないか。待ちかねたぞ」

姿を現した韓侂冑に一同立ち上がって挨拶すれば、

「御一同。すでにお聞きおよびの通りじゃ。霊渓道観でひそかに作らせておった阿片が、何者かによって爆破されたという報告が参っておる」

と韓侂冑が沈鬱《ちんうつ》に言った。

「閣下。そやつは誰でございますか」

李沐が堪りかねて尋ねると、

「兼済。広信府といえば玉山のすぐそばだぞ。そして玉山といえば……」

「おのれ、またしても朱熹《しゅき》。あの腐《くさ》れ儒者め。閣下、それでは朱熹が爆破を……」

「ははは」韓侂冑は乾いた笑いをした。

「馬鹿な。いかな朱熹でもそのようなことを公然と出来るわけがあるまい。だが、どうも朱熹の弟子らしき者が数人、怪しげな動きをしていたということだ」

するると李沐が反論するかのように答えた。

「弟子ですと――。はて、全国にいるあやつの弟子たちには身動きできぬように一人一人に密偵を付けていたはずだが……閣下、何かのお間違いではありますまいな」

この言葉に、さすがに侂冑もむっときて、

「ふん。どうやらお主にも手抜かりというものがあったようじゃな、兼済」

と皮肉っぽく言った。李沐はあわてて、

「申し訳ございませぬ。早速に実情を調べあげまする。それにしても、あの阿片を無くすとは、閣下にとりましては誠に惜しいことを――」

と今度はご機嫌を取り始めた。

「もうよい。これ以上、儂《わし》はそのような姑息《こそく》な手段は取りとうない。この上は直接金国に攻め入るまでじゃ。幸いとお上はすっかりとその気でおいでじゃ」

武人出身の韓侂冑は面倒そうに言った。

「はは、さすがは閣下。ご英断でございますな。——それで広信府の知事はこの事件についてどう対処したのでございますか」

侂冑の機嫌を損ねては、とあわててこう尋ねたのは何澹だった。

「ふむ、あそこの知府事の周泰安とか申す者はなかなかの奴らしいのお。羅《ら》とか何とかいう商人を通じてそれなりの心配りをしてきおったが……」

にんまりと笑う韓侂冑に何澹がさらにお追従を言う。

「ほほう、可愛い奴でございますな。たしかあいつは、亡き陸象山《りくしょうざん》の門弟だとのことでございましたが、どうやら世の中が分かってきたようでございまするな。さすればこの事件も闇から闇へと——」

「そういうことかもしれんな。だが、聞くところによれば知府事の妻が賊のために殺されたそうじゃから、形だけでも賊を退治しなければ拙《まず》くはないかのお」

と思案顔に言う侂冑に、

「閣下、そのようなことはどうでも宜《よろ》しゅうござる。それよりもあの朱熹めをなんとかしないと——」

堪《たま》りかねたように李沐が叫んだ。すると、

「あいや、兼済殿。ご安堵《あんど》めされい。この徳秀によい考えがござる」

と劉徳秀がほくそ笑《え》んだ。

「ふむ、そちの考えとやらを申しのべてみよ」

韓侂冑に促されて、劉徳秀が口を開いた。

「閣下、ことは天下の一大事でござりますれば、このさい程朱《ていしゅ》の学を一掃いたしましてはいかがでございましょう。朱熹めらばかりか、先程の陸象山の流れを汲《く》む者らの一党の官職を全て剥奪《はくだつ》し、改心いたさねば投獄も止むを得ないように致しますればいかがかと存じますが――」

「面白い。朝廷にはもはや我らに反対する輩はいないはずじゃ。しかし、先程の周泰安のような奴は助けてやってもよいぞ、ははははは」

と侂冑が笑えば、三人ともつられるように声をたてて笑った。


「先生、先生――」

馬の背に揺られながらいつのまにか心地よい睡魔に襲われて、うとうとしていた謝霊輝は、私が後ろから大声で呼んでいるのにようやく気が付いたようだった。

「――ん？　どうした、享牧」

私は自分の馬を横に寄せながら言った。

「どうしたもこうしたも――。さっきから先生の体は馬の上でふらふらと揺れておりますよ」

そういうと、謝霊輝は大きな欠伸《あくび》をして、

「何だか疲れたからなあ……」

とぼそりと言った。

それから、私たちはまた黙ったまま馬を進めていった。

ふと謝霊輝の馬の脚が止まった。

「――ふふふ。享牧、お前が何を考えているのか当ててみようか」

「は？」

私は何を考えていたのだろう。霊渓道観の事件のあと、私がまず襲われたものは身体の芯《しん》からやってくるどうしようもない疲れだった。

これは、たとえば……。

――周知府事夫人が賊に拉致《らち》され、謝霊輝が弟子の王敦らと共に決死隊を作って救援に向かったものの、夫人はすでに殺された後だった。怒った謝霊輝は数百人の賊どもを皆殺しにして、なおも怒りがおさまらず賊の要塞を爆破してしまったという話や、あるいは夫人殺害さるの報を聞いた知府事があまりの悲しみのため、その日のうちに朝廷に辞表を提出したという夫婦愛の話。あるいはその亡くなった夫人を偲《しの》んで、夫の知府事は盛大な葬儀を催したが、その時に広信府城内の住民が日頃の知府事の恩徳に報いようと自らすすんで長期の喪に服し始めた話とか……。

――いや、こんな話だけではない。もっと荒唐無稽《こうとうむけい》な話が街中に広まっていたのだ。

それはこのような埒《らち》もない内容だった。

羅祝林が知府事への弔意を表すために、あの豪壮な別荘大夢園の花畑を全部潰《つぶ》して元の岩ばかりの山水に変えてしまったとか、あるいは知府事の治世能力が朝廷に疑われ、左遷にでもなったらそれこそ広信府全体の損失であると考えた羅祝林が、窃《ひそ》かに己の大金を韓侂冑に賄賂《わいろ》として贈ったとか……全く、根も葉もない噂ばかりが私たちの周りに飛びまわっていた。

それにしても、このような、事実とは違っているにも拘《かかわ》らず、妙に辻褄《つじつま》だけは合っているという話ばかりが聞こえてきたせいか、私の神経はへとへとに疲れてしまった。だから事件の後しばらくは私は床に臥せるという日々が続いた。

その間の私の身に起きたことも記しておこう。

病床にいる間はあの洞窟内でのさまざまな出来事が、まるでいつまでも覚めない長い夢でも見続けているかのように、頭の中でぐるぐると現れては消え、消えてはまた現れてきた。それはたとえば、謝霊輝と姜夫人との緊迫したやりとりの最中に、まるで舞台の袖から別の人物がひょいと顔を出すように、何の脈絡もなく、頭上をあの恐ろしい武器の風切音がして、そのひやりとする感覚に突然全身が麻痺《まひ》を起こすという、発作にも似た反応が続いたことだった。それで、一時は自分は発狂したに違いないと信じたくらいだ。

――だが、私には分かっていた。

私が恐れているのはこんなことではないのだということを。たしかに私は、これから起こるであろう何か別のことを恐れていたのだ。けれども、それが何だか分からなくて、事件の後はいつもいらいらしていたのだった。

そんな私の気持ちを見透《みす》かすように、謝霊輝が言った。

「お前が考えているのは、あの事件のことばかりだが――実はその奥には必死になって打ち消そうとしていることがあるんじゃないのかね」

私はどきっとした。

そんなこと……と否定しようとしたが、言葉にならなかった。とはいえ、やはり気になったので恐る恐る先生の顔を覗いた。

「そんな……当の私でさえ気づかない心の裡《うち》を先生はご存知なのですか」

謝霊輝は明瞭に、そして明るい声で答えた。

「ああ、分かるとも。お前が考えてはいけないと思いながらも、つい考えてしまっているのはな」

「――私にそのようなものがあるのでしょうか、先生」

「あるとも。それは綺華のことだよ。ははは」

私の顔は耳朶《みみたぶ》まで赤くなった。

「――朱先生もあれから玉山を離れられ、福建の建陽《けんよう》に向かわれた。と言うことは、綺華の役目もすんだことになるのだが、しかし韓侂冑の魔手が今後も続いていくことだけは間違いあるまい」

私は気になっていることを尋ねた。

「――で、先生ご自身はこれからどうなさるおつもりですか」

「うむ。実はさっきからそれを考えていたのだ。建陽には朱先生のお弟子も多いと聞いている……いまさら私が行っても」

「でも先生、この道は建陽に向かっていますよ」

「こいつ、――ははは」

謝霊輝は豪快に笑った。私も笑った。

先生は学問にかける朱子の一途な姿がいたく気に入ったらしい。それで誰が何といっても朱子を援《たす》けるつもりでいるのだが、彼《か》の地での朱子の弟子たちから誤解されたり、あるいはこの大事な時期に頭でっかちの弟子たちとの間につまらない学派の争いを引き起こすことをひどく恐れているようだった。

「先生、一つお伺いしてもよろしいでしょうか」

「何だね？」

私は長い間疑問に思っていたことを尋ねてみた。

「はあ、今度の事件であの二人を殺したのは白道士、いや李皇子だとは分かったのですが、なぜ鄭甫《ていほ》を殺した時に死体をわざわざ逆さまにしていたのでしょうか」

謝霊輝は、なんだそんなことかという顔をして、

「いや、あれは張道士に対する警告だったのだ」

と答えた。

「警告？」

怪訝な顔の私に謝霊輝はぽつりと言った。

「鄭甫《ていほ》が逆になれば甫鄭《ほてい》。わかるかね？」

「いや、わかりませんが――」

私には全く分からなかった。謝霊輝はふっと笑った。

「甫には〈はじめ〉という意味がある。そうすれば〈甫鄭〉で〈はじめは鄭《てい》だ〉という意味になるじゃないか。これを見た張は恐れ戦《おのの》いたはずだ。それで姜夫人のところへ相談に行った。勿論、白道士に言わせるとそれが淫乱の密会でもあったようだが、さてそれはどうだろう――ともかく、その帰りに私たちと出会ったのだ」

「ああ、あの耳門《くぐり》のところで――」

「その時の張の様子から、白道士は自分の警告が無視されたらしいと気がついた。それで早く手を打たねば、と決心したのだろう」

私はさらに尋ねた。

「白道士はどんな決心を……」

「ふむ。――たぶん、阿片と姜夫人から離れよ、とでも言うような……きっとそういう警告をしたと思うが、張にはわからなかった」

そう言うと先生は小さな欠伸《あくび》をした。私はしつこく、

「でも、その張道士を殺して経典の下に埋めてしまうなんて――これはどういうことになるのでしょうか」

と聞いた。謝霊輝は「うむ」と頷き、

「おそらく二つの意味があったと思う。一つは道教の教えを踏み躙《にじ》り、堕落させた罰として、もう一つは白道士自身を疑わさせるためだ」

と言うとにやりと笑った。

「ええっ！　それはおかしくはありませんか。普通ならば疑われないように、とするはずではないでしょうか」

謝霊輝は、こんな私の姿をまるで楽しんでいるかのような口調で、

「普通ならば、ね。——だが、張が亡くなれば必ず姜夫人の手の者が道観にある阿片を奪いに来るはずと、そう白道士は睨《にら》んだわけだ。そこで阿片を武夷《ぶい》の洞窟に隠したあと、一番安全な場所に逃げこもうとしたのだ」

と言った。

「でも、役所の牢屋がそんなに安全ですかねぇ……」

と私が素朴に尋ねると、謝霊輝はこれが洞察というものだと前置きして、

「重大事件ほど世間の関心が集まって、疎《おろそ》かな審理が出来なくなる。まして白道士のような温厚な人物が容疑者で、周広仲のごとき公平な知府事が裁判をするとなればなおさらじゃないか。拷問などはまず考えなくてもよかったはずだ。白道士が恐れたのはただ姜夫人の手の者だけだったのさ」

「私たちを襲った連中ですね」

「そうだ。彼らは尋常の使い手ではなかった。しかしさすがのあの連中とて大勢の刑吏が見張っている牢を襲うなんて出来ないということだ」

私は小さな反論を試みた。

「でも、姜夫人が自ら牢におもむき毒殺するという手もありますよ」

驚いたことに謝霊輝は私のこの考えに同意した。

「うむ。私とてそれを考えなかったわけではない。しかし、もしもそうすれば阿片の行方がわからなくなる」

「あ、そうか。——それじゃ、白道士を奪って白状させるしか方法がないわけだ」

私は感嘆して叫んだ。

「その通り。しかし白道士もそのことは知っていたとみえて、なかなか牢から出ようとはしなかったと綺華が言っていたはずだ」

そう言われて思い出した私は、興味半分に先生に聞いてみた。

「そうそう、そう言えば先生は、白道士を牢から出させる時に綺華さんにどんな呪文を教えたのです？それを言った途端にすぐ出てくるなんて——」

謝霊輝は笑いだした。

「あれか。ふふふ……。あれは呪文ではない。〈アムバン・アンチュン・グルン〉と言わせたのだ」

「何ですか、それは？」

「女真語だ。女真の言葉で〈大金国〉という意味らしい。朱先生に教えてもらったのさ。ははは。——それで白道士は綺華を敵ではないと理解したようだ」

私は先生の周到な手の打ち方に感心するばかりだった。そこで、

「でも、先生はそれからどうして白道士が羅祝林の『大夢園』に逃げていくと……」

と聞いたみた。今だから言うが、私はあの時にはこの推理には無理があるのではないかと不安だったのだ。謝霊輝もそのことは十分に分かっていたらしい。

「あれは一つの賭けだった。白道士とすればどこにでも逃げられたはずだからな。しかし私はこう考えたのさ。まず白道士は当然ながら自分が付《つ》けられていると思うに違いない、――あの時点では綺華は敵ではないがさりとて味方でもないからな。そこで白道士の逃げる所は知府事の目の及ばない場所になる。ここで羅祝林の登場となる。白道士は羅祝林を広信府城内での唯一の味方だと思っていたようだ。なぜなら羅祝林も阿片の害を嫌っていたからだ。また羅大人も白道士に対しては同じように考えていたようだ。もっともその白道士がまさか金国の皇子だとはさすがの大人《たいじん》の耳にも聞こえてはいなかったらしいが」

「なるほど。――ところで女真語といえば、張道士が死ぬ間際《まぎわ》に残していた〈休〉という文字ですが、あれはたしか〈リー〉という発音で、それは李道士のことを指していて、殺された張道士が犯人を白道士に教えるために書き残したというお話でしたが、その推理はおかしくありませんか」

「ほう、どうしてかね？」

珍しく謝霊輝の顔が真面目になった。私は得意気に話す。

「だって、白道士すなわち李道士ですから、自分を殺した人物の名を当の本人に教えるなんて……」

謝霊輝はもっともだと同意をしつつも、

「いやいや、そうではないのだ」

と優しい口調で説明しだした。

「張道士はおそらく白道士に変装していない姿、つまり真の姿の李道士に殺されたと見るべきだ。だからこそ驚いて死んでいったのだよ。でもどうして張道士がそんな字を残したのか、本当のところは私にもよくわからないが、しかし少なくとも死ぬ直前まで白道士を仲間だと思っていたことは確かだ」

「でも気になります。どうして字を書き残したのかが。先生はどうお考えですか」

謝霊輝は私の問いに黙ってしまった。しばらくは何事かを考えるように遠くに目をやっていたが、やがて、

「……たぶん、たぶんだぞ、享牧。彼らはあまりにながく宋の地にいたものだから、もしかしたら宋人と同じ感覚になっていたのかもしれない」

と呟くように言った。

「宋人と同じ感覚？」

私は何のことか理解できなかった。謝霊輝はぽつりと言った。

「――何でも書き残したがる」

私は笑った。

「ははは、そう言われれば。でも、張道士は、白道士のことを同じ女真人であるとはわかっていたんでしょう」

「勿論だとも。しかし、李監定《りかんてい》という人物は連中の前では初めから白道士との二役を演じていたので、尸解のあと姿を隠した管長が白道士としていつも身近にいたなんて、彼らには思いもつかなかったわけだ」

と纏《まと》めるように言った。

「でも先生、――李皇子はどうなったのでしょうか」

馬の姿が砂埃《すなぼこり》の中に見えてきた。

姿がはっきりとしてくるにつれ、私は自分の胸が高鳴ってくるのが分かった。

「享牧さーん、謝先生――」

綺華だ。

綺華がやってきたのだ。

「はっはっは、どうだ享牧。私の易はよくあたるだろう？――さあ、これでまた賑《にぎ》やかな旅が始まるぞ」

謝霊輝の声が明るく天に響いた。


〈了〉

著者プロフィール
普聞 隆（ふもん りゅう）
佐賀県に生まれる。名古屋市の公立中学校在職中に大学院に進学、修士課程修了。後に退職し博士課程に進む。仏教学を専攻。満州語訳仏典及び唯識思想を研究。現在、佛教大学大学院文学研究科仏教学専攻、博士課程在学中。

地火明夷

2003年4月15日　初版第1刷発行

著　者　普聞　隆
発行者　瓜谷 綱延
発行所　株式会社文芸社
〒160-0022　東京都新宿区新宿1－10－1
電話　03-5369-3060（編集）
03-5369-2299（販売）
振替　00190-8-728265

印刷所　株式会社エーヴィスシステムズ

ISBN4-8355-5475-2 C0093